ROSARIO RARO

Dernier train pour Canfranc

TRADUIT DE L'ESPAGNOL PAR CAROLE CONDESALAZAR

KERO

Titre original :

VOLVER A CANFRANC

Publié par Editorial Planeta, S.A., 2015.

ISBN : 978-2-253-90683-4 – 1re publication LGF

À tous ceux qui sont convaincus qu'il y a des choses auxquelles il faut croire pour être capable de les voir, un sentiment largement partagé par les Aragonais, les Bretons et les Aquitains, véritables héros de ce roman.

À ceux qui m'ont menée jusqu'ici depuis le hall de la gare internationale de Canfranc.

Et à tous les créateurs de rêves qui m'accompagnent au quotidien. Parmi eux, je dédie tout particulièrement ce roman à Raquel, Puri et Cristina.

« Il suffit d'un instant pour faire un héros, mais il faut une vie entière pour faire un homme de bien. »

Paul BRULAT (1866-1940), *Pensées*

« Tous les rapports sur son comportement s'accordent à reconnaître
Qu'il était, dans le sens moderne d'un mot désuet, un saint.
Car dans tout ce qu'il faisait, il servait la Grande Communauté. »

Wystan Hugh AUDEN (1907-1973),
Le Citoyen inconnu

En écrivant ce roman historique sur des vies exemplaires, j'ai pris quelques libertés avec les faits qui se sont déroulés dans ce bastion au nord de l'Aragon pendant les années de guerre.

Pour augmenter la tension dramatique, j'ai décidé de modifier la chronologie et de regrouper certains événements vers la fin de la guerre. En effet, la plupart des artistes et intellectuels profitant de l'aide de l'Américain Varian Fry (Fred Deyermond dans le livre) et du Centre américain de secours ont réussi à s'échapper courant 1940, alors que Canfranc se trouvait encore en zone libre. Le groupe d'Alma Mahler, composé d'Alma et de Franz Werfel ainsi que de Heinrich, Nelly et Golo Mann, a ainsi traversé la frontière pendant cette année, tout comme Lion Feuchtwanger et son épouse Marta, ou Max Ernst, mais ils ne voyagaient pas tous ensemble. Et si Joséphine Baker s'est bien engagée dans la Résistance, son passage par Canfranc a également eu lieu en 1940, sans coïncider cependant avec la fuite des familles Werfel, Mann ou Feuchtwanger.

Il n'est pour autant pas moins vrai que tous ces événements ont eu lieu, et que le personnage de Laurent Juste est fondé sur le véritable chef de gare à Canfranc à cette époque, le Breton Albert Le Lay.

À l'hiver 1942, l'armée allemande envahit la gare internationale de Canfranc, dans la province de Huesca, comme s'il s'agissait d'un territoire de la France occupée. Malgré la présence d'une unité du régiment de chasseurs alpins de Bavière, de plusieurs officiers S.S. et d'agents de la Gestapo, les héros espagnols et français de ce livre ont pourtant permis à des milliers de Juifs et d'autres refugiés de fuir en traversant clandestinement la frontière. Ces simples citoyens du nord de l'Aragon agirent spontanément, comme le firent Oskar Schindler, Raoul Wallenberg, Chiune Sugihara, Ángel Sanz Bris et tant d'autres Justes, à Cracovie, Budapest, Vilnius et ailleurs. Pour ces hommes et ces femmes persécutés par le régime nazi, l'espoir prit le nom de Canfranc.

Depuis plusieurs années, certains, installés aux États-Unis, en Amérique du Sud ou dans d'autres pays qui les ont accueillis, reviennent pour montrer à leurs enfants et petits-enfants ces Pyrénées qui ont facilité leur évasion, mais surtout pour leur permettre de rencontrer les descendants de ces héros qui, des deux côtés de la montagne, les ont aidés à retrouver la liberté et grâce auxquels ils ont survécu.

Voici leur histoire.

PREMIÈRE PARTIE

Mars 1943

1

Fondu au noir

Gare de Canfranc, province de Huesca,
mardi 16 mars

Bientôt quatre heures du matin. Comme en pilote automatique pour retrouver le réconfort des petits rituels, Laurent Juste, chef de douane à la gare internationale de Canfranc, se prépara un café. Il gratta une allumette en protégeant la flamme de la paume de sa main afin d'éviter que la patrouille à l'extérieur ne devine sa présence au cours de sa ronde. Dans son imagination, chaque ombre portait un uniforme allemand et les mille bruits de la nuit lui paraissaient résonner comme des hérauts annonçant son arrestation. Il approcha la flamme du fourneau, prépara le café en provenance d'Angola et attendit, sans cesser de consulter sa montre. Il eut à peine le temps de boire une gorgée qu'il s'aperçut qu'il ne pourrait pas finir sa tasse. Il l'abandonna sur la table de la cuisine.

Les soldats étaient postés de chaque côté de l'entrée du hall de gare, à quelques mètres seulement de son logement. Il ne fallait surtout pas qu'ils remarquent qu'il s'était levé bien avant son heure habituelle. Laurent parcourut à tâtons l'intérieur luxueux que lui valait sa fonction, indifférent à ses meubles en bois précieux importés des colonies, ses vases en argent gravé, son lustre en cristal de Bohême dont chaque pampille paraissait contenir un paysage.

Canfranc était son second poste en Espagne après Irun, où il avait passé quelques années avec sa famille, son épouse Arlette et leurs trois enfants : Maude, l'aînée, Solange et le petit Auguste.

Il entra dans sa chambre sans faire de bruit. Car, s'il ne voulait pas alerter la patrouille bavaroise, il ne souhaitait pas non plus inquiéter sa femme. À cet instant, un bourdonnement aigu dans les oreilles l'obligea à prendre appui sur la table qui servait de coiffeuse. Il s'immobilisa quelques secondes, puis tira délicatement le tiroir et en sortit la clé qui ouvrait le placard du tableau électrique. Le chef de gare la lui avait confiée, puisque Laurent demeurait sur place jour et nuit. Il serra dans sa main l'amulette qui lui permettait d'accomplir sa mission.

Il ressortit, emprunta le couloir et traversa le salon. Des vases remplis de lilas et de jasmin se dégageait un parfum de printemps. Laurent caressa au passage le Steinway laqué noir qui l'avait suivi dans tous ses déménagements avec ses livres et ses tableaux. Ces objets familiers le rassuraient, ils lui offraient une présence réconfortante dans un monde en proie à la peur et à la haine. Il avança, la bouche sèche et la mâchoire serrée comme si l'on avait placé deux charnières rouillées et froides sous ses oreilles. Il avait toujours cru qu'à jeun on avait les idées plus claires, mais cette nuit des images terribles de cadavres démembrés sous les bombes le hantaient. Il préféra penser à sa Bretagne natale, à sa mère. Il eut un sourire fugace en se souvenant que leur principal point commun tenait à leur entêtement. Il pensa à elle, à sa maison natale et, l'estomac vide, rêva de son *yod kerc'h*, cette bouillie d'avoine qu'elle lui préparait le matin, comme si la peur le renvoyait à des souvenirs et à des désirs primitifs.

Laurent se glissa jusqu'à l'entrée de la gare par une porte communicante en se collant contre le mur pour éviter que son ombre ne se découpe sur le quai surveillé par les gardes. Il se sentait encerclé par un régiment silencieux dont il apercevait seulement les silhouettes projetées sur les murs blancs du hall.

Un bruissement et un mouvement soudain à ses pieds faillirent lui arracher un cri. Il sortit un mouchoir de sa poche et s'épongea le front couvert de sueur malgré la fraîcheur de la nuit. Un rat venait de passer entre ses jambes, lui frôlant la cheville avant de couiner, acculé dans un coin près de la sortie.

Malgré l'obscurité, Laurent progressa sans difficulté. Installé ici depuis trois ans et demi, il connaissait le bâtiment par cœur. Il longea le mur puis s'arrêta lorsqu'il sentit dans son dos le placard renfermant le tableau électrique. Avant d'accomplir le geste fatidique, il pensa au petit Auguste qui, chaque après-midi, la mine concentrée, traçait ses premières lettres sans lever la tête de son cahier. À ce souvenir,

Laurent sentit son visage se crisper. Il risquait gros, il le savait, même si personne ne se méfiait de lui. Du moins pour l'instant, car n'importe qui pouvait se transformer en délateur du jour au lendemain, à la perspective des récompenses plus qu'alléchantes offertes par le régime nazi. Laurent considérait son action comme la mission la plus importante qu'un être humain puisse accomplir, pourtant rien ne parvenait à soulager son angoisse à l'idée d'exposer ainsi sa famille sur cet échiquier sur lequel l'armée allemande et les Alliés jouaient au chat et à la souris. Il eut un moment de panique en apercevant le guichet de bois si large qu'un homme pouvait se cacher derrière. Il se dépêcha d'allumer sa lanterne ferroviaire en étain puis, le regard fixé sur la pendule, ne bougea plus, le dos plaqué contre le mur sous la voûte. Ses jambes tremblaient. Une rencontre fortuite et il était perdu. Si on le surprenait, il aurait du mal à expliquer ce qu'il faisait à côté des compteurs.

Plus que quelques minutes. Les aiguilles parcouraient le cadran circulaire en acier, leur tic-tac faisant écho aux battements de son cœur qui cognait contre sa poitrine.

Il avait beau avoir accompli cette tâche à de nombreuses reprises, la peur ne le quittait jamais. Pour expliquer ces soudaines coupures de courant, il avait prétexté des baisses de tension sur la ligne dues à la surcharge qu'impliquait la circulation des trains français qui fonctionnaient à l'électricité. Il se demandait combien de temps encore cet alibi tiendrait.

À quatre heures pile, il abaissa le levier qui coupait l'alimentation générale en retenant sa respiration. Par ce simple geste, il déclenchait la première étape de la manœuvre. À partir de cet instant, les acteurs de ce petit drame entreraient en action. Ils connaissaient leur rôle sur le bout des doigts, mais une seule erreur pouvait tout gâcher.

Une minute avant que Laurent ne coupe l'électricité, un sifflement déchira le silence de la nuit à l'autre bout du quai. L'homme qui venait de porter ses doigts à sa bouche eut un doute, lui qui avait la réputation d'être si déterminé. Et s'il ne réussissait pas à attirer l'attention des Boches ? Si ces derniers refusaient d'abandonner leur poste ? Tout était si calme. Mais bientôt il entendit des pas.

Les deux soldats en faction postés devant le hall parcoururent une centaine de mètres. Au bout du bâtiment des voyageurs, un cavalier à la haute stature les attendait, les mains posées sur le pommeau de sa selle : Esteve Durandarte, contrebandier. Il émanait de son corps puissant une force naturelle, une vigueur qui le distinguaient des autres maquisards. Sa véritable raison d'être, son oxygène, semblait être sa liberté, son indépendance, qu'il défendait farouchement. Son visage fin était couvert d'une barbe naissante, ses cheveux longs attachés par une ceinture de cuir qui, disaient ceux qui l'avaient surpris se baignant à la source de la rivière Aragon, dans la vallée d'Astún, lui arrivaient à la taille. Il était musclé, large d'épaules et avait une voix si grave qu'elle semblait provenir des profondeurs d'une caverne. Il avait rarement besoin de hausser le ton pour se faire entendre et respecter.

Il salua les soldats dans leur langue et retarda le moment de leur tendre un paquet ficelé en échange duquel il exigea un paiement en dollars. Pour ce genre de transactions, il refusait les pesetas et les francs, sauf quand il n'y avait pas moyen de faire autrement. Ses tentatives d'engager la conversation ne trouvèrent que peu d'écho. Les gardes regardèrent autour d'eux d'un air inquiet. Ils avaient leurs cigarettes, ils ne pouvaient pas abandonner leur poste plus longtemps. S'ils se faisaient prendre, ils risquaient un conseil de guerre entre autres mesures disciplinaires.

Le plus grand donna un coup de coude à son camarade pour l'obliger à faire demi-tour.

« *Wenn sie unsere Köpfe abschneiden können wir nicht mehr rauchen* », lui murmura-t-il, si on nous coupe la tête, nous ne pourrons plus fumer.

Esteve Durandarte n'avait réussi à les retenir que trois minutes à peine. Ce n'était pas assez, il ne fallait surtout pas qu'ils retournent vers le hall. Il sortit un dernier atout de sa manche, deux petites boîtes toutes simples dont le contenu avait pourtant provoqué de nombreux affrontements. En leur montrant les boules d'opium jaunes, il se lança dans une explication confuse, mélange de castillan et d'allemand rudimentaire. Seuls deux mots se détachaient, et il était sûr qu'ils les comprendraient : *Tabak und Opium*.

« Du port de Smyrne à Marseille, dit-il en traçant un arc de cercle, ça vous protège même de la grippe. *Keine Grippe. Es ist gut*. Bon pour la santé. Plus de fièvre, ni de crampes. *Keine Krämpfe*, précisa-t-il. C'est le meilleur des médicaments, il vous rend plus fort, plus *stark* », continua-t-il sans cesser de regarder de tous côtés, surtout derrière eux. À court d'idées, il s'interrompit. Les soldats se taisaient. Entre ses tergiversations du début et son monologue, plus de dix minutes s'étaient écoulées depuis qu'ils avaient déserté leur poste. Ils mettraient moins de cinq minutes pour y retourner – quinze minutes d'absence en tout. Durandarte décida de mettre toutes les chances de son côté et reprit :

« Même si vous ne le fumez pas, vous pouvez toujours le revendre. Fumer ou vendre. *Rauchen oder verkaufen*. »

Il accompagnait chaque mot du geste, posant deux doigts en V sur ses lèvres, puis frottant le pouce contre l'index.

« Ça rapporte, vous savez. Vous le revendrez cinq fois plus cher. Beaucoup d'argent. *Viel Geld*. Cher. *Teuer*. »

Plus loin, pendant qu'Esteve traficotait ainsi avec les soldats, une vingtaine de silhouettes traversèrent, dans l'obscurité et le silence le plus total, le faisceau des voies ferrées françaises, en direction du bâtiment des voyageurs. Ils étaient sortis du hangar situé à l'une des extrémités de la gare, au pied des montagnes. La tête et le dos baissés, ils avançaient tel un troupeau de moutons.

2

L'animal endormi

La gare de Canfranc, conçue en 1928 comme vitrine de la monarchie espagnole, se devait de faire sensation. Le résultat dépassa toutes les espérances, car ce palais ferroviaire laissait un souvenir indélébile aux voyageurs.

Tout au long de cet édifice monumental placé sous la double juridiction française et espagnole s'échelonnaient des panneaux bilingues sur les deux façades construites à l'identique, l'une tournée vers la France au nord et l'autre vers l'Espagne et le fleuve Aragon au sud. La gare possédait deux faisceaux de voies disposés parallèlement au bâtiment des voyageurs, et une structure de trois étages en béton, pierre, bois et cristal, qui se dressait au milieu de l'esplanade. Son pavillon central était couronné par une grande coupole au toit d'ardoises évoquant par sa surprenante rondeur un mirage de l'Europe centrale. Celle-ci abritait un hall aussi somptueux et solennel que la nef d'une cathédrale. Flanqué de guichets en bois, un escalier en marbre montait au deuxième étage occupé par l'Hôtel International. De chaque côté se trouvait un édifice qui hébergeait un bureau de douane, un commissariat de police, une poste, des logements de fonction, les bureaux administratifs des deux compagnies – la Société nationale des chemins de fer français et les Ferrocarriles del Norte –, ainsi que divers dépôts et hangars.

C'était dans l'un d'eux que se cachait le groupe de fugitifs arrivé à Canfranc six heures auparavant, par le train de nuit, en provenance de Pau. Ceux qui avaient organisé leur évasion les avaient confiés à Didier, un cheminot français d'une quarantaine d'années, très musclé, presque chauve. Un homme taciturne, mais qui savait sourire quand l'occasion se présentait.

Avec l'aide de Durandarte, il avait ouvert le wagon de marchandises scellé dans lequel ils voyageaient. Esteve et Didier avaient retiré délicatement le sceau prouvant que le compartiment était resté fermé depuis son départ. Il contenait une vingtaine de caisses en bois renfermant des machines à coudre, un bien d'une grande valeur qui permettrait de relancer des ateliers démantelés pendant la guerre. Une seule d'entre elles suffirait à sauver une famille de la faim. Elles étaient parfaitement emballées pour les protéger lors du déchargement.

Lorsque tout le monde fut sorti, Didier se dépêcha de faire fondre un bâton de cire rouge pour recoller les filaments de fer servant à sceller le wagon.

Tandis que policiers et gardes surveillaient les voyageurs qui débarquaient du train à l'autre bout du quai, les réfugiés juifs en profitèrent pour se cacher dans le hangar situé à l'extrémité de la gare du côté des montagnes, près d'un bosquet fleuri. Leur fuite devait être parfaitement chronométrée pour se produire au moment où les passagers descendaient et où l'on déchargeait les marchandises, mais avant que les soldats ne montent dans le train pour s'assurer qu'il était bien vide. Les wagons scellés, quant à eux, devaient toujours être ouverts en présence de témoins appartenant aux différentes forces de sécurité.

Le dépôt où se trouvaient les réfugiés, situé dans la partie française de la gare, était aussi spacieux qu'un hangar d'aéroport. Il pouvait contenir vingt-huit wagons. Une cache avait été aménagée tout au fond, un creux de cinq mètres de largeur, très haut, dissimulé derrière des plaques de tôle ondulée. On avait même installé des toilettes rudimentaires, une simple tablette avec un trou protégée par un rideau grenat. Ce recoin faisait à peine un dixième de la superficie destinée à abriter le train et à éviter que les marchandises ne gèlent en hiver. Laurent Juste s'était aperçu rapidement qu'il n'y avait pas meilleur endroit dans toutes les dépendances de la gare pour installer cette cachette, et le réseau l'utilisait à présent depuis plus d'un an et demi. Il en avait parlé à Didier qui, disposant des matériaux et des compétences nécessaires, l'avait confectionnée en deux nuits. Les deux complices s'étaient contentés de créer une fausse paroi identique à la première et de l'avancer de quelques mètres pour obtenir l'effet d'optique voulu. Grâce à ses étagères remplies d'outils, à ses calendriers usés, ses toiles d'araignée, ses chiffons couverts de graisse, il était impossible de deviner que le hangar se prolongeait. Sur deux cents mètres, on en avait volé cinq.

Les réfugiés, dans un état d'épuisement physique et moral, devaient encore y attendre que la nuit tombe et qu'il n'y ait plus que deux soldats pour assurer la surveillance de la gare déserte. Si les passagers munis de papiers passaient une bonne nuit dans le village, à l'auberge La Serena ou, pour les plus riches, à l'Hôtel International, les clandestins, eux, devaient encore patienter, le cœur battant, avec cette angoisse qui ne les quittait pas depuis que le régime nazi avait adopté la Solution finale de la question juive, qui faisait d'eux des morts en sursis. On n'entendait aucun cri, aucune plainte ni pleurs parmi ces vingt-quatre voyageurs, alors qu'un tiers d'entre eux étaient des enfants de moins de dix ans. Pourtant, affaiblis, ils avaient faim, soif et froid. À ces sensations physiques s'ajoutait la douleur de tout ce qu'ils avaient perdu, proches ou biens. Ils portaient en eux les blessures de l'Europe en guerre.

Il y avait en Europe deux trains qui ne pouvaient se rencontrer, chacun d'eux se dirigeant à une extrémité du continent. De Berlin, Varsovie, Budapest, Vienne et tant d'autres villes partaient des wagons de marchandises et de bétail remplis d'hommes, de femmes et d'enfants que plus rien ne protégeait. Ils se dirigaient vers Dachau, près de Munich, Auschwitz-Birkenau, à quelque quarante kilomètres à l'ouest de

Cracovie, Bergen-Belsen en Basse-Saxe, Buchenwald près de Weimar, Mauthausen en Haute-Autriche et d'autres camps de l'horreur dont les noms n'étaient pas encore connus. Une étoile jaune cousue sur leur manteau, les prénoms de Sara ou d'Israël intercalés avant leur patronyme pour les marquer, ils étaient conduits vers les chambres à gaz d'où s'échappaient des fumées noires.

Le petit groupe de Canfranc, composé en majorité de Hongrois et de Polonais, s'enfuyait dans la direction opposée, vers l'ouest, cherchant à atteindre le port de Lisbonne pour fuir de manière définitive l'Europe à feu et à sang. Tous savaient que la situation s'était durcie en raison de la pression du gouvernement allemand sur les Espagnols. Beaucoup de fugitifs avaient été interceptés et déportés alors qu'ils traversaient le territoire français. Les patrouilles allemandes avaient reçu l'ordre d'arrêter toute personne qui tenterait de passer clandestinement la frontière dans un rayon de cinq kilomètres. Une consigne que devaient appliquer gendarmes, gardes civils et police armée avant de remettre les fugitifs aux autorités concernées, celles de leurs pays.

Tandis qu'Esteve détournait l'attention de la patrouille, Didier en profita pour faire sortir sans bruit le groupe de réfugiés. Même si chaque pas leur paraissait d'une lenteur exaspérante, ils durent lutter contre la tentation de courir se mettre à l'abri. Ils avançaient, tête baissée, guidés par le cheminot, tel un nuage de brume descendant des sommets et flottant au-dessus des voies. Malgré leurs vieux os, les plus âgés refusaient de se laisser distancer. Pourtant, en dépit de toutes leurs précautions, ils couraient le risque que l'un d'eux prenne soudain la fuite et mette tout le groupe en danger. Lutter contre cette tentation compréhensible après tant d'heures passées enfermés était le plus dur. Les gardes n'hésiteraient pas à leur tirer dans le dos s'ils les découvraient, ils n'auraient pas la patience de les arrêter, de leur demander de s'identifier. En revanche, ils prendraient tous ceux qui organisaient cette évasion. Ils seraient torturés afin qu'ils révèlent les noms de toutes les personnes qui appartenaient à leur réseau et les aidaient depuis Pau, Marseille, Paris, Budapest, Berlin et tant d'autres villes.

L'édifice, immense, ressemblait à un mirage lorsqu'il apparut devant eux. Pourtant, il était bien réel, comme le découvrirent les premiers à s'en approcher, deux hommes de trente ans, une femme et une petite fille toute maigrichonne. « On dirait un animal endormi, murmura celle-ci. Le plus grand du monde. »

Ils longèrent la façade de l'Hôtel International et pénétrèrent dans le hall désert. Alors qu'on entendait le hennissement du cheval de Durandarte annonçant son départ et le retour des soldats à leur poste, une silhouette apparut derrière une porte vitrée, un bougeoir à la main, qui semblait les attendre.

3

Illusion d'optique

La jeune femme qui se trouvait devant eux, aussi immobile qu'une statue, portait un tablier blanc sur un uniforme noir. Ses boucles rousses s'échappaient du filet noir qui emprisonnait sa chevelure couronnée d'une coiffe blanche. Elle s'appelait Jana Belerma. Contrairement à Laurent, justifier sa présence dans le hall après quatre heures du matin n'avait rien de compliqué. Femme de chambre à l'Hôtel International, elle devait parfois se lever avant l'aube pour préparer le premier service du petit déjeuner.

Une simple porte à carreaux vitrés la séparait du bâtiment des voyageurs. Didier fit tourner la clé dans la serrure.

Quand Jana s'avança vers eux, telle une apparition, certains enfants prirent peur, mais, avant qu'ils ne puissent émettre le moindre son, leurs mères ou leurs frères et sœurs leur collèrent une main sur la bouche. Le cheminot les confia sans un mot à cette jeune femme qui se tenait droite comme un I, puis il disparut dans l'ombre.

On entendit alors se rapprocher le bruit des grosses bottes ferrées des deux soldats allemands qui retournaient à leur poste.

« *Vorwärts !* dit Jana aux fugitifs. *Seid still*[1]. »

---

1. « En avant ! Pas un bruit. »

Au ton déterminé de Jana, ils avancèrent comme si elle venait de les transformer en automates. Elle devait faire preuve d'autorité, ou certains risqueraient de s'enfuir et de trahir leurs compagnons, une fois parvenus sur le territoire espagnol, sans se douter des pièges que recelaient ces montagnes. Didier les avait déjà prévenus : qu'un seul d'entre eux fasse ce choix et cela supposerait la mort de tous les autres. Heureusement, personne ne voulait prendre ce risque.

On entendit dehors le grondement d'un moteur signalant l'arrivée de la relève. Avec un peu de chance, au lieu de les attendre, les soldats qui avaient passé la nuit à la gare iraient à leur rencontre.

Jana sortit une clé de la poche de son tablier ceint d'un énorme volant. Ils se trouvaient sous le grand escalier alors qu'on distinguait par les portes vitrées la silhouette des deux gardes qui avaient rejoint leurs camarades et les saluaient d'une voix joyeuse. Les réfugiés se collèrent les uns aux autres dans ce recoin, effrayés par ces deux figures massives aux longs manteaux, leur Mauser à l'épaule, qui passaient devant le hall. Sûre d'elle, Jana leur indiqua de la suivre.

Elle ne se serait jamais imaginée dans pareille situation quand elle vivait avec ses parents à Saragosse. Elle ne se serait jamais crue capable de prendre tant de risques. Après avoir connu une jeunesse insouciante, la mort de ses parents, lors d'un bombardement un après-midi où elle devait les retrouver, avait littéralement bouleversé son existence. Parce qu'il lui fallait fuir, elle avait répondu à une petite annonce du *Heraldo de Aragón* qui cherchait des femmes de chambre pour l'Hôtel International de Canfranc, une décision qui allait changer le cours de son destin. Peu de temps après son arrivée, elle avait su gagner la confiance de Laurent Juste et s'était dévouée corps et âme à la cause. Elle était devenue plus audacieuse, plus téméraire. Ses activités clandestines avaient révélé une force qu'elle ignorait posséder.

Elle avait appris à vivre avec le danger, elle savait que la moindre indiscrétion pouvait s'avérer fatale. Elle gardait donc ses secrets pour elle, mais, en vérité, un seul la tourmentait : un homme occupait toutes ses pensées et elle ne réussissait pas à se l'ôter de l'esprit. Même dans les moments de grande tension comme celui-ci, Esteve Durandarte continuait à l'obséder.

Elle secoua la tête, agacée contre elle-même, et se concentra sur sa mission.

Il était impossible de ne pas s'inquiéter quand le danger rôdait si près et, malgré sa détermination, Jana sentit ses mains moites de sueur.

Les soldats se tenaient tout près, à moins de vingt mètres. Le bout incandescent de leurs cigarettes brillait dans le noir. L'un d'eux chantonnait. Malgré la coupure de courant, on les distinguait parfaitement, éclairés par la lueur des réverbères du village. À l'inverse, les fenêtres placées en hauteur empêchaient de discerner l'intérieur de la gare.

Jana, à tâtons, trouva le creux dans le mur qui dissimulait une porte dérobée que les clandestins franchirent en silence.

Ce passage secret avait été découvert par Laurent Juste presque par hasard lorsqu'il s'était aperçu que les tracés de certains plans ne correspondaient pas. Une trouvaille miraculeuse qui s'était révélée très utile pour de nombreux réfugiés en route vers la liberté.

Tandis que les voyageurs clandestins poursuivaient leur chemin dans l'hôtel, Laurent signalait, à la centrale du service de surveillance douanière à Paris, la nouvelle coupure de courant, sans préciser les données exactes afin d'éviter qu'on ne s'aperçoive que ces interruptions, prétendument accidentelles, n'intervenaient jamais les nuits de pleine lune.

Les gardes qui venaient d'être relevés par leurs camarades frappèrent à la porte de son bureau. En les voyant, Laurent se plaignit des pannes de courant incessantes avec de grands gestes furieux. C'était impossible de travailler dans ces conditions et dangereux parce que les contrebandiers pouvaient en profiter, ainsi que les *passeurs**[1], les guides de montagne qui contribuaient à la fuite d'étrangers. Il bougonna en ajoutant que c'était la meilleure façon d'encourager la corruption des forces de sécurité des pays voisins, qui prétextaient la médiocrité de leur solde pour améliorer, par ces trafics, leur quotidien.

Indigné, il haussa le ton, parla de *contrebande*, d'*évasion*, de *trafic*, de *tabac*, de *cigarettes*, d'*opium** en répétant ces mots dans son allemand limité,

1. Les mots et les phrases en italique suivis d'un astérisque sont en français dans le texte.

appris lors de la guerre précédente, comme s'il faisait la leçon à des élèves. *Schmuggel* pour le trafic illicite et la fraude, *Flüchtling* pour ceux qui traversaient la frontière sans papiers. Il finit par lever les mains au ciel en utilisant le terme espagnol *estraperlo* ou contrebande. Un des soldats posa par réflexe la main sur sa poche et l'autre serra le gros sac gris qu'il portait en travers de la poitrine. Laurent, dont la voix partait dans des aigus outragés, répéta : « Vous comprenez, *c'est ma responsabilité**, *meine Verantwortung.* »

Pendant que Laurent se chargeait de distraire les soldats dans son bureau du rez-de-chaussée, dans l'hôtel au-dessus de leurs têtes, les réfugiés, après avoir grimpé un large escalier en bois, traversaient un vestibule où trônaient deux lampadaires en fer forgé blancs, éteints, aux globes de cristal.

Jana poussa un soupir de soulagement. Ses protégés étaient enfin sous un toit digne de ce nom, même s'ils n'étaient pas encore hors de danger, seulement un peu plus près de la liberté.

Ils poursuivirent leur chemin sous le plafond voûté du couloir. Les murs étaient tapissés jusqu'à mi-hauteur d'une frise de feuillages, d'odalisques, de faunes, de lacs et de pavillons entourés de végétation. Quand ils passèrent sous une arche décorée de vitraux colorés, Jana ralentit et vérifia que tous suivaient, en particulier ceux qui aidaient les trois personnes les plus âgées.

Deux enfants pincèrent en passant les feuilles des colocases, surnommées « oreilles d'éléphant », comme s'ils voulaient laisser leur marque ou vérifier qu'ils ne rêvaient pas. Ils venaient de parcourir l'équivalent d'un train de dix wagons. Un des petits fit tinter les pampilles d'une lampe. Jana posa l'index sur ses lèvres d'un air sévère. Elle ne pouvait se permettre de baisser la garde. Il aurait bien le temps de jouer lorsqu'il serait libre.

Dans le couloir, derrière les portes closes, on entendait des toux, des ronflements, des bruits de tuyauterie. Partout se répandait une odeur de linge propre, de lavande, de thym. Comme Jana l'escomptait, ils ne croisèrent pas un seul client. À cette heure, tous se trouvaient dans leur chambre. Le bar, le restaurant, la bibliothèque, le casino, la salle de bal étaient fermés. Et ils ne risquaient pas de tomber sur un promeneur nocturne car chacun était assuré de trouver tout ce dont il avait besoin dans sa chambre.

Ce second niveau de la gare comptait, en plus de l'hôtel, plusieurs boutiques ainsi qu'un buffet pouvant accueillir plus de trois cents personnes. Les hôtes étaient reçus au fur et à mesure de leur arrivée, sans réservation préalable. Parfois, ils ne gardaient les chambres que l'espace de quelques heures. L'hôtel ajoutait une touche de luxe à cette gare si extraordinaire qui comportait, disait-on, le même nombre de fenêtres qu'il y avait de jours dans une année. C'était l'anecdote la plus citée par les admirateurs de cet ouvrage aussi sophistiqué qu'harmonieux, malgré sa taille de paquebot transatlantique coincé dans un paysage montagneux. Tout le monde avait oublié que 1928 étant bissextile, en réalité il y avait trois cent soixante-six fenêtres et que cette dernière ouverture éclairait une pièce ignorée de tous. C'était vers elle que se dirigeaient les réfugiés.

La haute pendule sonna la demi-heure lorsqu'ils la dépassèrent. Ils sursautèrent, surpris par sa sonorité puissante, craignant qu'elle ne réveillât les clients, puis ils avancèrent plus vite sur le carrelage grenat et gris. Jana sourit. Cela se déroulait toujours ainsi. Ses protégés et elle passaient toujours à quatre heures et demie pile devant ce monument au temps gardé dans une armoire d'acajou. Cela signifiait que tout allait bien, mais aussi que, dans moins de deux heures, elle devrait les accompagner sur le quai espagnol et les faire monter dans le train, direction Lisbonne. Là-bas, on chargeait déjà les marchandises sur le *Serpa Pinto* qui quitterait le port en direction de l'Amérique. Il n'attendait plus qu'eux pour lever l'ancre.

La course contre la montre avait commencé. Une mission importante attendait Jana. L'organisation de la fugue demandait beaucoup de précision. Elle baissa ses paumes pour indiquer aux réfugiés de ralentir puis s'arrêta devant une bibliothèque, un meuble haut en bois, décoré de volutes et couronné par une applique en forme de harpe. Elle tira sur un petit anneau dissimulé dans ses ornements. Alors la porte sur laquelle les rayonnages avaient été montés s'ouvrit en déplaçant la bibliothèque à 90 degrés. Une fois que tous furent à l'abri dans la chambre qu'elle cachait, Jana tira les rideaux de velours, plus lourds et plus épais que ceux du reste de l'hôtel. Seul son bougeoir éclairait la pièce ainsi plongée dans l'obscurité.

Jana le posa par terre au centre de la pièce, et sentit ses épaules se détendre. La première partie du périple s'était bien passée, mais, pendant tout ce temps, elle avait ressenti la pression de tenir entre ses mains la vie de ces gens et celle de ses complices. Une fillette s'approcha d'elle et lui prit la main.

« *Wie heisst du ?* » lui demanda Jana, puis elle répéta « comment t'appelles-tu ? » en espagnol. La petite se tut jusqu'à ce qu'on lui traduise en hongrois : « *Mi a neve ?* » Alors Jana entendit pour la première fois ce prénom délicat, sonore, éclatant, qui semblait désigner une pierre précieuse : « Sieglinde. »

Aucun de ceux qui arrivaient à Canfranc dans ces conditions, cachés comme s'ils n'existaient pas, comme s'ils n'étaient qu'une marchandise, mais emplis de rêves et d'espoirs de liberté, ne transportait plus d'une valise. Les trois militaires du groupe avaient des contacts à Madrid qui leur permettraient de rejoindre l'Afrique du Nord. Jana ne devait pas s'en faire pour eux. Ils se débrouilleraient seuls. Il y avait plusieurs mères de famille, aussi jeunes que celle de Sieglinde, mais elles semblaient tout à fait capables de s'occuper de leur progéniture. Les personnes âgées l'inquiétaient davantage. Jana les examina attentivement. Elle ne s'était pas attendue à des personnes d'un âge aussi avancé. L'un des vieillards qui toussait paraissait à l'article de la mort, pâle, épuisé, comme s'il n'appartenait plus tout à fait au monde des vivants. Jana n'avait pas connu ses grands-parents, morts trop jeunes, mais elle voulait leur imaginer une vie meilleure, plus douce que celle des personnes qu'elle secourait.

D'autres voyageurs semblaient eux aussi mal en point, en particulier un jeune garçon qui avait constamment un mouchoir à la bouche. Jana lui demanda s'il crachait du sang. Comme il ne comprenait pas, elle vérifia par elle-même et constata que c'était bien le cas. Tout était prêt pour cette éventualité. Le réseau comptait sur l'assistance d'un collaborateur précieux à Saragosse, le docteur Mallén, directeur de la clinique de l'université, située à côté de la faculté de médecine, sur la place Paraíso. Dès que les fugitifs arrivaient à la gare de Saragosse, l'un de ses jeunes assistants venait chercher le ou les malades muni d'un écriteau proposant une pension en trois langues. C'était le signe de reconnaissance, car il fallait prendre toutes les précautions. Pour fixer le rendez-vous, Jana appelait d'abord la clinique depuis l'auberge La Serena, la seule à posséder un téléphone, mais s'exprimait dans un langage codé parce que, dès qu'un client soulevait le combiné, les conversations s'arrêtaient net dans le café. Tout le monde tendait l'oreille. Jana avait trouvé une parade très efficace : elle commandait des médicaments. Si elle demandait des flacons de streptomycine ou des sulfamides, cela signifiait que des passagers clandestins atteints de tuberculose arriveraient le lendemain à Saragosse.

Les militaires qui avaient pratiquement porté les vieux pendant le trajet avaient des uniformes usés et rapiécés. Ils avaient dû lutter sur le front, avaient peut-être même été faits prisonniers. Qui pouvait dire quelles terribles épreuves ils avaient traversées ? Jana songea qu'ils devaient chercher à se rendre en Algérie pour s'unir aux troupes du général de Gaulle. Laurent Juste lui avait expliqué que l'armée française se rassemblait en Afrique du Nord dans le but de retourner livrer bataille sur le continent, avec l'espoir que la paix reviendrait bientôt. Jana devait maintenant donner ses instructions avec le plus de conviction possible. C'était un moment clé dans l'organisation de leur fuite. Elle s'éclaircit la gorge, se frotta les mains et redressa les épaules pour se donner une contenance. Elle leur demanda d'abord de faire une liste des voyageurs par famille. Elle fit passer un carnet et un crayon pour qu'ils inscrivent leurs noms. Ainsi on éviterait que des familles se retrouvent séparées. Grâce aux gestes dont elle accompagna ses explications, tout le monde comprit et poussa un soupir de soulagement parce que c'était ce qu'ils redoutaient le plus.

Une difficulté subsistait cependant, et non des moindres. Selon les informations qu'avait recueillies Laurent lors de sa dernière visite chez son dentiste à Pau, consultation mensuelle qui lui servait de couverture pour recevoir les ordres de la Résistance, le groupe devait se composer de quinze personnes. Il en comptait neuf de plus.

Selon la procédure habituelle, elle leur tendit une

boîte pour qu'ils y déposent la monnaie française dont ils n'avaient plus besoin. Les sommes récoltées servaient à une autre des grandes causes du chef de douane, le maintien de l'école française de Canfranc que fréquentaient aussi beaucoup d'enfants espagnols. Certains réfugiés leur remettaient parfois un bijou ou de petites œuvres d'art en guise de remerciements. La mère de Sieglinde leva les bras et défit le pendentif en or qu'elle portait autour du cou avec un camée représentant deux visages de profil, ceux d'un homme et d'une femme échangeant un baiser. Il était entouré d'un cordon de perles minuscules et couronné d'un ruban de soie noir, comme une marque de deuil. Cet objet rappela à Jana que chaque réfugié représentait un monde, que chacun d'eux abritait une histoire unique.

À Marseille, où les persécutés arrivaient par milliers, ils avaient dû se séparer de certains de leurs biens. Les collaborationnistes de Vichy n'étaient pas capables de faire face à un tel afflux de migrants, les contrôles leur étaient difficiles, et comme ils ne pouvaient les interroger un par un, et encore moins confirmer que leurs papiers étaient en règle, ils préféraient laisser les arrestations aux mains du hasard. Ceux qui avaient la chance de passer entre les mailles du filet s'adressaient à un prêteur sur gages de la Canebière auquel ils abandonnaient leurs souvenirs de famille, ces objets qui avaient signifié tant de choses dans leur vie, et auxquels ils vouaient une valeur de talisman. Sans eux, ils se sentaient encore plus démunis.

Au mont-de-piété, on leur donnait des instructions précises pour prendre le train qui devait les emmener en Aquitaine d'où ils rejoindraient l'Espagne à partir de Canfranc, le nom de l'espoir. Les nombreux comités d'aide et de secours aux réfugiés implantés à Marseille, en coordination avec les agents de Pau, fournissaient les laissez-passer, ces précieux visas de transit signés par le consul espagnol dans les Pyrénées-Atlantiques. Sans ce document, ils ne pouvaient atteindre le port de Lisbonne ni celui de Bilbao, où les paquebots Ybarra assuraient la traversée.

Jana fit signe à Dagmar, la mère de Sieglinde, qu'elle pouvait garder son camée.

« Vous ne nous devez rien. Nous prenons seulement l'argent que vous n'utilisez pas. Je veux dire les francs et les reichsmarks, c'est tout. »

On lui traduisit ces paroles.

Pourtant Dagmar s'avança et déposa son collier entre les mains de Jana. Comme celle-ci secouait la tête, la jeune femme lui dit :

« *Kérem, ez az Ön.* »

Un des militaires traduisit :

« *Bitte, es ist für Sie.* »

Jana comprit que le collier était pour elle, mais elle protesta :

« Dites-lui que je ne peux pas l'accepter. Je la remercie, mais je préfère qu'elle le garde. »

Elle savait que le cadeau que lui faisait cette femme qui n'était pas en condition d'offrir quoi que ce soit venait du cœur, que c'était cela la véritable générosité, donner le peu que l'on possédait.

Le militaire lui dit en allemand que, si elle continuait à refuser, elle allait offenser Dagmar.

« *Es bringt Glück... in der Liebe.* — Cela vous portera chance en amour », expliqua le soldat en souriant.

Jana associa automatiquement ce dernier mot à Esteve. Et cessa de résister. Elle prit le pendentif, sourit, puis essaya de se rappeler, avec nostalgie, depuis combien de temps elle n'avait pas reçu un baiser.

4

Au cœur de la nuit

Jana demanda ensuite aux réfugiés de lui montrer leurs documents de transport. Ceux qui n'en avaient pas devraient attendre, cachés, qu'on leur en fabrique par des moyens peu orthodoxes, car ils devaient rejoindre dès que possible le port de Lisbonne. Alors qu'ils fouillaient dans leurs papiers, quelques lettres manuscrites et même, pour certains hommes, des photos de jeunes filles en maillot de bain leur glissèrent des mains. Jana leur demanda de former deux groupes, pour savoir qui partirait dans moins d'une heure. Un couple d'adolescents éveilla sa tendresse. Au milieu de toute cette horreur, ils se fiaient à leurs sentiments comme à une armure et transformaient la réalité en épopée. La passion faisait d'eux des héros prêts à sacrifier leur vie l'un pour l'autre à n'importe quel moment. Ils symbolisaient son rêve de se trouver auprès d'Esteve, épaule contre épaule, de rire, de l'embrasser, de le dévorer des yeux. Mais, en ces temps de guerre, elle savait que rien d'aussi idyllique ne l'attendait.

Dagmar et Sieglinde Géllert, dont les papiers étaient pourtant en règle, ne firent pas un geste. La mère et la fille, âgées respectivement de trente et de sept ans, venaient de Budapest. Originaire du Danemark, la famille de Dagmar s'était installée en Hongrie lorsque son père avait été nommé à la tête de l'Opéra de Budapest. Depuis le début de la guerre, leur famille avait été décimée. Jana s'approcha d'elles, croyant qu'elles n'avaient pas compris la procédure. Elle demanda au soldat de tout à l'heure de lui servir d'interprète.

« Dites-leur, s'il vous plaît, qu'elles doivent aller de l'autre côté avec ceux qui vont partir maintenant. »

Dagmar écouta puis secoua la tête. Elle s'avança vers Jana, croisa les mains dans un geste de supplication, et le soldat traduisit ses paroles :

« Elle dit qu'elles ne veulent pas partir, qu'elles sont venues ici à la recherche de son mari et que, si vous le permettez, elles voudraient rester à Canfranc le temps d'avoir de ses nouvelles.

— Ici ? C'est impossible ! Comment faire ? »

Jana était consternée, ce contretemps allait lui compliquer la tâche.

L'homme reprit, de lui-même cette fois :

« Elle est convaincue qu'il a traversé la frontière. Il s'appelle Sándor. »

Il était sans doute au courant de ces détails en raison des nombreuses heures partagées avec elles au cours de cet exode.

« Il y a trois possibilités pour beaucoup d'entre nous, poursuivit-il, en fixant Jana droit dans les yeux. Ou l'on nous enferme dans un camp de concentration, ou l'on nous envoie dans une usine de guerre en France, ou l'on nous enrôle de force dans l'armée d'Hitler…

— Mais s'il est juif…

— Peu importe, on est toujours de la chair à canon.

— Dans ce cas, il peut se trouver n'importe où en Europe.

— Dagmar est certaine qu'il est ici. Elle a rassemblé assez d'informations pour penser qu'il a traversé les Pyrénées. Et elle veut lui faire savoir qu'elles sont en vie. »

Jana apprit que Sándor Géllert avait été forcé de travailler pour la « Mauser-Werke Oberndorf Waffensysteme GmbH », entreprise allemande de fabrication d'armes, entre la Forêt-Noire et le Jura souabe, une terre déserte au sud du Bade-Wurtemberg. Dagmar l'avait appris par un message qu'il avait réussi à faire parvenir au chargé d'affaires de l'ambassade espagnole de Hongrie.

« Sándor a écrit au diplomate ? s'étonna Jana.

— Apparemment. Il a réussi à s'échapper de

l'usine pendant un acte de sabotage avant de se diriger vers le sud de la France. Dans sa lettre, il le suppliait de prévenir sa famille et c'est ce qu'il a fait. » Sans la quitter des yeux, il poursuivit : « Je pense, mademoiselle, qu'il doit être tout près, qu'il est probable que vous le trouviez si vous acceptiez de les aider. »

Elle les connaissait depuis à peine une heure, pourtant Dagmar et Sieglinde avaient déjà conquis son cœur. Elles se ressemblaient comme s'il s'agissait d'une illusion d'optique donnant à voir la même femme d'une grande beauté à deux âges différents. Mais, toutes les deux étant en condition de voyager, la décision était compliquée. Leur permettre de rester supposait de remettre en cause toute la procédure. Jana ne pouvait laisser les réfugiés choisir. Sinon, toutes les précautions antérieures s'avéreraient inutiles. Sa mission consistait à les conduire au train et elle se terminait quand le panache de fumée de la locomotive s'éloignait.

Malgré son jeune âge, Sieglinde devinait ce qui se passait. Ses larmes coulèrent sur la main de Jana. Cette façon de s'accrocher à elle signifiait que, comme Dagmar, elle était déterminée à ne pas bouger de là. Elle répétait « *apa*, *apu* », père et papa en hongrois. Jana n'en revenait pas. Elles étaient convaincues qu'elles pouvaient le retrouver, alors que c'était comme de chercher une aiguille dans une meule de foin. Malgré tout, face à leur insistance, elle décida de leur accorder un délai :

« Une semaine, pas un jour de plus. C'est tout ce

que je peux faire, dites-le-leur. Si elles n'ont rien trouvé d'ici là, elles devront partir. »

Elle était convaincue qu'après ce sursis, elles en seraient au même point, ce qui rendait sa décision encore moins sensée. Sans compter sa crainte que d'autres ne veuillent suivre leur exemple. L'enfant lui serra la taille de ses petits bras et Jana, de peur d'être débordée par l'émotion, détourna les yeux et se mit à examiner la chambre bissextile pour vérifier qu'elle n'avait rien oublié. La pièce, avec ses lits de camp, une vingtaine, ressemblait à un dortoir d'infirmerie. Dans les coins se trouvaient des malles qui contenaient des draps et des couvertures. On avait accroché des tissus blancs pour créer des espaces intimes entre les fenêtres et les lits. Il y avait également une armoire à pharmacie. Jana caressa les cheveux de l'enfant si lisses et doux. Puis elle retira délicatement ses mains et, tout en continuant à donner ses instructions, se dirigea vers la salle de bains, qui comprenait un lavabo avec une cruche en porcelaine sous un miroir, ainsi qu'une baignoire et plusieurs lampes en verre arborant des scènes de plage, où les petites cabines de bain aux rayures bleues et blanches semblaient figer l'été.

Pendant ce temps, dehors, sur le quai français, le drapeau nazi continuait, furieux, de battre en haut du mât.

5

Prestidigitation

Jana préparait le groupe pour le prochain départ qui correspondait au passage de l'express de Madrid. Le jour se levait, mais aucun rayon de lumière ne pénétrait dans la chambre bissextile aux volets fermés et aux rideaux tirés. Sans ancrage, elle flottait tel un bateau dans une mer sans nom qui distinguerait pourtant bientôt le rivage et accosterait.

Jana leur expliqua à qui ils devaient montrer leurs papiers en essayant de leur transmettre une assurance qu'elle ne possédait pas vraiment, pour qu'ils fassent preuve de sang-froid. On entendit un discret grincement de gonds. La porte s'entrouvrit. Les deux soldats portèrent en même temps la main à la poitrine et Jana comprit qu'ils étaient armés, ce qui, étonnamment, lui procura un certain soulagement.

Les enfants se cachèrent sous les lits, les femmes s'enfuirent dans la salle de bains, les plus âgés, résignés, sans forces, ne firent pas un geste pour quitter les fauteuils dans lesquels on les avait installés. Il était cinq heures du matin, on entendait du bruit dans certaines chambres, sans doute les voyageurs qui se préparaient à prendre l'express, des portes qui claquaient, des pas, des échanges... Dans ce monde qui s'éveillait, ils n'existaient pas, pourtant la personne qui s'apprêtait à entrer savait qu'ils étaient là.

Jana s'empressa de les calmer. Rien ne permettait

de penser qu'on les avait dénoncés. Ils suivirent du regard cette jeune inconnue rousse dont leur vie dépendait lorsqu'elle alla ouvrir la porte. Un homme d'une cinquantaine d'années entra et posa une valise noire par terre au milieu de la pièce. Il regarda autour de lui et demanda où étaient les enfants. Ces derniers sortirent la tête de leur cachette. Montlum, le camarade de Jana, mima un mur invisible entre eux et lui, puis, comme personne ne réagissait, il miaula, se mit à quatre pattes et avança, souple comme un chat. Deux enfants autrichiens l'appelèrent alors *Katzenmann,* l'homme-chat. L'attitude de Jana ne laissait planer aucun doute, il s'agissait bien d'un ami. Montlum reprit sa valise et la posa sur la table en murmurant un :

« *Elle est magique**. *Das ist ein Zauberkoffer.* Oooooh ! »

La mallette était vide, mais il indiqua un double fond et demanda à tout le monde de s'approcher et de faire un vœu. Il insista. Il laissa passer quelques instants pendant lesquels il ferma les yeux si fort que des rides se dessinèrent sur son front. À la grande joie des enfants, il secoua la tête tout en imitant les sons de différents instruments. Il arracha la toile et, comme par magie, plusieurs douzaines de sandwichs apparurent.

Montlum vivait dans un grenier au-dessus du fournil du village de Canfranc. En échange de ce logement, il travaillait pour le boulanger. Laurent l'avait convaincu d'accepter cet arrangement parce que, de cette façon, il pouvait leur apporter son aide quand il fallait doubler la production de pain pour nourrir les réfugiés. Le propriétaire du fournil, qui demeurait en marge de ces activités clandestines, laissait faire moyennant rétribution. Montlum était le second ami de Jana après Arlette, la femme du chef de douane. Si elle appréciait beaucoup ce dernier, elle ne se voyait pas échanger des confidences avec lui, il était trop sérieux pour cela. Il l'intimidait et elle était plus détendue avec Montlum.

Pendant que leurs protégés se dépêchaient de finir leur repas, Jana et Montlum se mirent dans un coin.

« *Belle dame**, tout va bien ?

— Oui, oui. »

Il la connaissait par cœur.

« Tu es sûre ?

— Ils sont plus nombreux que prévu, vingt-quatre au lieu des quinze qu'on attendait. Il y a deux hommes très âgés, plusieurs malades et deux personnes, une mère et sa fille hongroises, qui veulent rester. »

Elle débita tout d'une traite sans respirer, comme pour mieux lui faire comprendre la gravité de la situation.

« Elles veulent rester vivre ici ? s'étonna Montlum. Eh bien, heureusement que tout allait bien, ajouta-t-il d'un air amusé.

— Non, quelques jours seulement. Elle pense que son mari est passé par Canfranc.

— On verra ce qu'on peut faire, Jana, mais elles ne doivent pas quitter cette chambre. Nous nous chargerons de l'enquête. Et on se débrouillera pour les autres, je vais prévenir Laurent. »

Montlum savait que les changements de dernière minute étaient synonymes de davantage de risques, mais il jugea inutile de communiquer son inquiétude à Jana. Ils avaient besoin qu'elle garde les idées claires. Dans ce genre de situations, le plus sûr était de se raccrocher au quotidien, à la routine. Il regarda les enfants qui dévoraient les sandwichs et sourit, certain que dans peu de temps, arrivés à bon port, ils mangeraient enfin à leur faim, même si à Canfranc on pouvait obtenir du pain plus facilement que dans le reste du pays, où la consommation était réglementée par des cartes de rationnement. Il en allait de même pour d'autres aliments, le trafic des trains de marchandises à destination des pays en guerre étant continu. C'était une chance de pouvoir loger dans ce « camp franc », où seuls les titulaires d'un permis de séjour, d'une déclaration signée par des concitoyens attestant qu'il s'agissait de personnes d'honneur, étaient autorisés à résider.

Dans la chambre bissextile, Montlum, installé sur un tapis au centre de la salle, exécuta quelques tours de magie devant un public captivé qui savourait en même temps les délices locales.

Jana eut alors le sentiment que le temps était suspendu. Les plus jeunes, émerveillés, paraissaient avoir oublié tout ce qui avait précédé. L'espace de quelques instants irréels, elle chassa, elle aussi, de son esprit les préoccupations et les mauvais pressentiments qui l'assaillaient depuis la veille. Son sourire s'effaça lorsqu'elle s'aperçut que, parmi les adultes, certains pleuraient en silence.

6

Sauf-conduits

Les sandwichs furent rapidement engloutis. Valentina, la jeune apprentie de Jana, avait rejoint le groupe entre-temps. Cette jeune fille vive et débrouillarde de treize ans, blonde, mince, le teint clair, originaire de la région, n'avait pas eu le temps d'enfiler son uniforme, car elle arrivait tout droit de chez elle. Ce matin, elle portait une robe à carreaux rouges et blancs et un gros pull en laine blanc. Avec l'accord de Laurent Juste, Jana l'avait impliquée dans ses activités clandestines tout en lui apprenant le métier de l'hôtellerie.

Jana avait tout de suite pressenti que Valentina pourrait devenir une pièce maîtresse dans leurs opérations de sauvetage, convaincue qu'avec son air innocent, elle n'éveillerait jamais les soupçons. Elle l'avait mise à l'épreuve en lui confiant certaines informations et en lui faisant jurer qu'elle ne les révélerait à personne, ni parents ni amies. Après plusieurs semaines, ces renseignements n'ayant pas resurgi, elle avait su qu'elle pouvait lui faire confiance. Valentina avait le sens des responsabilités, elle contribuait déjà aux besoins de sa famille malgré son jeune âge. Laurent Juste et Jana savaient qu'ils l'exposaient à un risque extrême, mais ils pourraient toujours prétexter que Valentina ignorait tout de leurs agissements, tant sa participation aux activités du réseau était peu vraisemblable. Jana dut lui donner une leçon d'histoire en accéléré, l'informant des événements qui se produisaient en Europe sans lui révéler les détails les plus macabres. Elle aurait bien le temps de découvrir les abîmes de noirceur que pouvait atteindre la cruauté humaine.

Ce matin-là, Jana jugea que sa jeune aide était prête à franchir une nouvelle étape.

« J'aimerais que tu prennes tout en charge », lui dit-elle. Elle savait que ces paroles et la responsabilité qu'elles supposaient accompliraient le prodige de la faire grandir, mûrir.

« Oui, bien sûr », répondit Valentina sans hésitation.

À sa façon de regarder Jana, on comprenait que cette dernière était son modèle, qu'à ses yeux, suivre ses pas était un honneur.

« Assure-toi qu'on ne sépare personne. Il ne faut surtout pas qu'on soit obligé de rebrousser chemin. Vérifie que tout le monde a son billet. N'oublie pas de prendre de l'eau. Et viens me voir tout de suite s'il manque quoi que ce soit.

— Tu peux compter sur moi. »

Jana sourit, voyant dans Valentina un double

d'elle-même. D'ailleurs, certains réfugiés lui demandèrent si elle était sa fille.

À son expression, elle devina que Montlum admirait, comme elle, cette jeune fille qui, à pas de géant, quittait le monde de l'enfance. Comme ils sortaient, en refermant la porte-bibliothèque, un livre tomba de l'étagère la plus haute.

« Tiens ! On dirait qu'il t'a choisie. Prends-le, l'histoire te plaira, j'en suis sûr », dit Montlum en ramassant par terre *Le Comte de Monte-Cristo* et en le lui tendant.

Jana prit l'ouvrage, puis, tout en longeant le couloir, lui demanda de quoi il traitait. Pour la première fois aujourd'hui, ils parlaient d'autre chose que du sujet qui les préoccupait.

Pour toute réponse, Montlum se contenta de lui sourire.

Ils se séparèrent en haut de l'escalier. Jana devait se dépêcher de préparer le buffet avant le départ du train et Montlum devait effectuer sa tournée. Il n'avait distribué que la moitié de ses commandes, laissant le reste sur le comptoir de la cafétéria. Il s'attardait dans les locaux afin d'assister au départ du train lui aussi. Le boulanger ne réclamerait pas sa présence avant l'après-midi. Il se dirigea vers le bâtiment des voyageurs pour y proposer ses croissants et autres pâtisseries diverses.

Dans une heure, il retrouverait Jana pour escorter, à une certaine distance et avec la plus grande discrétion, les fugitifs. En attendant, malgré le danger, l'un et l'autre continuaient à sourire et à répondre avec amabilité à toutes les personnes qu'ils croisaient. Jana, en raison de son uniforme, devait accéder à toutes sortes de demandes, un client désirait une infusion, un autre, une aspirine. Elle en vint à bout en moins de dix minutes et put enfin s'enfermer dans sa chambre, qui ne comportait ni horloge de bronze, ni tapisserie, ni baignoire, fauteuil ou sculpture. Dans cette pièce d'une simplicité monacale, le blanc, celui des draps et des serviettes, prédominait.

Cependant, sur une table, des piles de papier vierge, des flacons d'encre, de colle et d'autres produits toxiques à l'odeur entêtante témoignaient de ses activités d'imprimerie clandestine. Pour qu'on ne sente rien à l'extérieur, Jana gardait la fenêtre ouverte, ce qui l'obligeait à dormir sous plusieurs couvertures, mais lui évitait de s'empoisonner. Sa chance, c'était de ne partager sa chambre avec personne, pas même avec Valentina qui vivait au village chez ses parents. Cela lui permettait d'avoir assez de place pour stocker le matériel et les outils dont elle avait besoin. Pour s'assurer que personne n'entrait chez elle en son absence, elle vérifiait toujours que la porte était verrouillée avant de quitter sa chambre.

L'eau nécessaire pour dissoudre les couleurs, altérer la température des différents matériaux, et surtout éliminer les résidus sur ses mains et ses vêtements, bouillait dans une casserole. Elle avait suspendu une corde à linge entre deux murs et y avait accroché des feuilles à l'aide de pinces. Le papier arrivait à la douane, caché entre les pages d'un catalogue de tissus catalan dont elle arrachait un par un les échantillons crantés. Ces bouts de tissu lui servaient à fabriquer des poupées pour ses petits protégés et leur rappeler ainsi que l'enfance est sacrée, qu'aucun monstre ne pouvait la leur voler.

Des contacts dans les ambassades et consulats lui avaient fourni des exemplaires originaux de pièces d'identité et de passeports qui lui parvenaient par l'intermédiaire de Didier. Elle n'avait plus qu'à les modifier et à les restaurer. De l'exactitude des cachets et signatures, du grammage du papier, de la qualité des agrafes dépendaient de nombreuses vies. Une seule erreur, et c'était la déportation.

Quand ils arrivèrent à Canfranc, les premiers soldats allemands, peu aguerris à ce genre d'inspection, ignoraient que ce qui distinguait une carte d'identité russe, c'étaient ses agrafes qui s'oxydaient en peu de temps, alors que celles qu'utilisaient les autres pays, en acier chromé, conservaient leur éclat. Les techniciens des services de contre-espionnage et les S.S. mirent un certain temps à remarquer cette particularité.

Chaque fois qu'elle était plongée dans la fabrication de faux papiers, elle se souvenait de la table périodique des éléments qui se trouvait dans le bureau de son père, professeur de chimie. Elle n'aurait jamais pu imaginer que ses maigres connaissances sur la composition des métaux et leurs alliages, lui permettraient un jour de lutter contre la barbarie qui s'abattait sur certains concitoyens.

Pour parfaire son travail, elle comptait sur l'aide d'un ancien maître graveur de Huesca, installé à

Jaca, à une vingtaine de kilomètres, chargé de reproduire les motifs ornementaux complexes des passeports. Il produisait des sceaux en caoutchouc grâce auxquels il tamponnait les pages ou imitait des signatures, des dates ou tout autre élément qui certifiait sa validité et surtout son authenticité. Il passait pour un artiste, ses voisins étant convaincus que sa passion était l'aquarelle, qu'il dessinait si bien que le fleuve paraissait couler dans ses tableaux.

Ce qui prenait le plus de temps était l'hectographie, la duplication à l'alcool, permettant de copier les pages et les gravures. La veille de l'arrivée d'un groupe, Jana mettait à tremper dans l'eau froide trente grammes de gélatine, puis faisait bouillir l'eau salée à laquelle elle ajoutait de la glycérine qu'elle devait remuer pour éviter les grumeaux. Il lui fallait s'armer de patience. Ensuite, elle mettait de l'essence d'œillet afin que le liquide obtenu ne se décompose pas. Pendant que les réfugiés attendaient dans la chambre, elle préparait alors les certificats ou sauf-conduits nécessaires. Elle devait parfois leur donner un aspect vieilli pour qu'ils ne paraissent pas suspects au toucher, mais tout dépendait de l'expérience des gardes, qui étaient rarement des spécialistes en matière d'émigration. Elle faisait correspondre les photos avec les dates qui apparaissaient sur les documents et l'apparence physique de leurs futurs détenteurs. Elle puisait dans un tas de clichés qui provenaient des réseaux de la Résistance et de bureaux d'état civil.

La pile des documents s'amoncelait sur sa droite.

Elle traçait les lettres d'une main ferme pour imiter l'écriture formatée des fonctionnaires. Jana était devenue une véritable experte qui aurait gagné des fortunes si elle avait monnayé ses talents de faussaire. Elle s'étonnait elle-même. Elle était arrivée à Canfranc pour occuper un emploi de femme de chambre et se retrouvait à vivre dangereusement en multipliant les casquettes. Comparé à sa vie à Saragosse, c'était comme si, tout à coup, elle était sortie de la grisaille pour entrer dans un monde plus animé dans lequel elle avait un rôle à jouer, où elle ne cessait d'en apprendre non seulement sur le monde qui l'entourait, mais aussi sur elle-même. Elle savait qu'en aidant les réfugiés juifs à Canfranc, elle leur donnait les clés de la liberté, pauvres malheureux qui se tenaient sur le seuil d'une nouvelle vie. Cette idée la réjouissait. Pourtant, elle ne suffisait pas à son bonheur, qui aurait été complet si…

Son esprit ne cessait de revenir aux montagnes où vivait le mystérieux Esteve. Personne ne savait exactement d'où il venait. Il parlait couramment le français et l'espagnol, sans accent. En raison de cette incertitude sur ses origines, lui inventer des vies était devenu le passe-temps favori de bon nombre d'habitants de Canfranc; plus l'histoire était abracadabrante, plus elle remportait de suffrages. On s'échangeait les rumeurs les plus folles, élaborées au coin du feu, quand il disparaissait pendant les longs mois d'hiver. Certains prétendaient – ils le tenaient de source sûre – que sa femme était morte en donnant naissance à son fils unique et que, incapable de faire face à cette tragédie, il était parti se réfugier dans la montagne. D'autres, ravis d'être les dépositaires de pareil secret, disaient qu'il devait son malheur, ou du moins ce changement de trajectoire, à sa fuite avec une maîtresse pour échapper à la colère de l'époux trahi. On murmurait également qu'il s'agissait d'un prisonnier en cavale.

Jana savait que Laurent, sans donner foi à ces racontars, s'inquiétait du passé énigmatique d'Esteve, pourtant il n'avait pas d'autre choix que de faire confiance au contrebandier qui s'était révélé indispensable. Il avait même dû intercéder en sa faveur auprès de certains commandants de la Résistance, et cette responsabilité pesait lourdement sur ses épaules.

Esteve était dangereux. Il n'échappait à personne qu'il enfreignait la loi quand cela l'arrangeait, offrant toute une palette de prétextes prouvant qu'il avait beaucoup d'imagination et peu de scrupules. Il lui arrivait de disparaître pendant des semaines. On disait qu'il se cachait dans un refuge abandonné connu de lui seul. Il paraissait s'adapter à merveille aux circonstances, devinant toujours quand il devait être là et quand il valait mieux ne pas se montrer. Jana passait de longues périodes sans le voir et soudain sentait qu'il rôdait autour de la gare. Il fallait le reconnaître, chaque fois qu'on avait besoin de lui, il se manifestait d'une manière ou d'une autre. Cette intermittence inquiétait Jana, parce qu'elle ne savait pas s'il se consacrait à d'autres activités moins nobles et plus égoïstes.

Elle reprit sa tâche. Elle avait hâte d'en finir avec cette mission, de savoir enfin ses protégés à l'abri. Et elle avait aussi très envie de se rendre à l'auberge. Elle avait entendu au cours d'une conversation entre Tricio, le propriétaire de La Serena, et Laurent, qu'Esteve n'y entrait presque jamais. Mais cela n'était pas exclu. Il pouvait avoir un marché à conclure sur place, vouloir se mêler à la foule pour mener à bien ses affaires. Dans ce cas, elle le trouverait accoudé au comptoir ou assis à une des tables, entouré d'un nuage de fumée au milieu des autres clients, Allemands y compris.

En tant que groupe, ces derniers représentaient la force d'occupation, mais, une fois dans l'auberge, ils redevenaient de simples clients et il était très difficile de les détester ou de les associer à l'ennemi impitoyable qui, depuis Berlin, aspirait à dominer le continent. Leur plus grand acte de témérité consistait à boire un « carajillo », un verre d'alcool frelaté. Jana avait fini par les reconnaître parce qu'elle les apercevait lors de la relève de la garde. Ils étaient grands en général, même si aucun n'avait la taille d'Esteve. C'était d'ailleurs ce dernier qui avait le plus de liens avec eux en raison des trafics qu'il devait organiser pour détourner leur attention. Laurent Juste maintenait également des relations étroites avec le capitaine Wagner, puisque tous deux devaient gérer la logistique à la gare. Wagner était un homme très placide, trop pour un militaire. Les cheveux et la moustache blancs, il avait un sourire affable et se montrait aimable avec tous. Il devait avoir une soixantaine d'années, mais se tenait très droit. Sa présence réconfortait même Jana. Elle ne le craignait pas en dépit de son uniforme, comme s'il n'avait rien à voir avec l'armée allemande. Sa principale fonction était de superviser le trafic des minerais stratégiques, tungstène de Galice et fer de Teruel, qui alimentaient les usines de guerre du Reich. Pour les autres soldats, elle regrettait d'avoir appris par Laurent Juste que l'un d'eux avait une sœur qui s'appelait Lorelei, comme la sirène du Rhin, et un autre une mère âgée qui souffrait de rhumatismes et espérait son retour en Saxe. Tous ces détails si humains donnaient à la guerre un aspect encore plus monstrueux.

L'auberge logeait aussi les camionneurs suisses qui attendaient l'ordre de traverser la frontière vers la péninsule Ibérique avec leur cargaison d'or, issue des spoliations nazies, transportée à Canfranc par train. C'était l'autre grand sujet de conversation, après la guerre et Durandarte, à cette différence près qu'on en parlait avec beaucoup de précautions, comme si le simple fait de nommer cet or pouvait vous mettre en danger. Laurent fermait les yeux sur ce trafic. S'y opposer, c'était risquer de s'attirer les foudres du régime franquiste. Les directives étaient claires : il devait faciliter autant que possible ces « échanges » avec les autorités allemandes. Il avait tout de suite compris que cela lui procurerait une couverture parfaite. Personne ne soupçonnerait que la majeure partie de son travail était consacrée à aider les Alliés à gagner la guerre.

Le chef de douane fermait donc les yeux sur ce qu'il considérait, comme il l'avait dit à Jana, comme de la délinquance à grande échelle, un crime international auquel participaient des pays soi-disant neutres comme la Suisse, et à côté duquel la contrebande de Durandarte faisait pâle figure.

Jana, Laurent, Montlum, tous savaient que le métal ne transitait pas seulement par Canfranc, mais que chaque acheminement était organisé à partir de l'auberge La Serena et qu'un certain M. Mirs, un Suisse logé sur place, dirigeait les opérations sous les ordres de son supérieur qui résidait, eu égard à son rang, à l'hôtel Ritz de Madrid. Mirs souriait toujours trop, les pointes blondes de ses longues moustaches courbées vers le haut, il s'habillait comme une caricature de dandy anglais, une montre de gousset en or dépassait de la poche de son veston et il portait un monocle à l'œil droit, ce qui lui avait valu d'être surnommé « Monocle » par les enfants du village, qui voyaient pour la première fois cet étrange appareil optique. On le trouvait souvent en grande discussion avec le capitaine Wagner dans le bureau des douanes tandis qu'ils organisaient les dates de livraison. Son pouvoir discrétionnaire était tel qu'il payait les employés de la gare, ainsi que ceux de l'hôtel, chaque fois qu'arrivait un chargement de lingots, pour qu'ils prennent un jour de congé et ne soient pas témoins du trafic. Parfois même on demandait aux clients de l'hôtel de ne pas sortir pendant deux heures, le temps que se terminent de mystérieuses manœuvres. L'argent ainsi dépensé n'était rien comparé à la valeur de ce qui transitait par Canfranc.

Cette ingérence étrangère, une des nombreuses que Laurent Juste devait accepter, lui était insupportable. À ces occasions, il se montrait de très mauvaise humeur, contrarié parce qu'on le réduisait au rôle de fantoche. Mais il se contrôlait, car une seule chose comptait à ses yeux, sauver des vies, et à certains égards cette farce macabre lui facilitait la tâche. Il avait raconté à Jana des histoires terribles sur cet or dont les espions avaient pu retracer l'origine grâce à la bureaucratie si méticuleuse du gouvernement d'Hitler. Des centaines de fonctionnaires consacraient leur temps à élaborer des listes de déportés, à inventorier leurs biens, à établir des dossiers avec le motif de détention. Le moindre détail était consigné, enregistré. Laurent avait pu voir certaines de ces listes mécanographiées lors de réunions de la Résistance à Toulouse, elles faisaient froid dans le dos en raison des centaines de drames qu'elles recelaient.

Cet or, fondu en lingots, ne provenait pas seulement des économies ou des richesses des citoyens juifs, il incluait des pièces plus petites, les dents en or extraites des cadavres, les montres, les bijoux volés dans les maisons profanées. Ce trésor nauséabond – que l'on désignait à voix basse comme l'or des morts – traversait la montagne dans des wagons pour finir dans les camions suisses qui attendaient du côté espagnol. Ce scandale était trop flagrant, les transferts trop récurrents pour être cachés aux habitants de Canfranc, si bien que, pour dissimuler les manœuvres de chargement, on se servait des tunnels qui communiquaient entre les territoires français et espagnol. Laurent Juste, que personne ne pouvait renvoyer, apercevait les manutentionnaires qui arrivaient par l'escalier collé au hangar où ils cachaient les Juifs. Ils déchargeaient du train des sacs en toile de jute, traversaient le passage souterrain et ressortaient, côté espagnol, leur précieuse marchandise, à l'abri des regards et de la convoitise de bon nombre d'habitants. Ils étaient surveillés par la Gestapo, de sorte qu'ils n'avaient aucune possibilité de voler le moindre lingot ni de quitter la route. Ils étaient escortés tout du long comme des bêtes de somme et œuvraient sous la menace, condamnés à se taire.

Dans sa chambre, tandis qu'elle manipulait à l'aide d'une pince les photos détachées des passeports, Jana avait du mal à regarder les dents de ces gens, leurs cravates ornées d'une épingle, leurs boucles d'oreilles, en sachant que, pour la plupart, ces objets n'existaient plus. Elle caressa du doigt ces visages en pensant aux réfugiés qui attendaient dans la chambre bissextile ces documents destinés à tromper l'ennemi. En raison de toutes les nouvelles horribles qui lui parvenaient, Jana faisait tout ce qu'elle pouvait, sans ménager sa peine.

7

Les billets

Six heures sonneraient bientôt. Jana, si appliquée dans ses travaux de faussaire, n'avait plus qu'à modifier un dernier passeport avant d'apporter les documents fin prêts aux réfugiés. Mais ses pensées revenaient sans cesse à Esteve, si bien qu'elle renversa un encrier et sauva de justesse un laissez-passer. Elle s'en voulut et y vit un avertissement. Elle devait se sortir cet homme de la tête si elle ne voulait pas que sa vie se teinte de la même noirceur que son bureau. Elle prit un mouchoir en coton, le trempa dans l'alcool et tenta de réparer les dégâts.

Alors qu'elle s'apprêtait à quitter sa chambre, un air de musique résonna, en provenance d'une des chambres équipées d'un gramophone. Un enfant devait s'amuser car il était encore très tôt. Cela dura à peine quelques secondes, mais les notes du paso doble qu'elle entendit lui suggérèrent une image de bal. Elle se vit dans les bras d'Esteve, près de la place qui jouxtait le restaurant Yola où serait célébré, le 18 juin, l'anniversaire de l'inauguration de la gare. Elle s'imagina dansant sous les guirlandes d'ampoules colorées, souriante et légère face à l'orchestre amateur. Lui en chemise blanche, elle avec sa jolie jupe à fleurs, la main posée sur son bras, devinant ses muscles palpitants, tendus. Cette image si simple, si banale, celle d'un couple qui s'enlace, lui paraissait pourtant inconcevable les concernant : elle, la femme de chambre, et lui, le contrebandier. Et pourtant les soldats allemands, eux, dansaient bien avec les filles du village le samedi après-midi…

Les documents glissés dans les poches de son tablier, elle sortit sans faire le moindre bruit. Elle vérifia que le couloir était vide et tira à elle la bibliothèque.

Une fois à l'intérieur de la chambre bissextile, elle fit signe à Valentina qu'elle pouvait partir, puis sortit le carnet où elle avait noté les noms des voyageurs clandestins et lut à voix haute la liste de ceux qui, dans vingt minutes à peine, monteraient dans le train. Leurs places étaient réservées dans un *wagon-lit**. Ils voyageraient dans des compartiments à couchettes qu'ils ne devaient pas quitter avant Lisbonne.

« Sous aucun prétexte », ajouta-t-elle, même si elle savait qu'une fois loin, elle ne pourrait plus rien pour eux. Elle devait néanmoins les avertir du danger qui les menaçait encore.

Elle compta les billets et s'aperçut qu'il en manquait six. Elle ne savait pas si l'erreur venait d'elle, toujours est-il qu'elle ne les avait pas. Elle ne voulut rien laisser paraître de sa contrariété. Elle décida que l'un des vieillards voyagerait sans, personne n'oserait lui demander de montrer son titre de transport. En revanche, le sort d'une famille avec deux enfants ainsi que celui d'une femme seule la préoccupaient. Elle ne voulait pas avoir à choisir. Elle trouvait injuste de donner les billets aux uns et de conduire les autres sur le quai sans savoir si on pourrait leur trouver une solution. Parfois, le train était plein, il n'y avait pas moyen d'y monter, des drames se produisaient. Elle ne voulait pas qu'on les fasse descendre à coups de crosse. Quand la famille polonaise lui demanda ce qui allait se passer, elle leur fit comprendre qu'elle leur remettrait leurs billets plus tard. Elle distribua à chaque famille une carte de l'« American Jewish Joint Distribution Committee », qui envoyait aussi à la douane, cachés à l'intérieur de boîtes de conserve, des visas signés par les ambassades des pays de destination, la plupart situées en Amérique latine ou aux États-Unis, en laissant en blanc le nom, le prénom et la date, de sorte que Laurent et Jana n'aient plus qu'à compléter ces informations avant de remettre les précieux sésames aux réfugiés avec leurs billets pour la traversée transatlantique.

Jana ouvrit une armoire près de la porte de la salle de bains. Elle en sortit les vêtements propres et repassés, pantalons, chemises, robes, blouses, manteaux, qu'elle recevait de Londres et demanda à ses protégés de se changer. Plus tard, elle brûlerait leurs anciens habits, souvent déchirés après leurs périples depuis Budapest ou Cracovie, dans les chaudières des trains de marchandises.

Elle aida les mères à coiffer les enfants, fit des tresses aux fillettes et, quand elle les jugea prêts, les invita à la suivre en sortant la première dans le couloir pour s'assurer qu'ils ne croiseraient personne, du moins le temps de remettre la bibliothèque en place. Auparavant, elle leur donna ses dernières instructions : ils devaient éviter les soldats allemands, mais, s'il leur arrivait d'en rencontrer, ils devaient se comporter normalement en montrant leurs passeports, laissez-passer ou sauf-conduits, qui étaient valides. Il n'y avait donc aucune raison qu'on les arrête. Jana prononça ces dernières paroles avec plus de conviction que de certitude. Ils avaient de nouvelles identités, ils pouvaient se mélanger aux autres passagers, néanmoins le danger rôdait toujours.

Ils sortirent timidement, sans bruit. En arrivant sur le palier, les enfants eurent la bonne surprise de retrouver Montlum. Ils se regroupèrent autour de l'ami de Jana en chuchotant son nom comme pour le remercier encore du plaisir qu'il leur avait offert grâce à ses tours de magie.

Jana les fit taire tout en souriant tandis que Montlum, au milieu du cercle, leur murmura :

« *Au revoir, mes rois. L'avenir est à vous**. »

Une fois dans le hall, les réfugiés se mêlèrent aux voyageurs, dont rien ne les différenciait, comme le leur confirmaient les miroirs. Certains avaient retrouvé le sourire, fiers de leur apparence, mais la plupart avançaient d'un pas prudent, le dos trempé de sueur en baissant la tête dès qu'ils croisaient quelqu'un, qu'il soit en uniforme ou en tenue de paysan. Il leur était difficile de croire que rien de grave ne leur arriverait, que seuls quelques mètres les séparaient du train qui, immobile sur le quai, révélait sa puissance en crachant de majestueux panaches de vapeur. Le hall était bien différent à cette heure. On y voyait des hommes et des femmes élégants, en chapeaux, des enfants en culottes courtes, certains avec des jouets que les petits réfugiés ne pouvaient quitter des yeux. Cette même scène se répétait à quelques variations près tous les jours à l'heure du premier train. Et en cet instant, Jana, Montlum et Laurent n'avaient d'autre souhait que cela continue ainsi.

Les six voyageurs sans billet demeuraient séparés des autres. Jana sentait leurs regards inquiets posés sur elle. Elle leur ordonna d'aller à droite, vers les wagons de queue, les moins surveillés, à l'extrémité du bâtiment des voyageurs. S'ils parvenaient à monter à bord, ils changeraient de voiture ensuite. Elle priait comme toujours pour ne croiser aucun soldat allemand.

Laurent Juste était assis à son bureau, un porte-tampons devant lui. Il timbrait une pile de documents d'un geste rapide tout en tournant les pages de la main gauche, son bras s'abattant sur la feuille comme une massue. Absorbé par sa tâche, il ne remarqua pas Valentina, qui dut l'appeler à deux reprises avant qu'il ne lève la tête.

« Laurent, je peux vous parler un instant ? » demanda-t-elle.

Elle paraissait un peu troublée, mais cela faisait partie de son rôle. Cette fausse timidité était destinée aux deux employés des services des douanes qui se trouvaient aussi dans le bureau. Dès que ceux-ci reprirent leur tâche, Valentina baissa la voix et murmura, d'un ton pressé :

« Il manque six billets. Jana et Montlum m'ont

chargée de les obtenir comme je pouvais. Il n'y en a plus en vente aux guichets et, dans moins de sept minutes, le train doit partir», ajouta-t-elle en lui indiquant la pendule.

Laurent Juste s'adressa alors à ses employés:

«Pardonnez-moi, je dois m'absenter. Valentina me dit que Solange ne se sent pas bien, je vais voir ce qui se passe... À cet âge, on sait que... C'est une période de changements.»

Il sortit en compagnie de Valentina en se félicitant d'avoir accepté de recruter cette gamine si éveillée. Le chef de douane chercha, parmi la foule sur le quai, le contrôleur espagnol. Il le repéra à son uniforme et siffla. Ce n'était pas une manière très correcte d'attirer son attention, mais il n'y avait pas une minute à perdre.

«Tu en veux combien cette fois?» demanda-t-il à Laurent sans chercher à cacher sa mauvaise humeur.

Cette requête de dernière minute allait l'obliger à refaire ses comptes.

«Six, c'est bien ça, Valentina?»

L'enfant opina du chef.

«C'est trop, je ne peux pas. Je dois en garder trois en cas d'urgence, poursuivit le fonctionnaire. Il s'agit des sièges de réserve au cas où un cheminot ou un chef de station devrait monter à bord.

— Cela n'arrivera pas. Vends-les-nous, s'il te plaît, insista Laurent en lui glissant discrètement l'argent dans la main.

— Ah, mais vous, les Français, vous vous croyez tout permis! C'est bon, tiens, prends-les! Mais je te préviens, si on me les demande à Saragosse, je dirai qu'ils viennent ici te les réclamer.

— Voyons, ce serait un gâchis de perdre des places. Et c'est pour des clients âgés. Ils ont envoyé cette enfant qui travaille à l'hôtel depuis peu pour les acheter pendant qu'ils finissent leur petit déjeuner. Je crois que ce sont des marquis ou quelque chose dans le genre. Ils sont habitués à avoir des domestiques et que le monde tourne autour d'eux. Je préfère les voir partis ! S'ils restent, tu sais ce que c'est, ils vont nous rendre la vie infernale.

— C'est bon, mais tu me revaudras ça un jour, hein ? »

Le douanier breton eut du mal à croire qu'il avait réussi à lui faire avaler cette histoire. Il n'était pas très inspiré ce matin et il avait raconté la première chose qui lui était passée par la tête. Le contrôleur écrivit quelque chose sur son carnet de tickets. Puis, alors que Laurent le remerciait, Valentina partit en courant, munie des précieux billets. Laurent avait les moyens de payer à cet homme dix fois la valeur de ces places, mais celui-ci aurait pu l'interpréter comme une tentative de corruption. Il décida donc de choisir une bonne bouteille de porto dans sa cave et de la lui offrir le lendemain, quand le contrôleur penserait qu'il revenait le voir pour l'importuner de nouveau.

Montlum alla au-devant de Valentina et lui glissa une boîte de biscuits Cros afin qu'elle dissimule les billets à l'intérieur. Elle s'approcha alors, le visage éclairé par un sourire, du groupe des six voyageurs qui attendaient, anxieux. Elle allait adoucir les terribles instants d'inquiétude qu'ils venaient de vivre après être restés cachés si longtemps. Jana devina à l'expression de son apprentie que cette boîte en étain contenait autre chose que des petites galettes. Mais pas le temps de s'appesantir, il leur restait seulement deux minutes.

Elle se dirigea vers la famille polonaise et, en les traitant comme s'ils étaient des clients de l'hôtel, leur expliqua qu'ils avaient oublié la boîte dans leur chambre. Le père s'apprêtait à répondre qu'elle se trompait quand Jana lui lança un regard appuyé. L'homme comprit, prit la boîte et la remercia tandis que des voyageurs les bousculaient pour monter dans le train. Autour d'eux, des scènes d'adieux, d'embrassades, se succédaient. Le père de famille souleva le couvercle, distribua quelques biscuits, glissa les billets dans sa veste, puis caressa la tête des siens. Il se débrouilla pour faire passer les deux billets qui n'étaient pas pour eux au vieil homme et à la femme qui voyageait seule. Ces simples morceaux de carton représentaient leur unique ticket pour l'avenir. Les retardataires purent enfin monter à bord et se dirigèrent vers leur compartiment.

Le train devait partir dans vingt secondes. Alors que le contrôleur portait son sifflet à la bouche, le gouverneur civil de la province, Gervasio Casanarbore, débarqua sur le quai. Comme à chacune de ses apparitions publiques, il arborait un visage fermé, marchait d'un pas martial, le menton haut, mais sa corpulence et sa petite taille n'en imposaient guère. Il avait pour habitude de s'adresser à ses interlocuteurs avec une mine dédaigneuse, usant d'un vocabulaire choisi comme pour mieux marquer la distance qui les séparait. Alors qu'il se consacrait au culte démesuré et constant de sa personne, à Canfranc, personne ne le prenait au sérieux. On craignait simplement ses caprices de roitelet franquiste. Ainsi, on savait qu'il avait destitué un maire, choisi au hasard, les yeux fermés, sur une liste. Sa plus grande aspiration était de recevoir la médaille du mérite. Afin de faire valoir son autorité, ce matin du 16 mars 1943, il frappa dans ses mains pour convoquer les deux gardes civils qui se trouvaient de service. Il voulait montrer qui commandait ici, que le chef des douanes comprenne à quel point il était inconvenant de ne pas le recevoir comme il le méritait. Il voulait que ce Français sache une bonne fois pour toutes qu'il n'était pas dans son intérêt de se montrer hostile.

Laurent connaissait le désir de Casanarbore d'être invité chez lui. « Monsieur Juste... » commençait-il toujours de sa voix de fausset. Tout le monde savait que dans cette salle à manger du val des Arañones, on dégustait les meilleures soupes, que le vin de Madère n'y manquait jamais, ainsi que le whisky écossais, sans parler du tabac de bonne qualité et autres denrées rares en ces temps de guerre. Une opulence rendue possible parce que le chef de douane français recevait des cadeaux de ses collègues à travers le monde, de la même façon qu'il envoyait des produits du cru à ses compagnons. Sans payer aucun frais d'expédition. Mais la raison pour laquelle le gouverneur de province tenait tant à cette amitié n'était pas seulement gastronomique ; Son Excellence était vexée de ne pas avoir encore été conviée à s'asseoir dans ce fauteuil qui avait accueilli de si hautes personnalités. Parmi eux, le général Queipo de Llano[1] en personne. Casanarbore était au courant de toutes ces allées et venues, il savait ce qui se mitonnait dans les cuisines de ce que beaucoup considéraient comme la deuxième ambassade de France en Espagne. Un rapprochement avec le chef de douane et le concours de ce dernier lui auraient permis de resserrer encore l'étau qui étouffait ses concitoyens et ceux qu'ils pouvaient poursuivre d'un côté et de l'autre de la frontière.

Il ignorait que c'était peine perdue. Jamais Laurent ne le recevrait. Il ne lui avait serré la main qu'une seule fois et, compte tenu de ce qu'il savait sur Gervasio, elle lui avait paru visqueuse. Comme l'exigeait sa mission d'information pour la Résistance, il connaissait, grâce à Tricio, à un garde et à de nombreux informateurs, beaucoup de choses au sujet du gouverneur. Il n'avait eu aucun mal à recueillir ces informations car Son Excellence était si extravagant qu'ils étaient nombreux à s'en amuser et à tenir Laurent au courant de ses élucubrations, sans se douter que ces renseignements partaient

---

1. Gonzalo Queipo de Llano (1875-1951), général espagnol. Favorable à la République jusqu'en 1936, il rejoint le camp nationaliste dès le début de la guerre d'Espagne.

directement à Pau. Les réseaux français devaient être tenus au courant de tout ce qui concernait la vie de cette gare. Quant aux mœurs et aux coutumes de ce petit homme bedonnant, ils étaient la preuve de ses rêves démesurés de grandeur. Gervasio apparaissait toujours les jours où la gare était fermée pour faciliter l'échange de marchandises entre les gouvernements espagnol et allemand et bon nombre d'habitants se méfiaient de cet homme si irrésistiblement attiré par l'or.

De l'avis de tous, sa seule qualité, pour le moins inexplicable, était sa séduisante épouse, qui portait le charmant prénom de Mimín. Arlette, qui la fréquentait, avait appris à son époux que cette femme cultivée, sensible aux injustices sociales, consacrait une grande partie de son temps à réparer les méfaits que son mari perpétrait. Elle se montrait si agréable, si parfaite, que personne ne comprenait qu'elle puisse vivre sous le même toit que cet homme et partager son lit. Il y avait donc *anguille sous roche**, concluait chaque fois Arlette. Elle ajoutait que ce n'était pas une question d'argent, car doña Mimín était très riche, d'après Pilar, la patronne de l'auberge La Serena. Une rumeur persistante liait l'épouse du gouverneur à Esteve Durandarte. Arlette n'en avait pas parlé à Jana parce qu'elle n'aimait pas évoquer des secrets d'alcôve, ni colporter des commérages, et qu'elle avait deviné le penchant secret de la jeune fille pour le séduisant contrebandier.

Gervasio donna ses ordres aux gardes de façon que tout le monde l'entende, avec une expression de mépris mêlé de dégoût : « Voyons voir ce que nous allons trouver ici. Il y aura certainement des surprises… »

Et, comme s'il lançait sa meute, il ajouta de son ton suffisant :

« Vérifiez les wagons un par un ! Demandez leurs papiers à tout le monde, je dis bien tout le monde, sans ex-cep-tion ! »

Juste se vit obligé d'intervenir. Il s'adressa à lui avec toute la courtoisie qu'il put rassembler :

« Votre Excellence, nous risquons de mettre le train en retard.

— Nous ? Vous avez dit nous ? »

Laurent poursuivit comme s'il n'avait pas entendu :

« Ce train est attendu à Lisbonne. Un contretemps serait fâcheux.

— Peut-être, mais pour l'instant il se trouve à Huesca dans *ma* province. Aussi, monsieur Juste, je vous demanderais de ne pas intervenir, malgré toute la sympathie que j'ai pour vous, dit-il avec un sourire factice qui dévoila ses dents de rongeur.

— Ces voyageurs risquent de rater leurs correspondances. Comme vous le savez, il y en a deux, une à Saragosse, l'autre à Madrid. Il doit partir à l'heure. On ne peut attendre plus longtemps.

— Enfin, Juste, que se passe-t-il ? On dirait que vous avez le diable aux trousses. Vous ne me cacheriez pas quelque chose par hasard ? »

Les deux gardes civils étaient montés dans le premier wagon de tête. Les réfugiés se trouvaient heureusement dans les derniers, mais ce n'était plus qu'une question de minutes avant qu'ils ne parviennent jusqu'à eux. Laurent craignait qu'ils ne s'aperçoivent de la supercherie, qu'ils ne découvrent que la langue qu'ils parlaient ne correspondait pas à la nationalité indiquée sur leur passeport, que les photos n'étaient pas tout à fait ressemblantes. Il conserva son sang-froid pour protester :

« Don Gervasio, je ne vous permets pas. Je suis un homme d'honneur, vous m'offensez… »

Mais le gouverneur civil fit comme s'il ne l'avait pas entendu, le menton levé, le regard posé sur les montagnes. Un geste de mépris pour marquer son autorité sur ce fonctionnaire qui refusait de le recevoir. Il était six heures dix.

Jana était remontée dans sa chambre, avec un sentiment de satisfaction : elle avait rempli sa mission. Elle prit le livre de Dumas et l'ouvrit à la première page : « Le 24 février 1815, la vigie de Notre-Dame-de-la-Garde signala le trois-mâts *Le Pharaon*, venant de Smyrne, Trieste et Naples. Comme d'habitude, un pilote côtier partit aussitôt du port, rasa le château d'If, et alla aborder le navire… »

Montlum avait raison, elle allait aimer ce roman. Elle tourna le regard vers le train qui demeurait immobile. Elle s'aperçut qu'elle n'avait pas entendu le coup de sifflet indiquant son départ. Elle se pencha et découvrit la raison de ce retard : le gouverneur ventripotent, qui ignorait Laurent Juste pourtant debout devant lui.

Elle appuya le front contre la vitre, désespérée. Ils étaient perdus. Alors que tout semblait se dérouler si bien, que les dernières difficultés avaient été réglées. Des larmes coulèrent sur ses joues. Elle ferma les yeux. Lorsqu'elle les rouvrit, elle vit apparaître comme par magie Esteve qui avançait d'un pas déterminé vers le gouverneur.

8

Cheval de bois et oiseau de fer

Jana se retint de descendre sur le quai pour assister à la scène aux premières loges. Dans ces moments d'incertitude, de tension, il fallait se montrer encore plus prudent que d'habitude. Elle put ainsi admirer Esteve tout à loisir dans sa chemise blanche cintrée, son pantalon ajusté, ses bottes. Le contrebandier regarda autour de lui, puis se planta devant Laurent et le gouverneur qu'il dominait de toute sa taille. Il leva un instant la tête vers la fenêtre de Jana, par hasard, ne pouvant pas la voir de là où il se trouvait, puis il tendit la main à Gervasio. Ce dernier refusa de la serrer. Jana ne put entendre leur échange mais Laurent le lui raconta par la suite et elle put ainsi compléter la scène qui s'était déroulée sous ses yeux.

« Monsieur le gouverneur, quelle surprise ! »

Casanarbore le toisa sans lui répondre. De toutes les rumeurs qui couraient à son sujet, celle qui prêtait une liaison à ce *bandolero* avec sa femme était la pire à ses yeux. Alors qu'à l'inverse, tous les habitants de Canfranc qui avaient à souffrir de sa tyrannie se réjouissaient des infidélités supposées de son épouse.

« Et dites-moi, comment va votre dame ? poursuivit Esteve comme si de rien n'était.

— Comment ? Que dis-tu ? croassa le gouverneur.

— Je m'intéressais à la santé de donã Mimín, Votre Excellence.

— Comment oses-tu ? Voleur de chevaux, voyou, rebut… postillonna-t-il en dardant un regard furieux sur son interlocuteur. À genoux, tu m'entends ? »

Esteve éclata de rire.

« Tu ne perds rien pour attendre. Je te réduirai en bouillie ! Je t'égorgerai de mes propres mains, misérable !

— Bien. Dans ce cas, Votre Excellence, soyez assuré que je compte bien profiter des derniers jours ou des dernières heures qui me restent pour les passer en excellente compagnie », répondit Durandarte avec un calme admirable.

C'était plus que don Gervasio ne pouvait en supporter. La provocation était claire. Le gredin faisait allusion à son épouse.

Les deux hommes se défièrent du regard pendant quelques secondes interminables. Des voyageurs, attirés par l'esclandre, se penchaient aux fenêtres des wagons pour contempler ce duel. Laurent Juste se passa discrètement son mouchoir sur le front.

Rompant le silence, Gervasio vociféra comme s'il avait voulu l'expulser non seulement de la gare, mais aussi de sa vie : « Gardes, arrêtez cet homme ! »

Laurent et Jana poussèrent un soupir de soulagement en même temps. Alertés par ce cri, les gardes civils descendirent du compartiment où ils se trouvaient. Leur inspection s'était interrompue avant d'atteindre les compartiments à couchettes.

« Allez, viens », dit l'un d'eux, sans animosité, en prenant Durandarte par le bras. Ce dernier se laissa faire. Ils le conduisirent jusqu'à la sortie de la gare où l'attendait Farsante, son cheval, qui poussa un hennissement joyeux.

« Et maintenant, fiche le camp ! Un de ces jours, tu vas te fourrer dans un sale pétrin et personne ne pourra t'en sortir. Fais attention, le gouverneur n'est pas du genre à oublier », l'avertit le garde.

Jana entendit enfin retentir le coup de sifflet du chef de gare. La locomotive cracha des nuages de vapeur. Le train démarra doucement, puis prit de la vitesse, avant de disparaître vers les montagnes, le refuge d'Esteve. Elle aurait aimé l'avoir devant elle, sentir sur lui le parfum des gentianes, des ramondes, des lis, des sous-bois humides. Elle crut distinguer au loin une silhouette à cheval qui grimpait sur la colline, majestueuse, insouciante, tandis qu'en elle deux femmes luttaient : la camarade efficace, méthodique, indispensable, et l'amoureuse qui gardait le secret de sa flamme pour un homme qui n'était pas pour elle.

Dans leurs wagons, les fugitifs regardaient par la vitre, les yeux embués, ces montagnes qui les avaient accueillis et protégés. Ils avaient enfin gagné la liberté. Cette *wolność* polonaise, *szabadság* hongroise, qui, dans leurs villes occupées, sous les bombardements, au milieu des ruines, des cendres et de la peur, les avait fait tenir quand l'espoir s'appelait alors Canfranc.

Avant de se rendre à La Serena pour téléphoner, puis reprendre son travail à l'hôtel, Jana descendit voir Laurent Juste. Elle voulait connaître les détails et fêter l'évasion de leurs protégés. Mais, lorsqu'elle arriva chez les Juste et que son amie et confidente, Arlette, l'accueillit, elle ne put s'empêcher de s'exclamer, pleine d'admiration, profitant de l'absence de Laurent :

« Je l'ai vu ! »

Ce fut tout ce qu'elle parvint à dire.

« Mais de qui parles-tu ? » demanda Arlette.

Elle appela ses enfants qui devaient se rendre à l'école sans s'apercevoir qu'Auguste se trouvait devant elle.

« Esteve... répondit Jana. Il repartait vers ses montagnes.

— Si même de dos tu le reconnais... Ma petite Jana... »

Arlette ne savait si elle devait ressentir de la peine pour son amie ou l'encourager.

« Tu le connais, toi ? »

Arlette haussa les épaules :

« Non, pas plus que les autres.

— Arlette... Je sais que Laurent te raconte tout.

— Heureusement que l'inverse n'est pas vrai. »

Arlette savait que si elle lui révélait qu'il était l'amant de Mimín, Jana en serait démoralisée. Aussi préféra-t-elle se taire tout en lui promettant de la mettre au courant dès qu'elle apprendrait quelque chose.

Jana, rêveuse, caressait les cheveux du garçonnet qui se balançait sur son cheval de bois, une main agrippée à la crinière, tandis que de l'autre il faisait tournoyer une corde invisible au-dessus de sa tête.

« Allez, Farsante, criait-il, au galop ! »

Lui aussi, apparemment, avait entendu parler des exploits du contrebandier.

Laurent rentra chez lui à cet instant.

« Il ne manquait plus que ce Durandarte ! maugréa-t-il.

— Qu'y a-t-il ? lui demanda Jana.

— Je ne sais pas pourquoi je lui fais confiance… Enfin, si, je le sais, c'est parce que je n'ai pas le choix, mais…

— Que s'est-il passé ? reprit Jana comme si elle n'avait pas assisté à la scène.

— Il est venu provoquer sciemment le gouverneur. Un vrai combat de coqs. Il ne se rend pas compte ! Alors même qu'il a volé les pur-sang d'un officier nazi, d'après ce qu'on m'a dit ! Tu sais qui on a vu à Marseille avec trois bêtes leur ressemblant comme deux gouttes d'eau ? Durandarte ! Je suis sûr qu'il va nous les amener ici et attirer l'attention sur nous ! Il ne manquait plus que ça. »

Jana lui rappela que, sans l'intervention d'Esteve, les choses auraient mal tourné.

« Il nous a tous sauvés, Laurent !

— Je sais, mais il n'est pas fiable. Sa nonchalance nous fait courir de trop grands risques…

— Laurent, moi aussi, j'ai désobéi aux ordres, dit Jana en cherchant la meilleure façon de lui apprendre la nouvelle. Une mère et sa fille, hongroises, ont refusé de partir, alors que tous leurs papiers étaient en règle.

— Mais enfin… Jana, tu aurais dû les forcer, nous ne devons pas céder, la moindre hésitation pourrait nous coûter très cher. Je ne comprends pas, comment as-tu pu accepter ?…

— Cette femme cherche son mari, elle est certaine qu'il se trouve dans la région.

— Jana, le sentimentalisme est un luxe que nous ne pouvons pas nous permettre, assena-t-il en secouant la tête.

— Il y a tant de douleur autour de nous, j'ai pensé que nous pouvions peut-être…

— Je t'interdis de recommencer, tu m'entends ? »

Juste se passa une main dans les cheveux d'un air désespéré.

Jana savait qu'il avait raison. Mais, pour l'instant, Dagmar et sa fille pouvaient rester. C'était une petite victoire à ses yeux.

Malgré sa joie d'avoir vu leur mission couronnée de succès, en partie grâce à Esteve, elle ne parvenait pas à se défaire d'un mauvais pressentiment.

« Laurent je ne veux pas t'inquiéter, mais j'ai des craintes. Je me sens surveillée comme si on était à mes trousses ou, pire encore, qu'on pointait une arme sur moi. Parfois, je me dis que certaines personnes que nous avons aidées ont pu raconter comment elles s'étaient échappées. Tu sais que la Gestapo a des yeux et des oreilles partout. Jusqu'en Amérique. Mon instinct me trompe rarement… »

Elle lui parlait librement parce qu'elle se sentait toujours bien chez les Juste, comme si elle se trouvait dans son propre foyer.

Laurent s'approcha d'elle, lui prit la main et la serra dans la sienne.

« Tu as raison d'être vigilante, Jana, il ne faut jamais baisser la garde. »

Il la regarda longuement avec ce calme dont elle avait tant besoin.

« Nous avons un devoir envers toutes ces personnes. Pense à notre mission, au bien que nous faisons. Mais tu sais que tu peux arrêter quand tu veux. Je comprendrais. »

La colère de Laurent contre Durandarte et contre Jana s'était évaporée, remplacée par une grande tendresse. Jana avait besoin de son appui. Arlette secoua la tête. Laurent devina ce qu'elle allait dire :

« Jana, tu n'as pas de famille et, crois-moi, dans ces circonstances, c'est une chance. »

Jana aurait aimé pouvoir retenir les paroles qu'elle s'apprêtait à prononcer, mais son angoisse était trop forte :

« Ils nous prendront tous. »

Elle le savait depuis la première seconde où elle s'était embarquée dans cette aventure, mais jusque-là elle n'avait jamais senti la menace aussi présente.

« Même ton petit Auguste. Ils seront sans pitié. »

Elle lâcha la main de Laurent pour prendre celle de son amie au si joli visage, avec son teint clair, ses yeux très noirs, ses pommettes hautes. Si elle avait dû décrire cette Française, elle l'aurait comparée aux statuettes chryséléphantines de style Art nouveau qui représentaient des femmes modernes pratiquant un sport ou dansant. Même si, en cet instant, la beauté d'Arlette était troublée par une inquiétude qu'elle tentait de masquer en pensant à Solange et à Auguste qui allaient encore à l'école française de Canfranc, tandis que Maude étudiait au lycée de Madrid.

« Nous n'avons qu'une vie, reprit Laurent, et elle peut servir à en sauver beaucoup d'autres. »

Pourtant, les craintes de Jana étaient fondées. Au moment où ils tenaient cette conversation, à quelque deux mille kilomètres de là, dans un bureau berlinois du quartier général de la Gestapo situé dans une ancienne école des arts et métiers de la rue Prinz Albrecht, un officier recevait un dossier méticuleux rédigé par Karl Otto Koch, commandant du camp de concentration de Buchenwald. Il y expliquait d'une écriture pointue, nerveuse, que ses trois pur-sang avaient disparu. Ils devaient être pris en charge dans les haras de Ciampino, près de Rome, pour y recevoir des soins, mais n'étaient jamais arrivés à destination. La dernière fois qu'on les avait vus, c'était à Marseille. Après cette introduction, il ajoutait qu'en enquêtant sur leur disparition, il était tombé, par hasard, sur la piste de certains trains français qui, en route vers l'Espagne, passaient par un poste-frontière dont il ignorait l'existence, alors qu'un régiment allemand s'y trouvait, sous les ordres d'un capitaine Wagner qui semblait témoigner d'un comportement laxiste par rapport à la Solution finale de la question juive. Il proposait donc à son supérieur d'envoyer sur place Eberhard Gröber, un de ses meilleurs hommes, loyal, discipliné et inflexible, pour y mettre bon ordre.

L'officier, la lettre à la main, s'approcha de la carte qui occupait la moitié supérieure d'un des murs de son bureau. Il parcourut du bout du doigt la ligne séparant la France et l'Espagne et trouva enfin Canfranc.

Jana se dirigea vers La Serena. Il y avait peu de chances qu'elle y croise Esteve puisqu'elle l'avait vu partir en direction des montagnes. Mais depuis, il avait pu revenir dans la vallée. Si c'était le cas, et qu'elle le voyait accoudé au comptoir, elle s'approcherait de lui et lui frôlerait le bras sous prétexte de héler Tricio ou Pilar. Alors, il serait bien obligé de se retourner, de la regarder. Après son appel au docteur Mallén qu'il écouterait sans aucun doute, elle pourrait s'attarder, lui laisser l'occasion de lui adresser la parole, l'inviter à prendre un vermouth… Elle secoua la tête pour chasser cette idée folle. Elle avait beaucoup à faire, elle ne devait pas se disperser dans des élucubrations qui ne menaient nulle part.

En ouvrant la porte de l'auberge, où Esteve ne

se trouvait pas, elle entendit les mêmes bribes de phrases habituelles, comme si une sorte de conversation ininterrompue s'y tenait à n'importe quelle heure du jour et de la nuit.

« On dit qu'il y en a beaucoup qui leur échappent. Ce sont des soldats du corps expéditionnaire, ils les font prisonniers, ils ne les surveillent pas et ils fichent le camp. Pour aller où ? À Canfranc.

— Tu sais ce qu'on raconte au consulat ? Qu'ils se font passer pour des Canadiens ! »

Les plus âgés riaient devant cette farce, parce qu'ils voyaient de l'humour partout. La guerre ne les impressionnait pas, pour certains, c'était la troisième qu'ils vivaient de plus ou moins près. Ils faisaient preuve d'un scepticisme presque total, si bien que souvent, malgré les apparences, ils mettaient dans le mille avec leurs commentaires.

« Canadiens, ils disent qu'ils le sont tous. Le pays doit être bien grand pour abriter tant d'habitants !

— Pour les Français et les Anglais, c'est plus facile, parce qu'on parle les deux langues dans ce pays, mais les autres tu ne sais même pas quelle langue ils baragouinent et ils viennent te dire qu'ils sont canadiens ! »

Sans se mêler à leur conversation, Jana les salua. Certains prenaient déjà une mistelle malgré l'heure matinale. Elle s'aperçut tout d'un coup qu'elle avait faim. Elle n'avait rien mangé depuis qu'elle s'était réveillée. Un client qu'elle connaissait parce qu'il livrait du bois à l'hôtel s'adressa au patron de l'auberge :

« Tricio, c'est quand qu'ils te remettent à l'ombre ? »

On plaisantait même sur les arrestations arbitraires des propriétaires de La Serena.

« Dès que Paquito revient », répondit Tricio en faisant référence à Francisco Franco.

Chaque fois que le Caudillo visitait Canfranc, on arrêtait l'aubergiste, considéré comme un opposant, un Rouge subversif dont on cherchait à se débarrasser, même si aucune charge ne pesait contre lui.

Jana se rendit à la cuisine pour saluer Pilar, l'épouse de Tricio.

« Comment vas-tu, ma belle ?

— Bien, Pilar, beaucoup de travail. Je peux téléphoner ?

— Bien sûr, ma princesse. Mais que tu es jolie ce matin ! Et célibataire… », dit-elle malicieusement, puis elle rit en désignant ses clients : « Mais ne fais pas attention à ceux-là, ils sont tous plus vieux que Mathusalem ! »

Jana savait que La Serena devait son succès en grande partie au caractère de ses propriétaires. Ils la connaissaient à peine, et pourtant ils la traitaient comme si elle était née à Canfranc, et non comme si elle venait d'arriver, attirée comme tant d'autres par la splendeur de ce lieu de passage international. Laurent lui avait expliqué que Tricio était son principal lien avec la Résistance et que Pilar l'aidait. Jana ne manquait pas de raisons pour admirer le couple.

« Je me suis aperçue qu'il ne restait presque rien

dans la pharmacie de l'hôtel, je voudrais demander au docteur Mallén de nous envoyer de quoi reconstituer le stock de médicaments.

— Bien sûr, bien sûr, répondit Pilar en la regardant s'éloigner dans son tablier bien serré. Ah, cette taille de guêpe ! J'étais mince moi aussi, tu sais, ne va pas croire que j'ai toujours été comme ça. »

Jana se tourna et lui sourit. Dans le coin, où elle ne s'attendait à voir aucun client, se trouvait Mirs, le Suisse qui s'occupait du trafic des camions d'or. Il la regarda de manière effrontée comme une marchandise qu'il soupèserait. Lui aussi buvait de bon matin, du gin, visiblement. Puis il se passa la langue sur les lèvres sans cesser de la fixer. Elle avait entendu Laurent dire qu'il se rendait à Huesca tous les vendredis soir. Il ne lui fut pas difficile de deviner à quoi il consacrait ses soirées dans la capitale de la province, ni quel genre d'établissements il fréquentait.

Elle s'approcha du téléphone situé à côté de la porte des toilettes, décrocha le combiné et demanda à la standardiste de la mettre en relation avec le docteur Mallén, puis elle attendit. Pendant ce temps, plusieurs jeunes soldats entrèrent. Jana savait qu'ici, pendant qu'on riait et buvait, on conspirait aussi, mais avec la plus grande discrétion. Le soir, l'auberge se remplissait d'étrangers à la nationalité indéterminée qui pouvaient tout aussi bien appartenir à l'Abwehr, les services de renseignements allemands, au MI6, au MI9 ou au SOE britanniques qui menaient des actions de sabotage, de reconnaissance tactique et d'espionnage contre les puissances de l'Axe. On avait même aperçu un Américain, soupçonné d'appartenir à l'OSS, qui entraînait, coordonnait et finançait les mouvements de Résistance. On observait également, de temps en temps, un agent du Deuxième bureau français, le service de l'état-major français chargé de l'analyse du renseignement. Officiellement dissous et remplacé par celui de Vichy, il continuait cependant d'opérer en secret.

« Allô, docteur ? Oui, c'est Jana, de Canfranc. »

Elle remarqua qu'à cet instant toutes les conversations cessèrent. Aucun ne se donnait la peine de feindre de ne pas écouter. Ce qui l'obligea à la plus grande prudence.

« Oui, comme d'habitude, une boîte de six unités : trois et trois. Et nous avons fini les derniers sulfamides. Oui, Prontosil, c'est bien ça, docteur Mallén », conclut-elle bien haut pour qu'on comprenne qui était son interlocuteur.

Ce médecin passait ses étés, les fêtes de Pâques et de Noël à Canfranc. Plutôt que d'en profiter pour aller pêcher ou randonner dans la montagne, il consultait à domicile, gratuitement, et examinait les villageois qui n'avaient pas les moyens de payer un médecin. Il ne s'offrait qu'une seule distraction : de longues conversations avec Laurent Juste.

Un soldat allemand passa tout près de Jana et la frôla. Elle se retourna en sursautant. Il s'appuya contre le mur pour la reluquer tout à son aise, de sorte qu'elle dut continuer la mascarade devant lui :

« Exactement. Vous me les notez comme d'habitude. Et merci encore. »

Elle raccrocha puis, en ignorant superbement le soldat qui portait l'uniforme de la brigade des chasseurs alpins de Bavière, se dirigea vers le comptoir et demanda à Tricio et Pilar de mettre l'appel sur la note de l'hôtel.

Elle s'apprêtait à sortir quand elle entendit prononcer le nom de Durandarte. Elle se figea et chercha une excuse pour s'attarder :

« Pilar, tu pourrais me prêter un moule à gâteau ?

— De quelle taille ?

— Oh, je ne sais pas, c'est pour un couple de jeunes mariés qui part en voyage de noces. Ils m'ont demandé un gâteau en forme de cœur, tu vois le genre, improvisa-t-elle tout en écoutant la conversation qui allait bon train parmi les clients du bar.

— Esteve est un type courageux, la femme du gouverneur, rien que ça ! » applaudit un homme.

Jana, immobile, les yeux écarquillés, ne perdait aucun détail de l'échange :

« Trop femme pour son mari », dit un autre en remplissant son verre de mistelle.

Il essaya de traduire pour les soldats allemands *Herrliche Frau*, et répéta en français : *Une femme magnifique**.

« Tiens, Jana, c'est tout ce que j'ai trouvé, lui dit Pilar en lui tendant un moule rond. Tu n'auras qu'à le découper une fois cuit et tu garderas le reste pour toi. »

Pendant ce temps, les clients trinquaient : *Prost*, *Salud*, *À ta santé**.

Jana remercia Pilar, Tricio faisait passer un journal sur lequel apparaissait une photo de l'épouse du gouverneur accompagnant son mari. L'article circula de main en main avant d'arriver devant un homme suffisamment désinhibé par l'alcool pour l'embrasser à pleine bouche.

« Eh bien, il ne doit pas s'embêter, ce Durandarte ! » s'exclama-t-il.

Jana ne put s'empêcher de regarder à son tour. Elle découvrit une femme très belle, mince, racée, les traits fins, avec de grands yeux et un cou gracile. Pendant ce temps, les clients continuaient à évoquer les détails de cette supposée relation galante entre la première dame de Canfranc et le beau cavalier des montagnes, nécessaire selon certains ; surtout pour elle, ajoutaient d'autres.

Au milieu de ce brouhaha ponctué d'éclats de rire salaces, Jana se sentit soudain très seule. Elle comprit pourquoi Gervasio Casanarbore s'était fâché quand Esteve lui avait parlé de son épouse. Tout le monde était au courant de cette histoire, sauf elle. Elle s'aperçut alors que cela faisait un moment qu'elle avait la main sur la poignée. Elle remercia de nouveau Pilar, comme si de rien n'était, puis, s'adressant à la cantonade, précisa : « Le docteur Mallén vous envoie son bon souvenir. »

Certains levèrent la main, d'autres hochèrent la tête.

À peine eut-elle traversé le pont sous un ciel qui s'assombrissait, lourd de nuages, que les larmes menacèrent de couler. Elle serra les poings d'un geste furieux. Esteve était un homme sans scrupules puisqu'il avait pour maîtresse une femme mariée ! Mais il y avait plus grave : ce qui différenciait cette rumeur de toutes celles qui le concernaient, c'est qu'elle ne se conjuguait pas au passé, mais au présent. Il devait être très amoureux, mû par une passion folle, s'il était prêt à risquer sa vie pour cette femme. Esteve captivait Jana depuis le premier instant où elle l'avait vu. Les légendes qui circulaient à son sujet n'avaient fait qu'aviver son désir. Mais l'histoire de cette infidélité lui confirmait qu'elle devait éteindre au plus vite ce feu qu'il avait attisé en elle, l'oublier, si elle ne voulait pas se retrouver mêlée à une affaire qui la dépassait.

Elle entra dans la gare et traversa le hall. Depuis qu'elle s'était réveillée à trois heures du matin pour préparer la mission, elle avait vécu tant d'émotions qu'il lui semblait qu'une journée entière s'était déjà écoulée.

Un éclair illumina le vestibule d'une lumière violette. Des trombes d'eau se déversèrent sur la marquise soutenue par des piliers métalliques, avec une telle intensité qu'on aurait dit de la grêle. Jana éclata en sanglots. Cela lui arrivait parfois après des moments d'extrême tension comme celui-ci, lorsqu'elle voyait embarquer pour l'inconnu des personnes qui bien souvent n'avaient jamais quitté leur quartier avant la guerre. Ce défilé de vies brisées, impossibles à réparer, laissait entrevoir toute la faiblesse de ceux qui ne livraient pas bataille, qui se réfugiaient dans le silence comme si aucun mot ne pouvait rendre compte de toute cette violence. Elle ne pouvait s'empêcher de penser aux malheureux qui, si près de la liberté, se faisaient prendre. Comme ces dix fugitifs capturés par une patrouille allemande, sans doute après avoir été dénoncés. Les soldats les avaient fait monter dans un camion en les menaçant de leur arme et on n'en avait jamais plus rien su. Personne n'avait pu empêcher la tragédie. Elle se rappelait encore son sentiment d'impuissance.

À cet horrible souvenir s'ajoutait une immense déception. Elle avait idéalisé un homme sans le connaître vraiment et lui découvrait une vie pleine d'ombres.

DEUXIÈME PARTIE

De mars à mai 1943

9

Casanarbore

Deux jours s'étaient écoulés depuis l'incident de la gare, pourtant le gouverneur fulminait encore. Quand son chauffeur lui demanda à sept heures du soir où il souhaitait aller, il lui fit signe de s'éloigner et rentra chez lui à pied d'un pas furieux pour dissiper sa rage. Il poussa le portail de la villa Dorada. En traversant le jardin, il aperçut sa femme dans son jardin d'hiver, coiffée d'une capeline. Il ne comprenait pas ce souci d'élégance en toutes circonstances. Doña Mimín, qui aimait passionnément les fleurs – ça aussi, ça le dépassait –, plantait des bulbes qui bientôt donneraient des jacinthes, tulipes et autres iris aux couleurs éclatantes. Il s'enfonça les ongles dans la paume de la main. Il avait envie de frapper.

En entrant, il prenait son courrier posé sur la console recouverte de malachite lorsqu'un domestique s'approcha :

« Monsieur, vous avez de la visite…

— Je ne suis là pour personne », répondit-il d'un ton sec.

Il retrouva un peu sa bonne humeur en pensant à

la fête qu'il avait prévu de donner ce samedi. Il avait laissé à ses invités une semaine pour se préparer, il ne restait plus que quatre jours. Mais il leur réservait une surprise de taille qui l'obsédait.

« Bien, monsieur », dit le domestique en s'inclinant.

Casanarbore se ravisa soudain :

« Attends… Qui est-ce ? Où est-il ? Avec madame ?

— Non, monsieur, madame s'occupe de ses fleurs. Il attend à l'arrière de la maison.

— Demande-lui ce qu'il veut sans le faire entrer. Nous verrons si ce qu'il a à me dire m'intéresse… Décidément, je les attire comme des mouches, ces miséreux ! »

Tout en pestant, il agitait son coupe-papier tel un fleuret miniature. Le gouverneur disposait de tout un réseau d'informateurs qu'il rétribuait selon l'utilité de leurs informations. Beaucoup n'hésitaient pas à dénoncer leurs voisins contre un peu d'argent.

Le domestique revint aussitôt.

« Il dit qu'il y a un moment, près de la gare, il a entendu Durandarte discuter avec ses hommes de quelque chose d'intéressant…

— S'il croit que ça suffit ! Ou il te dit de quoi il s'agit, ou il fiche le camp. Je ne suis pas d'humeur à jouer aux devinettes.

— Il m'a parlé d'un coup avec des chevaux qu'ils ont transportés dans le train de nuit, et qui sont aussi précieux que s'ils étaient en or…

— Je vais aller le voir, je ne veux pas de ces paysans chez moi. »

Don Gervasio fit le tour de la villa. Il aperçut son épouse dans le jardin d'hiver qui souriait en se penchant sur un semis. Il la haïssait.

« Que veux-tu ? demanda-t-il au type qui l'attendait.

— Rien, don Gervasio, seulement vous dire que j'ai entendu Durandarte parler avec ses hommes de chevaux qui appartiennent à un nazi, un haut gradé, et qui coûtent une fortune.

— Mais qu'est-ce que tu veux que ça me fasse ? Ce n'est pas de mon ressort ! »

Il martela les syllabes de ce dernier mot qu'il jugeait imposant.

« Mais il paraît qu'ils les ont cachés ici, dans leur refuge abandonné.

— Fiche le camp, tu me fais perdre mon temps », lui assena-t-il.

Il sortit deux billets de sa veste et se débarrassa de son visiteur.

Sa priorité était de terminer les préparatifs pour sa grande soirée de samedi qui, il en était certain, contribuerait à sa renommée et lui permettrait de passer outre son altercation avec le contrebandier. Il voulait s'y consacrer avec calme. L'idée lui était venue de proposer un défi à quelques-unes de ses relations : offrir le repas le plus onéreux possible. Il se moquait bien que la majeure partie de son pays connaisse une misère sans fin, il ignorait superbement les mots charité et compassion. Depuis trois jours, il s'amusait beaucoup en voyant ses invités se démener pour obtenir les produits les plus exotiques. La plupart n'eurent même pas besoin d'user de corruption puisque les forces de l'ordre étaient prêtes à les aider pour qu'ils continuent à fermer les yeux sur leurs petits trafics. Si ces notables choisissaient de payer des sommes astronomiques, voire obscènes, pour des denrées rares, grand bien leur fasse. L'un de ses invités avait dit à Casanarbore qu'il était prêt à se rendre à Paris pour trouver des produits des colonies françaises dont les noms n'avaient pas encore de traduction en castillan.

Quelque part sur le sentier de Camille,
entre le col de Bessata, Lizara et Somport.
Vendredi 19 mars

Depuis que Jana l'avait vu s'éloigner vers les montagnes, Esteve se cachait dans son refuge avec Silvino et Arnaldo, qui, plus que des complices, étaient ses véritables frères.

Ces derniers ressemblaient à des bergers avec leurs vêtements usés, rapiécés, leur visage buriné. Esteve avait trente-cinq ans et eux, à peine cinq de plus. Le contrebandier mettait un point d'honneur à ce que ses chemises soient toujours d'une blancheur immaculée et parfaitement amidonnées. Les mauvaises langues, qui trouvaient une explication à tout, disaient qu'il n'y avait aucun mystère là-dessous, qu'on se chargeait de son linge chez le gouverneur, sur ordre de la maîtresse de maison.

Les trois hommes se réunissaient tous les matins pour organiser leur journée. Entre mars et octobre, ils passaient la nuit dans ce refuge, qui pouvait accueillir jusqu'à dix hommes quand ils avaient besoin de renforts. Jamais de femmes, c'était une règle sacrée. Ce matin-là, Esteve évoqua les manigances de Casanarbore qui s'enrichissait à vue d'œil grâce à la vente de laissez-passer.

« Ce type est une véritable plaie ! s'écria Silvino. Si jamais tu veux t'en débarrasser, je suis ton homme. Je ne manquerais ça pour rien au monde. Après, ils peuvent toujours venir nous chercher… dit-il en montrant d'un geste les montagnes autour de lui.

— Ils finiraient par nous trouver, rétorqua Esteve. Tu sais bien qu'ils me surveillent de près.

— Moi, je suis d'accord avec Silvino. Quel plaisir d'éliminer cette larve ! Et ensuite qu'ils nous jettent en prison où ils veulent, au moins on aura réussi ça !

— Nous avons des affaires plus urgentes pour l'instant. »

Cela faisait plus de vingt ans que le refuge, difficile d'accès, était désert. Ils l'avaient choisi en raison de sa situation à l'écart de tout, de la robustesse de ses murs et de ses poutres. Durant une bonne partie de l'année, il était caché par les nuages, seul le triangle du toit d'ardoises grises surnageait. Il comptait deux salles, l'une servait d'écurie et l'autre, où trônait une énorme cheminée, de pièce de vie. Les trois hommes ressemblaient à cette bâtisse nue, sans ornement, solide, défiant les éléments.

Esteve se chargeait de leur donner les nouvelles

et d'ourdir les plans qu'ils ne discutaient jamais puisqu'ils savaient que le plus sûr était de suivre ses ordres à la lettre. Non seulement ils admiraient leur chef, mais encore celui-ci leur faisait gagner de l'argent.

« Le travail va bientôt reprendre. L'hiver est terminé, il va falloir aider de nouveau des fugitifs à traverser les montagnes.

— Et en attendant, on fait quoi ? demanda Silvino. On ne va pas rester les bras croisés, tu parles d'un ennui. »

Il donna un coup de coude à Arnaldo alors que l'écho leur renvoyait leurs rires.

« Pour l'instant, nous allons nous occuper de passer des marchandises. Et cette fois, ce n'est pas du tabac. »

Il sortit un papier de sa poche.

« Il s'agit de boutons de nacre, de peignes, de tulle et d'extraits de parfum. Il y a un gros risque, je vous préviens…

— Lequel ? Je ne comprends pas, dit Arnaldo.

— Que vous y preniez goût ! »

Un éclat de rire général salua sa remarque. Puis il reprit :

« Une fois que nous aurons récupéré la marchandise sur le fleuve, je me chargerai de la porter à la gare.

— On t'accompagne ?

— Non, pas cette fois. Seul, j'attirerai moins l'attention. Je dois tout déposer dans la cour derrière l'église, mais je resterai pour surveiller. Et puis, je veux voir le départ du train, je ne veux pas qu'ils me disent encore une fois qu'ils ont perdu la marchandise et qu'on ne soit pas payés.

— Esteve, pour les chevaux, on fait quoi ? Ils ont l'air en forme, mais faut les nourrir et ça coûte cher.

— Ils nous rapporteront gros, crois-moi... La graine a été plantée... Un peu de patience. »

Il voulait parler de la ruse qu'ils avaient employée en engageant une conversation sur les chevaux près de la grille de la gare, à côté d'un des mouchards du gouverneur.

« Je donnerais cher pour voir la tête de Gervasio quand il apprendra à qui ils appartiennent ! » se moqua Silvino.

Ils enlevèrent la casserole du feu et versèrent l'eau chaude sur la chicorée pendant que Silvino recouvrait le pain dur qu'il avait fait griller d'un filet d'huile avant d'y ajouter une pincée du sel qu'il conservait dans un récipient en terre.

« Qu'est-ce que je ne donnerais pas pour du vrai café ! s'écria Durandarte. Je vous promets d'en rapporter bientôt, on le mérite. »

Quand il avait un désir, il trouvait toujours un moyen de le satisfaire et savait se rendre à Canfranc en toute discrétion. Il connaissait le terrain par cœur, chaque sentier, chaque passage, chaque gorge, ce qui lui permettait d'éviter les pistes principales. Il savait par quels gués franchir le fleuve. Il aimait ces trajets pendant lesquels il se sentait fils de ces montagnes, surtout du puissant pic du Balaïtous sur lequel on avait bâti tant de légendes. On disait qu'avant de se transformer en un amas de pierre, il était un géant qui dominait les éclairs et les tempêtes. Un jour, il tomba amoureux de Cubella, la fille des dieux mineurs Anaye et Arafia, qui le repoussa, comme tous ses prétendants, parce qu'elle voulait vivre avec sa famille près des animaux de la forêt. Balaïtous essaya de la ravir, mais elle appela les fourmis de la terre qui vinrent recouvrir son corps. Balaïtous s'enfuit, horrifié par cette vision, et Cubella se planta un couteau dans le cœur. Sa poitrine se transforma en pierre et devint la Peña Foratata. Depuis, sur les flancs de cette barrière rocheuse, on dit qu'on entend battre le cœur de Cubella, qu'il n'y a pas de fourmis dans la vallée parce qu'elle les a gardées en elle et que le géant de granit doit se contenter de la regarder de loin. Mais rien, pas même les glaciers qui le recouvrent, ne parvient à émousser l'ardeur de sa passion.

10

Nacre, peignes, tulle et parfum

Villa Dorada, résidence des Casanarbore
Samedi 20 mars

Le jour du fameux dîner de son mari, l'épouse du gouverneur avait dû subir un premier outrage lorsqu'il donna l'ordre de couper ses orchidées pour décorer la table. Les domestiques vinrent la prévenir sans oser s'opposer à cette injonction cruelle. Seule dans son jardin d'hiver, elle caressa la tige des fleurs comme s'il s'agissait du cou de condamnées à mort. Elle qui n'éprouvait que froideur envers son mari adorait ses plantes, les cajolait, s'extasiait devant leur délicatesse. Elle sursauta tandis qu'une marche militaire retentissait depuis le salon. Elle se boucha les oreilles et leva les yeux vers la voûte en verre. Sa femme de chambre, Palmira, était penchée à la fenêtre. Mimín monta au premier étage et l'informa que ce soir-là, elle ne sortirait pas de sa chambre, qu'elle prendrait une collation légère, puis elle lui fit savoir qu'elle apprécierait qu'elle reste avec elle, elle lui rendrait service parce qu'elle craignait les amis de son mari lorsqu'ils étaient tous réunis, et qu'elle refusait de se mêler à cette assemblée, sachant qu'ils préparaient un banquet si extravagant. Elle était consciente que cette décision contrarierait son époux, qui aurait voulu l'avoir à ses côtés, témoin de ses prouesses.

Les invités commençaient à arriver. Casanarbore les invita à venir se réchauffer devant la cheminée du salon, leur fit servir à boire et les pria de commencer, se réservant l'honneur de passer le dernier. Pendant ce temps, il cherchait une ruse qui lui permettrait de faire ravaler ses grands airs à sa femme une bonne fois pour toutes. Pour qui se prenait-elle ? C'était grâce à lui si elle était l'épouse d'un gouverneur, tout de même !

Pendant deux heures, la villa se remplit d'arômes mêlant truffe blanche, safran et autres épices inconnues. Ici, on apercevait des langoustes immergées dans l'eau pour leur garder toute leur fraîcheur au moment de la cuisson. Là, dans un panier de métal, entre deux blocs de glace, une douzaine de tranches de thon à nageoire bleue. Partout, des boîtes de caviar Almas, du poisson béluga iranien, des fromages au lait d'élan suédois, des pommes de terre fertilisées aux algues marines, des champignons japonais, des noix de macadamia, des denrées jamais vues dans cette région. Quand chacun eut fini de préparer son plat, Gervasio s'approcha des fourneaux à son tour, une poêle à la main, levée comme un étendard.

Il versa un filet d'huile dans le récipient, sortit une énorme liasse de billets de cent pesetas d'une boîte en argent, s'en servit pour allumer le feu, puis cassa deux œufs qu'il fit cuire dans la poêle, sous les applaudissements de l'assemblée.

Telle fut sa dernière fanfaronnade. La nouvelle se répandit comme une traînée de poudre. On apprit même qu'il se vantait d'avoir gagné cette petite fortune grâce à la vente de sauf-conduits, profitant ainsi du désespoir de ceux qui cherchaient à fuir la France occupée. Il se débrouillait pour que ces laissez-passer aient une durée de validité très courte, de sorte qu'il fallait les renouveler souvent, en remplissant ainsi les poches du gouverneur assez content de son odieux stratagème.

Casanarbore se délecta du succès de son dîner de gala. Il venait d'apprendre, grâce à son informateur, que les pur-sang interceptés à Marseille appartenaient à un commandant allemand qui dirigeait le camp de Buchenwald. Il cherchait le meilleur moyen de mettre la main sur ces bêtes sans les rendre à leur propriétaire, étant incapable de passer à côté d'une affaire qui pouvait se révéler juteuse. Il savait où les placer et quelles faveurs obtenir en échange.

Ce qu'il ignorait, c'était que le propriétaire des chevaux et l'homme qui avait rédigé la notice sur Canfranc qu'on avait lue avec tant d'attention dans les quartiers de la Gestapo ne faisaient qu'un. Et que son homme de confiance, Eberhard Gröber, se trouvait déjà à Paris où il devait passer deux jours à visiter le Louvre et l'Opéra, à se photographier devant la tour Eiffel, avant de repartir pour l'Espagne. Il devait y prendre la relève du capitaine Wagner et de son aide Tadeusz, deux nullités qui ne veillaient pas aux intérêts du Reich, mais passaient des vacances dans les Pyrénées aux frais du gouvernement.

11

Les clous des fers à cheval

Gare de Canfranc, dimanche 21 mars

Ce matin-là, quatre jours après son arrivée, Dagmar fit ses adieux à ses compagnons de voyage, qui avaient enfin tous reçu leurs papiers et pouvaient poursuivre leur périple. Elle ne voulut pas réveiller Sieglinde. Mais le bruit des embrassades, des adieux chuchotés et des « bonne chance » prononcés dans plusieurs langues s'en chargea. La petite fille observa les adultes d'un air solennel, comme si elle avait mûri de plusieurs années.

Les voyageurs se pressaient de ranger leurs nouveaux documents dans la poche intérieure de leur veste ou dans leur sac à main. Leur vie en dépendait.

Le couple d'amoureux qui avait éveillé une certaine nostalgie chez Jana s'obstina à voyager en car. Elle n'avait pas réussi à les convaincre que le train était plus sûr. Insouciants, ils avaient même flâné la veille sur le sentier des Mélancoliques, un chemin ombragé dans la montagne. S'ils avaient décidé de se comporter en touristes, ils en avaient le droit, même s'ils n'avaient pas choisi la meilleure destination pour cela. « Faites bien attention à vous et soyez prudents. Vos papiers sont en règle et les autorités n'ont aucune raison de vous arrêter, mais ce sont des faux, on pourrait le découvrir, et puis il y a beaucoup de détentions arbitraires », leur dit Jana avant de leur remettre son cadeau d'adieu : un gâteau en forme de cœur.

Pour Dagmar et Sieglinde, ces adieux signifiaient qu'elles quittaient les derniers membres de leur famille de fortune avec qui elles avaient partagé la peur, la faim, la soif et les humiliations en plus de leur malheur. Dagmar caressait le visage de sa fille, lui promettait que tout irait bien, lui assurait qu'il ne fallait pas qu'elle s'inquiète, qu'elles étaient à l'abri et que bientôt elles retrouveraient Sándor. Jana aussi voulait y croire.

Gare de Canfranc, lundi 22 mars

Laurent Juste longeait le quai en direction de son bureau avec un sentiment de paix intérieure. Le soleil lui chauffait le dos et couvrait les montagnes d'une lumière dorée. Tout était en ordre, les documents tamponnés, les paquets à transporter étiquetés. Il s'abandonna un instant à cette sensation, mais son répit fut de courte durée. Un groupe s'avançait vers lui. Il reconnut la silhouette rondelette du gouverneur entouré de ses sbires et de gardes civils. Laurent s'obligea à se montrer courtois et lui demanda quel bon vent l'amenait.

« Je suis venu attendre le train », se contenta de répondre Gervasio. Sa cible, cette fois, était un homme disposant d'une autorité bien supérieure à celle du chef de douane ou même à la sienne, mais seulement dans la partie française de la gare. Laurent Juste ne l'intéressait plus. Le gouverneur se montra si indifférent qu'on avait du mal à croire qu'il désirait se faire inviter chez lui.

Laurent entra dans son bureau et, après avoir fermé la porte, lança une imprécation qui étonna ses employés. Casanarbore avait le don de l'exaspérer.

Quand la locomotive apparut, l'hymne national allemand retentit et les gardes se mirent au garde-à-vous. Avant l'arrêt du train, on vit un bras sortir par une des fenêtres et faire le salut nazi. Puis, après que tous les passagers furent descendus, les gardes se postèrent des deux côtés de la porte d'un wagon, le fusil contre l'épaule, pour former une haie d'honneur. Le gouverneur, au centre de cette formation, applaudit avec vigueur quand une silhouette vêtue d'un long manteau en cuir noir apparut. Il approcha de l'homme, le salua en levant le bras, puis lui donna quelques tapes dans le dos pour bien montrer aux rares spectateurs qu'il entretenait une relation privilégiée avec le nouveau venu, même si c'était la première fois qu'ils se voyaient. Ils ne s'étaient même pas parlé au téléphone. Il avait été prévenu de l'arrivée de Gröber par un appel du ministère qui lui demandait de le recevoir avec les honneurs et de lui offrir un accueil digne de ce nom.

Cependant, il n'y eut aucune émulation parmi les passagers distraits ou occupés à fumer alors que Casanarbore avait exigé du maire qu'il annonce la venue de ce haut dignitaire allemand. Personne au village ne se dérangea pour venir l'accueillir. Pour faire oublier le quai désert, le gouverneur déploya tous ses talents d'amphitryon, s'agitant en tous sens et accompagnant de grands gestes le discours rudimentaire en allemand qu'il répétait depuis une semaine, et qui s'avéra parfaitement inintelligible pour le nouveau venu.

Laurent Juste sortit de son bureau et vit que le type paraissait plus ennuyé que surpris par tous ces ridicules salamalecs. L'Allemand remarqua son uniforme, mais ne s'arrêta pas pour le saluer.

« Venez, venez, doña Mimín nous attend, *Frau* Mimín, ma femme. Et j'ai de la bière, en quantité, *Bier.* »

Bien qu'il eût déjà connu deux guerres, ce fut la première fois que le chef de douane éprouva l'envie irrépressible de tirer sur quelqu'un. L'image d'un batracien, d'un crapaud, naquit dans son esprit, mais il parvint à conserver son calme et se dirigea vers le conducteur du train pour lui demander s'il avait vu Didier. L'homme secoua la tête. Laurent ne pouvait quitter son poste et se rendre au fournil du boulanger pour demander à Montlum d'enquêter. Quant à Durandarte, il devait être dans les montagnes en train d'organiser ses trafics divers et variés.

Laurent décida de rentrer chez lui pour chercher du réconfort auprès de sa femme.

« Je ne peux plus le supporter. Un de ces jours, je vais faire une bêtise. Tiens, je rendrais service à tout le monde, je suis sûr qu'ici les gens m'en seraient reconnaissants.

— Laurent… dit Arlette en le prenant dans ses bras.

— C'est un gouverneur de pacotille, un minable, un nuisible. J'ai envie de le tuer.

— Personne n'a jamais réussi à te faire sortir de tes gonds… Fais comme s'il n'existait pas, tu ne lui dois rien, il n'a aucun pouvoir sur toi.

— Si ! Celui de me rendre cinglé. Il est venu recevoir un type de la Gestapo et il l'a emmené sans même le laisser saluer le capitaine Wagner.

— C'est lui qui doit t'inquiéter, pas Gervasio.

— Il doit être de passage et l'autre en profite pour faire son fanfaron. C'est un crétin, un misérable. »

Le chef de douane se laissa tomber sur une chaise.

Au petit matin, Laurent entendit une voiture s'arrêter devant la grille de la gare, côté fleuve, puis le crissement d'une porte en fer suivi du claquement de talons des gardes qui, à une extrémité du quai, saluèrent l'officier qui venait d'arriver. Ce dernier entra dans le vestibule de l'hôtel et grimpa l'escalier. À l'étage, il croisa Jana qu'il dévisagea avant de lui adresser un grand sourire.

La jeune fille eut un frisson, comme si cette rencontre venait confirmer les craintes qui l'assaillaient depuis plusieurs jours. Le regard de cet homme était aussi acéré et glacial que la lame d'un couteau. Il était séduisant, grand, mince, bien proportionné, on aurait dit un Apollon grec sanglé dans l'uniforme du Reich. Mais ses yeux, d'un bleu d'acier, son visage taillé à coups de serpe lui donnaient une allure inquiétante, presque malsaine.

Elle s'écarta pour le laisser passer et le salua en allemand. Elle regretta aussitôt ce simple geste de courtoisie auquel son travail l'obligeait en apercevant une étincelle de plaisir dans ses yeux. Jana parlait sa langue et ne paraissait même pas espagnole avec sa peau laiteuse, parsemée de taches de rousseur, et ses boucles rousses qui s'échappaient de sa coiffe. Il la suivit du regard tandis qu'elle empruntait le couloir pour éviter qu'il ne sache où se trouvait sa chambre.

Au cours des trois derniers jours, de nombreux trains passèrent. Eberhard Gröber n'en prit aucun, au grand regret de Jana et de Laurent Juste. Il s'installait tous les matins au buffet, occupant une table de coin, éclairée par une lampe en verre et partiellement dissimulée par des fougères en pots. Il observait Jana tout en se caressant le menton comme pour vérifier qu'il s'était bien rasé. Jana vaquait à ses occupations comme elle le pouvait, les yeux baissés. Le regard de cet homme la paralysait, la rendait maladroite, gauche. Parfois, Gröber ne sortait pas de sa chambre, d'autres fois, on entendait claquer sa porte au petit matin, puis il descendait discuter avec les gardes.

La première fois qu'il le vit, Montlum se mit à trembler comme une feuille, si bien que Jana dut le repousser dans la cuisine en le tirant par la veste. Venu déposer les baguettes, il paraissait sur le point de s'évanouir. Elle ne l'avait jamais vu dans cet état, il parvenait toujours à contrôler ses émotions, même s'il était plus sentimental que Laurent. Mais son malaise ne passait pas et il était incapable de parler. Jana décida de l'accompagner jusqu'au fournil en espérant que marcher le calmerait. Ils quittèrent ensemble la gare, Montlum, la tête baissée, Jana le tenant par le bras. Sous ses yeux défilaient les horribles images des faits auxquels il avait assisté en France. Lui qui se croyait à l'abri de l'horreur en Aragon eut l'impression de la voir revenir comme un vent glacé avec cet officier de la Gestapo.

Rapidement, Jana, Juste et Montlum comprirent que cet Allemand ne partirait pas aussi vite qu'ils l'avaient espéré. Il avait pris une des meilleures chambres de l'Hôtel International et s'y était installé commodément. Son séjour n'avait rien de provisoire, contrairement à tant d'autres officiers de passage. Ils finirent par apprendre qu'il occupait un poste de commandement et que son grade, *Sturmbannführer*, était supérieur à celui de Wagner.

Laurent Juste savait que, malgré sa cordialité, ce dernier ne lui apprendrait rien sur le nouveau venu, pas plus que Tadeusz. En revanche, après avoir passé la soirée à La Serena, les gardes se montraient bavards et laissaient échapper des informations importantes. Il était pressé de savoir à qui il avait affaire et se rendit à l'auberge sans attendre. Il fit un signe discret à Tricio, qui sortit par la porte de derrière tandis que Laurent faisait le tour du bâtiment pour le rejoindre.

« Tricio, tu as vu ? Ils ont envoyé un nouveau… J'ai peur qu'ils n'aient flairé quelque chose.

— Ne t'en fais pas, je suis sûr qu'il sera aussi incompétent que les autres.

— Je vais appeler Pau, ils savent sûrement quelque chose. »

Il rebroussa chemin et entra dans l'auberge en saluant le patron comme si de rien n'était : « Je dois passer un coup de fil, Tricio.

— Je vous en prie », lui répondit ce dernier.

Quelques jours plus tard, Didier, le cheminot, sortit de son panier-repas une serviette pliée en forme de triangle que Laurent fourra dans sa poche. Puis, sans se précipiter, il retourna à son bureau, s'enferma dans les toilettes et lut le rapport en provenance de France, accompagné d'une photo récente.

Nom : Eberhard Gröber
Surnom : « Ich » parce qu'il commence toujours ses phrases par « Moi, je » et parle beaucoup de lui.
Officier de la Gestapo. Occupe le rang de major. Bureau IV d'enquête sur les opposants. Groupe IV C.
Section IV C 2. Affaires de détention préventive.
Bras droit du commandant Karl Otto Koch. Affecté au camp de concentration de Buchenwald.
Né le 1er novembre 1907 à Halle-sur-Saale, en Saxe-Anhalt. Sa famille a déménagé à Leipzig quand il avait cinq ans. A étudié le solfège, le piano et le violon à l'École supérieure de musique.
Signe distinctif : possède une élocution parfaite. A éliminé toute trace de l'accent saxon qui provoquait la risée en Allemagne.
Maîtrise le français, l'anglais et l'italien.
Ne fume pas. Ne prend qu'une coupe de champagne tous les samedis soir. Pensons qu'il souffre d'épilepsie.
Est obsédé par son apparence physique. Très

maniaque au sujet de son uniforme. Suit un régime végétarien strict comme Hitler, bien qu'on l'ait vu goûter au gibier. Prétend en public ne pas supporter que l'on maltraite les animaux. Très perfectionniste, cultivé, arrogant, tenace, démesurément ambitieux au point de vouloir accéder aux plus hauts échelons du Reich.
Sans amis connus.
A organisé à Buchenwald un système de paris sur la date de décès de certains prisonniers atteints de maladie.
A été l'amant de la femme de son commandant, Ilse, superviseure des S.S. à Buchenwald, elle-même réputée pour ses aventures avec d'autres gardes. Cette *Oberaufseherin* est connue, entre autres, pour sa collection de morceaux de peau tatoués qu'elle récupérait sur les cadavres.
Gröber s'est spécialisé dans les délits politiques et la poursuite des opposants au régime, francs-maçons, témoins de Jéhovah, tziganes et Juifs.

Ces deux feuillets horrifièrent Laurent Juste. Il les déchira en petits morceaux qu'il jeta dans la cuvette. Prostré, pour la première fois, il songea à tout arrêter, à partir au plus vite. Quand il ressortit, il eut l'impression d'avoir vieilli de dix ans.

Gervasio Casanarbore apprit, avec l'arrivée de Gröber, à qui appartenaient les chevaux. Son dîner lui resta sur l'estomac. Toute la nuit, il souffrit d'acidités qui l'empêchèrent de dormir. Il était effrayé. Il faisait les cent pas dans son vestibule en attendant la visite de l'officier et, pendant tout le temps qu'elle dura, il sursauta à chaque bruit, paniqué à l'idée qu'on lui apportait les chevaux. Mais Arnaldo arriva bien après le départ de l'Allemand. Le berger était accompagné de trois magnifiques bêtes à la crinière épaisse et lustrée.

« Pourquoi Durandarte n'est-il pas venu ? Il a peur de moi ?

— Je ne sais pas, Votre Excellence. »

Le gouverneur s'approcha des chevaux et les examina comme s'il s'agissait de bétail, sans oser leur ouvrir la gueule de peur de se salir, soulevant leurs pattes, caressant leurs flancs, pour conclure après s'être épousseté :

« Ils ne valent pas grand-chose.

— Nous avions dit quinze mille francs.

— Ben voyons, et un sac de diamants aussi ? Je te donnerai la moitié, estime-toi heureux sinon je te fais chasser par mes domestiques, je les garde et c'est tout !

— Ce n'est pas possible. Leur propriétaire est endetté jusqu'au cou, des dettes de jeu, vous savez qu'elles sont sacrées. Il s'agit d'un militaire allemand, c'est tout ce que je peux vous dire. »

Pendant qu'un domestique prenait les rênes des chevaux et les entraînait vers l'écurie, Gervasio rentra chez lui, prit dans le salon une boîte en argent sur la cheminée, en sortit une liasse de billets et les remit à l'envoyé d'Esteve.

« Fiche le camp. Et pas un mot. »

Pendant ce temps, Esteve se rendit dans le vieux Canfranc où l'attendait un nouveau paquet de chemises propres. Il tenait à ce qu'on le voie pendant la transaction des chevaux pour avoir un alibi. Mme Benilde était l'une des lavandières les plus âgées de l'hôtel. Les vêtements d'Esteve passaient inaperçus parmi ceux du personnel. Elle les reconnaissait simplement à leur taille, il était le plus grand de tous. Grâce à cet à-côté, elle gagnait mieux sa vie que les autres. Sur le seuil de sa maison, Esteve la remercia avec un sourire de gratitude :

« Vous êtes comme une mère pour moi, je ne sais pas ce que je ferais sans vous.

— C'est un plaisir, mon garçon. À la prochaine. »

Alors qu'il accrochait le paquet à sa selle, il reconnut au loin Jana qui avançait dans la rue principale. La première fois qu'Esteve avait pris contact avec Laurent Juste et établi un plan pour distraire l'attention des soldats allemands, ce dernier lui avait appris qu'une des femmes de chambre de l'hôtel travaillait pour eux, qu'elle se chargeait des réfugiés après leur descente du train. Esteve n'avait jamais eu l'occasion de lui parler.

Jana l'avait reconnu elle aussi. Elle avait beau avoir rêvé de le croiser, à cet instant, elle aurait aimé pouvoir faire marche arrière. Elle avait changé d'avis, elle ne faisait plus aucune confiance à ce séducteur impénitent et s'était interdit tout rapprochement avec lui. Depuis qu'elle avait appris sa relation avec doña Mimín, il représentait un danger.

Elle le vit se diriger vers l'épicerie où, devant la porte, sur un chevalet semblable à celui d'un peintre, des boîtes de sardines posées dans un panier rond accueillaient le client. Une imposante balance en émail blanc occupait une bonne partie du comptoir. À côté se trouvait une pile de papier d'emballage. Au plafond, on voyait des jambons et des saucissons suspendus. Dans un coin, une jarre de terre remplie de pois chiches, des sacs de riz et de lentilles.

Jana devait souvent faire des courses pour l'hôtel. Dès qu'un article manquait, c'est elle qu'on envoyait s'approvisionner, ce qui lui permettait de rompre la monotonie de la journée, mais surtout d'en profiter pour accomplir les missions clandestines qui lui incombaient.

Alors qu'elle s'apprêtait à entrer dans l'épicerie, elle s'arrêta net en apercevant Esteve à l'intérieur, qui lui tournait le dos et discutait avec l'épicier. Elle recula.

« Aïe ! Vous ne pouvez pas faire attention ! Vous avez failli m'écraser les pieds, cria une dame qui s'apprêtait à entrer.

— Pardon ! Je ne vous ai pas fait trop mal ?

— Non, ce n'est rien, heureusement que vous n'êtes pas bien grosse. »

Jana lui céda le passage. Elle hésitait encore à entrer. Elle entendait Esteve discuter avec l'épicier qui prit des grains de café dans un bocal, les versa dans un moulin et fit tourner la manivelle. Puis il ouvrit le tiroir et, avant d'en verser le contenu dans un sachet, le lui fit sentir. Esteve huma l'arôme les yeux fermés. Quand il les rouvrit, Jana se trouvait à côté de lui.

« Bonjour », fit-il, charmé par cette rencontre.

Jana le toisa du regard sans répondre, puis demanda un flacon de « Agua del Carmen » à la propriétaire. Certaines clientes de l'hôtel avaient tellement foi dans cette préparation à base de mélisse qu'elles en prenaient pour soigner toutes sortes de maux et même pour les prévenir. Vertiges, nausées, soucis digestifs, cet élixir prodigieux était censé accomplir des miracles.

Ils sortirent en même temps. Esteve s'arrêta devant son cheval, Farsante, et Jana poursuivit son chemin en serrant le paquet d'un geste crispé. Elle ne parvenait pas à se calmer. Esteve passa devant elle. Il lui rappela la silhouette du cavalier des publicités « Nitrato de Chile » qui s'affichaient sur les routes, en jaune et noir. Il la doubla au pas, se retourna, nonchalant, et lui sourit. Jana se dit que pour résister à ce sourire, elle allait avoir besoin d'un élixir encore plus miraculeux que celui qu'elle venait d'acheter. Elle lui aurait répondu de la même manière si elle n'avait rien su de lui. Malgré tout, elle décida de lui rendre son salut et de l'interroger sur une question qui l'obsédait depuis qu'elle avait accepté d'héberger ses protégées. Elle lui fit signe de s'arrêter et se lança, sans préambule :

« Mardi, deux réfugiées hongroises sont arrivées. Jusqu'à maintenant, un soldat qui voyageait avec elles me servait d'interprète, mais il est parti. J'ai besoin de trouver quelqu'un qui parle leur langue.

— Hongroises ?... Malheureusement, je n'ai pas cette compétence... » lui répondit-il comme si Jana avait pu croire qu'il pouvait jouer les interprètes.

« Beaucoup de monde passe par ici, insista-t-elle, vous devez bien connaître quelqu'un.

— Je me souviens d'un photographe hongrois qui était fasciné par la gare. Il n'arrêtait pas de prendre des clichés en disant qu'il avait vu tellement de misère, que ça lui changeait les idées... Mais j'ignore s'il est encore là.

— Il faut absolument le trouver ! déclara-t-elle sur un ton impérieux qui le surprit. C'est une question de vie ou de mort. »

Esteve la scruta longuement. Jana ne put s'empêcher d'admirer ses yeux verts, ses cheveux d'un noir de jais, son teint doré.

« Comme toujours », se contenta-t-il de répondre avant de la saluer et d'éperonner sa monture en direction de la sortie du village. Jana éprouva un sentiment de satisfaction, elle avait réussi à lui transmettre le message. Elle ne regrettait pas sa froideur, elle était convaincue qu'il n'était pas habitué à recevoir des ordres, que c'était la meilleure façon pour elle de garder ses distances avec cet homme qui l'obsédait. Il n'y aurait jamais rien entre eux, se dit-elle. Seule cette complicité pour sauver les réfugiés. Rien de plus, se répéta-t-elle. Pour mieux s'en convaincre, elle conclut que s'il avait filé aussi vite, c'était parce qu'il avait rendez-vous avec sa maîtresse.

Mais elle se trompait. Durandarte était bien parti vers la villa Dorada, mais il n'avait pas rendez-vous avec une femme. Jana était bien trop loin pour voir Arnaldo sauter sur la monture d'Esteve et repartir dans les montagnes.

Hôtel International, gare de Canfranc, mardi 30 mars

Que Casanarbore ait fait frire ses œufs avec une liasse de billets cessa d'être le principal sujet de conversation le concernant quand commença à courir la rumeur de l'outrage qu'il avait fait subir à sa malheureuse épouse, même si, à ses yeux, elle l'avait bien cherché par son dédain et son attitude désinvolte.

Quand Laurent apprit le nouveau forfait de ce personnage odieux, il décida que c'en était fini de sa courtoisie élémentaire. Il l'éviterait désormais comme la peste. Le scandale était tel que Gervasio avait obtenu ce qu'il voulait : sa renommée avait dépassé Canfranc. Jana, qui avait eu vent de quelque chose, décida d'interroger Montlum :

« Tu sais quelque chose sur cette histoire ? On dit qu'il s'est servi de sa femme de manière horrible ? »

Montlum ne se fit pas prier pour lui donner les détails, jugeant utile que la jeune femme sache à quoi s'en tenir avec le gouverneur que l'on voyait parfois dans les salons de l'hôtel.

« C'est pire que tout ce qu'on peut imaginer. Il a réuni ses invités habituels et leur a proposé un de ses petits jeux pervers. Il leur a demandé ce qu'ils étaient prêts à payer pour voir son épouse en tenue d'Ève. Il a rassemblé le total et…

— Il l'a obligée à se déshabiller devant eux ? s'écria Jana, horrifiée. C'est dégoûtant ! Personne n'a rien fait pour l'en empêcher ? Et ça s'appelle des messieurs !

— Ils lui obéissent parce qu'ils ont beaucoup à y gagner.

— Et ensuite ? voulut savoir Jana.

— Il a demandé à un domestique d'aller chercher doña Mimín. On dit qu'elle est arrivée habillée, avec un sac de toile sur la tête, et qu'il l'a conduite devant la cheminée.

— Je ne comprends pas ! se scandalisa Jana. Personne n'a réagi ? Je veux savoir qui était là, quels énergumènes, il faut les dénoncer.

— Elle n'a pas prononcé une parole pendant qu'il la déshabillait alors que tout le monde sifflait et criait pour qu'il continue, les bas, la veste, la jupe, enfin tout et puis, une fois nue, il l'a obligée à se tourner et à se pencher… On dit qu'il avait l'air de beaucoup s'amuser.

— Pauvre femme…

— Pendant tout ce temps, elle a gardé le sac sur la tête.

— Pour qu'ils ne la voient pas pleurer, ces sauvages !

— Elle a gardé le sac parce que ce n'était pas elle, mais sa femme de chambre, Palmira.

— L'humiliation est la même, Montlum. Tu sais à quoi ils s'exposent ? La prochaine fois, cet animal demandera à voir une de leurs épouses.

— Il en serait bien capable. Ensuite, ils ont

continué à boire et ils ont trinqué à son génie quand il s'est vanté d'avoir fait la même chose que Goya peignant *La Maja nue*, en échangeant le corps de la domestique avec celui de la duchesse d'Albe.

— C'est écœurant ! J'en ai la nausée.

— Les deux femmes se ressemblent beaucoup, elles pourraient passer pour des sœurs, même si Palmira est plus jeune. On dit que doña Mimín a évité son mari toute cette semaine, qu'elle est partie à Huesca... Même s'il accepte de vivre séparé d'elle, elle devra l'accompagner pour sauver les apparences lors des cérémonies officielles.

— C'est un satyre, un dépravé ! Je ne comprends pas, personne n'ose l'affronter.

— Les gens disent que le seul gagnant dans tout ça, c'est Durandarte, qui pourra voir plus facilement sa maîtresse. »

Jana ne s'était pas attendue à cette conclusion. Toute sa colère retomba. Oubliant ses résolutions, elle se sentit démoralisée en imaginant Esteve dégustant un café, celui qu'elle l'avait vu acheter, en compagnie de la belle épouse du gouverneur. Elle chassa cette image et se ressaisit. Elle espérait seulement qu'il n'oublierait pas sa mission et trouverait le photographe hongrois.

Cette même histoire était parvenue jusque dans les montagnes. Durandarte, outré, s'adressa à ses hommes :

« Ça suffit, nous allons donner une leçon à ce moins que rien.

— Tu parles comme un mari jaloux », se moqua Silvino.

Ses compagnons avaient beau lui lancer des piques au sujet de sa liaison avec l'épouse du gouverneur, il ne répliquait jamais. Il n'évoquait les femmes qu'en plaisantant. Doña Mimín était peut-être trop importante à ses yeux pour faire l'objet d'une boutade.

« Ça m'est égal. Je n'en peux plus de ce sale type. Cette crapule va recevoir la punition qu'il mérite, on va le frapper là où ça fait mal, au porte-monnaie. »

Esteve ne supportait aucun abus d'autorité. Ce qu'avait fait Gervasio avec sa domestique était plus qu'une injustice, c'était une véritable humiliation.

« Ce qui m'étonne le plus, c'est qu'il n'y ait pas eu un seul homme pour réagir. »

Sur cette remarque, il leur donna ses ordres. Il voulait que tout soit prêt avant la nuit.

Tous trois démontrèrent une fois de plus leur habileté à se déplacer à travers ce territoire, de jour comme de nuit. Personne ne les vit, personne ne les entendit quand, à peine quelques heures plus tard, ils approchèrent, telles des ombres furtives, de la villa Dorada et volèrent les chevaux avec lesquels ils rebroussèrent chemin sans être surpris. Ils les emmenèrent à l'endroit où ils avaient attaché les leurs et repartirent vers la montagne.

Leur séjour chez le gouverneur leur avait fait du bien. Ils avaient été nourris, soignés, pansés, brossés. On avait même fait venir un maréchal-ferrant qui avait nettoyé leurs sabots et remplacé leurs fers. Les trois complices rirent en imaginant la tête de leur propriétaire berné le lendemain.

Ces bêtes magnifiques qui paraissaient de bronze n'étaient pas seulement les chevaux du commandant du camp de concentration de Buchenwald, elles avaient aussi un lien avec les passagers clandestins. Les bêtes avaient voyagé jusqu'à Marseille dans le même wagon que Dagmar, Sieglinde et les autres réfugiés juifs. Comme leur propriétaire, Karl Otto Koch, avait donné l'ordre de ne pas ouvrir le wagon tant qu'ils ne seraient pas arrivés à bon port, on leur avait laissé assez de paille et d'eau pour le trajet. Ce qui permit à tous les voyageurs de boire pendant les longues heures qu'ils passaient enfermés dans le train avant d'atteindre la Méditerranée. La petite Hongroise caressait leur crinière, leur parlait, leur racontait des histoires dont ils étaient les héros. Elle les embrassait même, suspendue à leur cou. Sa mère lui disait de faire attention, mais Sieglinde ne pouvait s'en éloigner. Elle était certaine de les reconnaître n'importe où. Et elle aurait été très heureuse de les savoir si près et si bien soignés.

12

Mauvais pressentiment

Gare de Canfranc, samedi 3 avril

Ce matin-là, une valise en cuir marron, bordée de métal, avait été découverte dans le train, oubliée par un voyageur. On la porta à la douane le temps d'y remplir le formulaire la déclarant perdue. Recouverte d'étiquettes de plus de vingt pays, certains très exotiques, elle suscita la curiosité des employés. Tandis que ces derniers bavardaient, Laurent Juste se retira avec sa discrétion habituelle pour l'ouvrir dans son bureau. Il en sortit des parfums, des crèmes et des cosmétiques qu'il posa, bien alignés, sur son bureau. Au fond, une boîte plate contenant une paire de gants et une liasse de plus de cent billets de livres sterling.

Le consulat britannique de Saint-Sébastien soutenait généreusement, de manière clandestine, les activités du réseau improvisé d'espionnage et les filières d'évasion que dirigeait Laurent Juste. Ces remises occasionnelles s'accompagnaient d'informations secrètes, en particulier sur l'emplacement des aérodromes en France et en Espagne, l'arrivée de bateaux de guerre dans les ports du Nord ou la manière dont, à Vigo, les navires allemands s'approvisionnaient. Bon nombre de renseignements s'échangeaient dans le bureau de la douane internationale de Canfranc comme dans d'autres agences de consigne privées tout autour. Ces voies de communication clandestines entre le nord de l'Aragon et Saint-Sébastien remontaient jusqu'à l'ambassade de Grande-Bretagne à Madrid et, de là, au siège du quartier général du haut commandement allié à Londres.

Avant l'arrivée de Gröber, Laurent Juste réalisait tous ces gestes de manière prudente mais presque automatique. Il mettait dans son rôle d'espion et de membre de la Résistance la même efficacité et le même perfectionnisme que dans tout ce qu'il faisait. Mais, depuis l'arrivée de l'officier de la Gestapo, il se montrait plus fébrile. Il ne voulait pas perdre son sang-froid, pourtant cela devenait difficile. Gröber représentait une menace permanente. Le chef de douane avait sans cesse l'impression de sentir ses yeux sur lui et, plus inquiétant, il ne lui avait pas encore adressé la parole, comme s'il voulait d'abord l'étudier de loin, peu pressé d'attraper sa proie, sachant qu'elle ne lui échapperait pas.

Jana plaçait les ronds de serviette dans un tiroir. Ils ressemblaient à des alliances géantes, se dit-elle. Il ne lui restait plus qu'à ranger les couverts avant de pouvoir regagner sa chambre. Les heures les plus tranquilles pour les employés de l'Hôtel International se situaient entre cinq heures et demie et sept heures de l'après-midi. Une fois le service du déjeuner terminé, les chambres nettoyées, seules deux de ses collègues restaient pour tenir le buffet.

Puis revenait le moment où elle devait s'occuper de sortir les nappes, dresser les tables, tout préparer pour le dîner qu'on servait assez tôt, répondre aux demandes des clients avant la nuit… Elle profitait donc de ces précieuses minutes pour ses propres activités dans le secret de sa chambre.

Elle ne cessait de penser à sa rencontre avec Esteve. Elle sentait en lui une puissance, une vitalité qu'elle avait envie de partager. Elle avait besoin de sourire de nouveau après les six années sombres, au parfum de naphtaline et d'encens, qu'elle avait connues à Saragosse, à la mort de ses parents. Elle voulait éprouver cette ardeur, cette vigueur à l'état pur. Mais c'était un doux rêve puisqu'il les partageait déjà avec une autre, une femme qui appartenait à l'élite. Sa romance avec doña Mimín l'éloignait d'elle de manière irréversible. Malgré tout, cette insolence avec laquelle il défiait les autorités continuait de la fasciner. Esteve aimait jouer avec le feu parce qu'il n'avait rien à perdre.

Elle ne put contenir un mouvement d'humeur en l'imaginant dans les bras de cette femme. Elle se le figura en train de la déposer délicatement sur un lit, elle s'offrant à ses caresses, se cambrant… Honteuse, elle repoussa ces images et se cacha le visage entre les mains.

Mais il n'y avait pas qu'Esteve qui occupait ses pensées. L'inquiétude qu'elle ressentait depuis plusieurs jours refusait de la quitter. Plongée dans de sombres considérations, elle se piqua par mégarde avec une aiguille. En voyant le sang couler, elle repensa à ce que Montlum lui avait raconté : dans les camps d'extermination, on décapitait les espions avec une guillotine, mais un esprit pervers avait eu l'idée de placer les victimes le visage vers le haut, sans leur bander les yeux, pour qu'ils voient tomber la lame. Elle frissonna. Elle pourrait finir ainsi si la Gestapo la découvrait.

Le sang coulait de son doigt. Jana le porta à sa bouche. Puis elle sortit de sa chambre.

13

Un appareil photo hongrois

Gare de Canfranc, dimanche 4 avril

Jana vérifia qu'il n'y avait personne dans le couloir et s'arrêta devant la bibliothèque qui masquait l'accès à la chambre secrète. Elle posa un carton contenant des livres pour faire semblant de les ranger si quelqu'un s'approchait, puis entra dans la pièce plongée dans la pénombre sans faire de bruit au cas où la mère et la fille dormiraient. Elle ne voulait pas leur faire peur. Ni elle ni Dagmar n'avaient évoqué le fait que le délai qu'elle leur avait accordé avait été dépassé depuis longtemps. Jana cherchait le moyen le moins risqué de les faire échapper quand, soudain, une alternative se présenta à elle. Elle venait de trouver l'endroit idéal pour les mettre à l'abri. Elle leur laisserait encore quelques jours en espérant qu'Esteve retrouverait le photographe dont il lui avait parlé. Elle était certaine que cette nouvelle réjouirait Dagmar. Mais elle préférait laisser passer un peu de temps avant de lui en parler pour ne pas lui donner de faux espoirs. En attendant, elle leur apportait un petit cadeau, un nécessaire de toilette dans lequel elle avait glissé quelques savons et parfums que Laurent Juste lui avait fait passer. Un véritable luxe bien utile dans cette chambre qu'on ne pouvait aérer et qui sentait le renfermé.

« *Ein Geschenk*, dit-elle. Un cadeau !

— *Egy ajándék* », traduisit Dagmar pour sa fille.

Elles paraissaient si désarmées, non par manque de vigueur ou en raison d'une maladie quelconque, mais à cause de la tristesse que provoquait l'absence de Sándor. Il leur manquait comme si on les avait amputées, qu'elles souffraient d'une hémorragie qui les rendait si pâles. Elles avaient refusé de se mettre à l'abri de l'implacable machinerie d'extermination allemande et étaient restées à Canfranc comme des ombres.

Elle leur tendit son cadeau et, en voyant ces objets français, leurs visages s'illuminèrent. Elles souriaient enfin.

« Et j'ai un autre cadeau. *Und noch ein Geschenk.* Mais je vous le raconterai après. *Später.* »

Elle se rendit ensuite à La Serena où elle se savait

attendue par Tricio. Elle s'approcha du comptoir et lui remit le moule à gâteau que Pilar lui avait prêté. Tricio avait des contacts avec les soldats alliés qui avaient traversé la frontière de manière clandestine pour s'unir aux troupes affrontant les forces de l'Axe. Il les hébergeait en cachette le temps qu'ils reprennent des forces.

« J'ai appris que tu cherchais un interprète », lui dit-il.

Esteve avait donc bien transmis son message, songea Jana.

« Oui, c'est pour des clients de l'hôtel, ce serait pour un après-midi seulement. Personne n'arrive à les comprendre. »

Jana regarda les soldats accoudés au comptoir. Comme elle ignorait s'ils parlaient sa langue, elle choisit d'en dire le moins possible. Elle ne voulait pas prendre le risque qu'un soldat allemand d'origine hongroise propose son aide.

« Où doit-il se présenter ? À l'hôtel ? »

Ces dernières paroles furent prononcées à l'intention de tous ceux qui, par ennui ou intérêt, suivaient leur conversation.

« Non, tu n'auras qu'à me prévenir et je les ferai venir au village. »

Elle les habillerait de telle sorte qu'on les prendrait pour des touristes très riches et que personne ne se douterait du subterfuge. Avant de leur demander leurs papiers, les gardes y réfléchiraient à deux fois.

Tricio lui avait précisé que le Hongrois était photographe. Sans doute une couverture pour dissimuler ses activités, à en juger par les lieux qu'il visitait, Marseille, Porto, Tetouan, Tanger et maintenant Canfranc pour un reportage sur cette gare qui ressemblait à un palais tout droit sorti d'un roman d'Alexandre Dumas.

Deux heures ne s'étaient pas écoulées quand Valentina vint la prévenir qu'un dénommé Robert Müller l'attendait là où elle savait. Jana sourit. Son apprentie si débrouillarde avait le don de ne jamais poser de questions indiscrètes.

Jana habilla Dagmar et Sieglinde de robes élégantes et leur fournit tout un ensemble d'accessoires de façon à les rendre encore plus crédibles dans leur nouveau rôle. Elle leur prêta ses bijoux, tendit à Dagmar une ombrelle et une paire de lunettes de soleil. Quant à Sieglinde, elle arborait des tas de rubans sur sa robe et dans les cheveux. Ainsi vêtues, elles avaient l'air de deux riches touristes.

Elles descendirent dans le vestibule où se trouvait Wagner, que Jana reconnut de dos, alors qu'il examinait des magazines devant le kiosque à journaux. Il se retourna tandis qu'elles se dépêchaient vers la sortie sans faire de bruit. Jana leur fit signe d'avancer.

« Mademoiselle Belerma, la salua-t-il.

— Oui, capitaine ? Vous désirez ?

— Ah, c'est la grande question ! Et vous, que désirez-vous ? »

Elle fut surprise du ton que prenait leur échange. Wagner devait être très ennuyé pour se lancer dans ce genre d'allusions. Elle hésita un instant avant de répondre :

« Que la guerre se termine vite. »

Wagner poussa un soupir qu'elle ne sut comment interpréter. Jana décida qu'elle pouvait partir.

« *Auf Wiedersehen, Herr Wagner.* »

Il lui sourit tout en claquant des talons.

Dagmar et Sieglinde l'attendaient sous la marquise. Elles franchirent le portail et empruntèrent la grand-rue. La petite s'arrêta sur le pont et lança un caillou dans l'eau. Jana lui prit la main et lui indiqua les montagnes, le clocher de l'église, pour donner l'impression qu'elle servait de guide à ces deux étrangères.

Des véhicules de l'armée allemande garés non loin laissaient tourner leur moteur. Jana pensa à toutes les fois où elle avait vu des détenus poussés à l'intérieur. Ses jambes flageolèrent. Elle entendit un sifflement, mais ne se retourna pas. Il était hors de question de conduire Müller à la chambre secrète, elle lui avait donc donné rendez-vous au restaurant Yola où la présence de femmes était plus courante qu'au bar de La Serena. Elle ne savait pas combien de temps durerait leur escapade, mais, de toute façon, elles devaient rencontrer ce compatriote. Elles feraient semblant de tomber par hasard sur lui. En entrant dans la salle, Jana aperçut un homme jeune, un appareil photo posé sur la table.

« Nous allons prendre la table du coin à l'intérieur, dit Jana au propriétaire, nous sommes trois. »

Dagmar et Sieglinde échangèrent quelques mots en hongrois. Robert se leva alors et s'adressa à la mère :

« *Magyarország melyik részéről vannak* ?

— *Budapestről vagyunk*[1].

— Vous permettez que je prenne un café avec vous ? » demanda-t-il en s'adressant à Jana.

Ils s'assirent tous les quatre comme si seul le hasard les avait réunis.

« Mademoiselle Belerma, je servir de traducteur, mais d'abord accepter moi prendre photo.

— Oui, tout à l'heure, en sortant.

— Mieux maintenant, après pas assez lumière. »

Jana ne s'était pas attendue à cette demande, qu'elle jugea logique étant donné la profession de Müller. Elle allait prendre le risque d'exposer de nouveau ses protégées. Il y avait des soldats partout, mais, par chance, aucun dans le restaurant. Ceux qui le fréquentaient arrivaient en général plus tôt. Elles commandèrent puis ressortirent.

Jana murmura à l'oreille de Dagmar, qui paraissait inquiète, que c'était un homme de confiance, qu'on le lui avait recommandé, qu'il ne les trahirait pas.

Robert leur demanda de se placer devant un mur couvert de lierre et toutes les trois en même temps vérifièrent des mains leur coiffure en riant de ce geste simultané. L'enfant demanda à sa mère si elle pouvait prendre dans ses bras un chat qui les observait un peu plus loin. La petite adorait les animaux, elle rêvait encore des chevaux avec lesquels elle avait voyagé.

« Prêtes ? »

---

1. « De quelle région de Hongrie êtes-vous ? — De Budapest. »

Lorsque le flash se déclencha, le chat, effrayé, sauta des bras de l'enfant, et celle-ci éclata de rire. C'était la première fois que Jana l'entendait rire ainsi, de manière aussi libre et détendue. Elle en fut émue aux larmes.

Lorsqu'ils rentrèrent dans la salle, leurs plats les attendaient sur la table à la nappe à carreaux blancs et rouges. Au fil de la conversation, Jana apprit qu'après la disparition de Sándor Géllert, délogé en pleine nuit de chez eux, rue Kertesz, à côté de la synagogue Dohány, Dagmar s'était d'abord informée auprès de l'ambassade espagnole de Budapest, connue pour aider les Juifs persécutés en les traitant comme les descendants de séfarades expulsés d'Espagne cinq cents ans plus tôt. Mais c'est grâce à la lettre reçue par une voisine dont le mari était aussi prisonnier qu'elle apprit que Sándor se trouvait avec lui, dans un camp de travail forcé, au service d'une usine de guerre allemande. Impossible de déterminer l'endroit car les Allemands ne faisaient pas figurer le nom des ateliers sur les armes, les remplaçant par un code pour éviter que les Alliés ne puissent repérer les lieux de production et les bombarder.

Ignorant encore où se trouvait son mari, Dagmar répéta qu'elle préférerait mourir plutôt que de partir en Amérique sans lui. Elle ne pouvait supporter d'imaginer son angoisse, sa douleur de ne pas savoir si elles étaient vivantes ou mortes. Müller regarda Jana d'un air convaincu et affirma :

« Nous le retrouverons, j'ai une idée de l'endroit où il pourrait être, d'après ce qu'elles m'ont dit. »

Jana avait trouvé plus qu'un traducteur en la personne de cet homme déterminé qui appartenait à la race de ceux qui n'anticipent pas la peur, mais affrontent les obstacles au moment où ils se présentent. Une fois terminés le fromage et la pâte de coings qu'ils avaient commandée en guise de dessert, ils repartirent chacun de son côté.

Dagmar et Sieglinde retrouvèrent leur cachette avec un nouvel espoir qui se lisait sur leurs visages rayonnants. Elles ne le savaient pas encore, mais leur départ était programmé. Jana les avait exposées en les faisant passer pour des touristes ; donc, la prochaine fois qu'on les verrait, ce devait être sur le quai de la gare. Sans le leur dire, elle avait décidé de les envoyer à Saragosse, dans l'ancien appartement qu'elle occupait avec ses parents et qu'elle avait gardé après leur mort. Il avait besoin d'être aéré, que les housses soient retirées des meubles, qu'on en secoue la poussière et les souvenirs.

14

Une mission de plus

Jana vit Esteve entrer et placer une lourde valise dans le filet qui se trouvait au-dessus de sa tête, le corps tendu par l'effort, presque collé à elle, les jambes écartées. Puis il baissa les bras et la regarda. Elle sentit son cœur s'arrêter. Elle avait glissé les mains dans ses poches pour éviter de le toucher. Il lui sourit et lui demanda s'il pouvait s'asseoir à côté d'elle. Elle acquiesça. Il colla ses jambes aux siennes. La chaleur de son corps, la fermeté de ses muscles éveillaient des sensations impures, obscènes, auxquelles elle ne put résister. Elle ôta ses chaussures et allongea ses jambes sur la banquette opposée tout en vérifiant que le regard d'Esteve glissait sur leur galbe parfait. Il lui prit la main en lui murmurant des choses sur leur destination et il ne parlait pas du train quand…

Elle entendit frapper à la porte. Elle ouvrit les yeux et la scène s'effaça. Elle s'habilla en hâte.

« Enfin, Jana ! J'ai cru que tu étais sortie, j'allais repartir, chuchota Montlum.

— Je… balbutia-t-elle.

— Je te dérange ?

— Non, pas du tout. »

Ils descendirent au buffet. Il se roula une cigarette avec le tabac qu'il conservait dans une petite boîte métallique à ses initiales. Jana lui expliqua à voix basse :

« Je voulais te voir parce que je pense loger nos visiteuses hongroises dans l'appartement de mes parents. Elles ne peuvent pas rester ici.

— Tu peux compter sur moi, lui promit-il. Une mission de plus ou de moins, qu'est-ce que ça change ? ajouta-t-il d'un ton moqueur.

— Arrête de plaisanter ! Comme si on n'en avait

pas assez avec tout ça, se plaignit-elle en montrant les quais, les voies.

— À la guerre comme à la guerre, petite. Crois-moi, c'est un vétéran qui te le dit.»

Il lui fit un clin d'œil. Il était comme ces clients âgés de La Serena qui en avaient trop vu pour prendre au sérieux la guerre.

«Mais, moi aussi, il fallait que je te dise quelque chose. Et si cette nouvelle mission se passe bien, je crois qu'on se souviendra de nous quatre.

— Nous ne sommes pas cinq? s'étonna Jana en pensant à Esteve.

— Bon, en réalité nous sommes même six. La participation de Valentina et de Durandarte est fondamentale, mais Laurent est embêté avec cette histoire de chevaux. En revanche, il est très satisfait des services de Didier.

— C'est plus facile pour lui, les trajets font partie de son travail.

— Peut-être, mais il court autant de risques que nous, protesta Montlum qui appréciait le cheminot, un homme discret, aimable et bien élevé.

— Tu sais, en parlant de risques, certaines nuits, je me réveille très agitée, je me noie, Montlum, je me griffe le visage, je me plante les ongles dans les pommettes et tu sais ce que j'essaye d'arracher de mon visage? Un masque à gaz…

— Ne t'en fais pas…»

Il avait baissé la voix, si bien qu'elle dut avancer sa chaise pour mieux l'entendre. Elle vérifia que personne ne les regardait, puis lui prit sa cigarette, tira une bouffée avec délectation et la lui rendit. Il se pencha vers elle.

« On m'a donné une liste de personnes que nous devons aider à sortir de la souricière. Des gens célèbres…

— Des acteurs ? demanda Jana en observant Montlum et en se disant qu'il avait dû être très beau dans sa jeunesse parce qu'il était encore séduisant.

— Oui, mais pas seulement. Avant que le front de l'Est ne s'ouvre, ils seraient passés par la Russie puis Shanghai, mais ce n'est plus possible. Ils doivent arriver les uns après les autres. Il s'agit de Marc Chagall, Max Ernst, Joséphine Baker et son secrétaire, et Alma Mahler. Ces noms te disent quelque chose ?

— Qui ne connaît pas Joséphine Baker ! Alma Mahler est de la même famille que le compositeur ?

— C'est sa veuve. Elle s'est remariée depuis, mais elle a conservé le nom de son premier époux. Elle voyage avec son troisième mari, un écrivain juif. Ils veulent se rendre à New York.

— Et Chagall ? Ce nom ne me dit rien.

— Un peintre… prodigieux. Il dessine l'amour, Jana. Des couples qui s'embrassent… en musique, avec des violons partout.

— Ah ! C'est pour ça que tu l'aimes, parce que tu es violoniste ! J'espère qu'il pourra continuer à peindre, où qu'il soit.

— Et une dernière chose : souviens-toi de ce nom, Fred Deyermond. C'est un journaliste new-yorkais qui se trouve à Marseille où il dirige un réseau destiné à sauver des intellectuels et des artistes. Il prendra contact avec nous par l'intermédiaire de Didier ou quand Laurent ira consulter son dentiste à Pau et nous préviendra des dates de leur passage par Canfranc. Il faut qu'ils s'en sortent tous sains et saufs. Le cas de Joséphine Baker est particulier, je te donnerai les détails plus tard.

— C'est Laurent qui t'a appris tout ça aujourd'hui ?

— Oui, il revenait de Pau avec un plombage dont il n'avait pas besoin. Tout ça parce que le dentiste avait un nouvel assistant et qu'on ne sait jamais... Alors qu'il a toujours eu de très bonnes dents, je l'ai même vu manger des bouts de pain durs comme la pierre sans les tremper comme je le lui conseillais.

— Ah oui ? C'était quand ?

— Pendant la guerre. Celle de 14.

— Vous étiez ensemble pendant la guerre ? s'étonna Jana.

— Oui, mais c'est un secret, personne ne le sait ici. Nous nous connaissons depuis plus de vingt-cinq ans. Tu vois, on est inséparables. On s'est rencontrés pour la première fois en 1917. C'était un excellent soldat... ajouta-t-il avec un sourire.

— Mais pourquoi ne s'est-il pas engagé cette fois ? Je sais qu'il admire beaucoup le général de Gaulle.

— Quand il a su que les troupes de la Résistance s'organisaient en Afrique du Nord sous les ordres du général, il a voulu les rejoindre. Mais il n'est plus tout jeune et on a jugé en haut lieu qu'il serait plus utile dans un poste-frontière que sur le front… Voilà pourquoi il est parmi nous, conclut-il avec un sourire affectueux.

— Je comprends, sauf que ni toi ni moi n'avons de responsabilités familiales. En revanche, lui doit penser à Arlette et aux enfants. Il a beaucoup plus à perdre que nous. »

Ils demeurèrent songeurs, puis Jana, pour chasser ses idées noires, reprit :

« Alors, comment vous êtes-vous connus ?

— Je te le raconterai une autre fois, il est tard, je dois rentrer.

— Je n'oublierai pas de te le rappeler. »

Montlum sourit, puis la quitta.

Jana le regarda s'éloigner. Elle le trouvait admirable. Malgré les drames et les dangers qui les entouraient, il faisait preuve d'une joie communicative auprès de tous ceux qui avaient la chance de le côtoyer.

De l'autre côté de la fenêtre, le brouillard couvrit peu à peu les montagnes d'un voile, les hirondelles parurent ralentir leur vol, les contours des meubles du restaurant perdirent de leur netteté eux aussi. Un fort arôme de café envahit la salle. Il restait peu de temps à Jana avant de reprendre son service. Elle finit de nouer son tablier dans l'escalier et se mit à l'œuvre.

15

Le dieu des vengeances

Gare de Canfranc, lundi 5 avril

Quand le coup de sifflet retentit, Jana leva les yeux de son livre : « J'ai voulu prendre la place de la Providence pour récompenser les bons... Que le dieu des vengeances me cède la sienne pour châtier les maudits... » disait la fin du septième chapitre du *Comte de Monte-Cristo*.

Elle avait lu dans le *Heraldo de Aragón* qu'une adaptation du roman venait de sortir sur les écrans français. Mais il lui était impossible de se déplacer jusqu'à Toulouse en raison de ses activités clandestines. Son seul dépaysement possible était la lecture, qui l'entraînait partout où elle le voulait.

La foule des voyageurs s'éparpilla peu à peu, bientôt il ne resta plus qu'une silhouette immobile sur le quai. Jana l'observa avec attention à l'abri dans ce qu'elle considérait comme son mirador au second étage. L'homme portait un manteau et un chapeau noirs comme les ailes d'un corbeau ; son chapeau lui cachait une partie du visage. Il n'avait pas de valise. Jana frissonna et se frotta les bras comme pour effacer la sensation désagréable qu'elle éprouvait. Grand, très maigre, il avait tout d'un épouvantail arraché à un champ de blé alors qu'il se laissait tomber, épuisé, sur un banc.

Il demeura à la même place toute la journée sans monter dans aucun train. Le lendemain, quand Jana descendit sur le quai pour aider Valentina qui revenait du village les bras chargés de sacs de provisions, elle vit les soldats lui demander ses papiers en allemand. Elle l'entendit leur répondre dans leur langue. Son passeport était en règle puisqu'ils le laissèrent tranquille. Il lui manquait peut-être un visa ? Ce qui expliquerait qu'il soit resté. Mais qu'il ait passé la nuit dehors, sans même se réfugier dans le hall, et que les soldats le lui aient permis, voilà qui était incompréhensible. Elle se promit de ne pas le perdre de vue et d'informer Laurent de sa présence quand elle le croiserait.

Jana apprit bientôt que l'inconnu s'appelait Voltor, un nom aux consonances si étranges que ce devait être la déformation du patronyme qui figurait sur ses papiers. Les rumeurs à son sujet allaient bon train. Tricio refusa de le laisser entrer à La Serena parce qu'il puait la charogne, avait-il dit. Montlum était le seul à l'avoir pris en pitié. Il lui donnait du pain chaque fois qu'il le pouvait. Jana ne voulait pas s'approcher de lui parce qu'elle pressentait que son inquiétante présence finirait par apporter un malheur. Quand il arpentait le quai, les voyageurs s'écartaient sur son passage, sortaient leur mouchoirs et le portaient à leur nez ou à leur bouche. Laurent frappait des mains pour l'éloigner comme on le ferait d'un chien errant. Sa venue confirma à Jana son intuition, les trains qui arrivaient à Canfranc pouvaient abriter dans leurs entrailles les rebuts de ces temps maudits. Elle le considéra d'emblée comme un oiseau de mauvais augure, un aimant à malheur, un signe envoyé par les ténèbres qui s'abattraient sur eux s'ils n'y prenaient pas garde. Il représentait une ombre noire menaçant le village et la gare.

Ces derniers temps, elle avait été très occupée à organiser l'arrivée des illustres voyageurs, qui supposait de nombreux préparatifs. Elle se demanda quand même s'il était juste que, pour les sauver, il faille les faire passer avant d'autres réfugiés. Ils poursuivraient leur route par la montagne, ce qui ne dépendait plus d'elle. Elle espérait qu'Esteve prendrait le relais et éviterait qu'ils ne se perdent. On tombait parfois sur les corps des fugitifs qui n'avaient pas réussi à se dépêtrer du dédale des sentiers.

Jana entrait dans le vestibule, les bras chargés d'un plateau rempli de croissants et de brioches encore chauds, qu'elle était allée chercher à la boulangerie et dont la simple odeur vous mettait l'eau à la bouche, quand elle trébucha sur quelqu'un qui sortait sans regarder devant lui. Elle faillit s'emporter, lui dire de faire attention, mais sa colère se dissipa sur-le-champ lorsqu'elle reconnut Esteve qui se confondit en excuses :

« Je suis vraiment désolé. Laisse-moi t'aider. »

Le plateau était couvert d'un linge qui avait protégé son contenu. Seul un chausson aux fruits en forme de demi-lune était tombé au sol. Esteve ramassa le plateau et le tendit à Jana. Lorsqu'il voulut remettre le chausson, elle l'en empêcha, en le tutoyant également :

« Merci, mais si tu veux bien le jeter, comme tu peux le voir, j'ai les mains occupées.

— Tu veux que je le porte ? proposa Esteve.

— Non, il n'en est pas question », répliqua-t-elle froidement pour mettre fin à leur conversation.

Mais, au lieu de poursuivre son chemin, elle resta plantée devant lui tandis qu'Esteve croquait une bouchée du chausson tout en la fixant avec insolence et curiosité. Hypnotisée, la jeune femme ne put s'empêcher d'admirer ses lèvres charnues, couvertes de sucre glace. Elle imagina, avec une mine gourmande, le goût de l'anis sur sa langue et entrouvrit la bouche involontairement. Le sourire d'Esteve s'élargit. Alors elle se reprit et lui dit au revoir d'un ton abrupt.

Il ne lui rendit pas son salut. Il se contenta de la regarder avec une expression de douceur qu'elle ne lui avait jamais vue. Puis il tourna les talons et partit.

Elle posa bruyamment le plateau sur la table centrale du buffet et se laissa tomber sur une chaise. Valentina s'approcha d'elle.

« Jana, ça ne va pas ? Tu es toute pâle, on dirait que tu viens de voir un fantôme.

— Je ne sais pas ce que j'ai vu… »

La gamine l'éventa avec un des menus. Jana vit défiler sous ses yeux la liste et les prix du café, des liqueurs, des infusions.

« Ça va mieux, Jana, c'est fini ?

— Je ne veux pas que ça se finisse », soupira Jana.

Elle avait beau s'en défendre, elle aimait ce qu'elle ressentait pour cet homme. Elle aurait simplement préféré que les circonstances soient différentes.

Vendredi 9 avril

Ce matin-là, Laurent, après avoir rempli tous les documents de douane pour le convoi qui devait partir quelques minutes plus tard, bavardait avec un couple et une dame assez âgée qui les accompagnait. Tous trois étaient suisses. L'homme, ingénieur pour une marque de moteurs, se rendait à Madrid pour son travail. Son épouse et la tante de cette dernière profitaient de ce voyage d'affaires pour découvrir la capitale espagnole. Les deux femmes, très bien habillées, attendaient, droites comme un I, sans participer à la conversation.

Le chef de douane devait faire preuve de cordialité avec tout le monde, comme s'il était chargé des relations publiques de son pays, sans trop s'engager cependant. Il se montrait aimable avec la plupart des gens, courtois, serviable même envers certains voyageurs auxquels il n'aurait jamais adressé la parole en d'autres circonstances. Ses activités pour la Résistance impliquaient de passer le plus inaperçu possible, de ne défendre ni accuser personne. Il pouvait jouer le jeu avec tous, sauf avec le gouverneur civil. Cet homme représentait la limite qu'il ne pouvait franchir.

Comme toujours, la conversation avait d'abord porté sur la guerre. Laurent et l'ingénieur suisse commentèrent les bombardements de la RAF sur certaines lignes de train allemandes, et les rumeurs d'une éventuelle rencontre entre Hitler et Mussolini, dans le palais autrichien de Klessheim, près de Salzbourg. Mais ce qui s'avérait plus grave, sans aucun doute, était l'entrée des Allemands dans le ghetto de Varsovie et la déportation de ses populations dans le camp de Treblinka, au nord-ouest de la Pologne occupée. À la grande stupéfaction du Français, le voyageur évoqua sur un ton insouciant les manœuvres du Reich.

« Vous comprenez, une petite purge, ça ne peut pas faire de mal. Il y a trop d'éléments subversifs. Les rabbins salissent les esprits, inculquent la cupidité pour faire des Juifs des pies qui volent tout ce qui brille. Et tous ces tziganes, ces syndicalistes, ces homosexuels. Il n'y en a jamais eu autant. Ce sont tous des traîtres, une véritable infection ! »

Laurent dut se contenir face à ces paroles haineuses qui justifiaient la violence indiscriminée contre des innocents. Il choisit de se taire de peur d'éclater.

« Vous verrez comme l'Europe s'en trouvera purifiée après ça. Il y avait trop de rats, trop de risques de peste. Tenez, prenez les handicapés, nous n'éprouverons plus une telle horreur en les voyant. »

Son épouse et sa tante hochèrent la tête en signe d'approbation. Laurent se mordit la joue.

« Béni soit l'homme qui nous libère des déments, des infirmes, des contrefaits. Ils sont le fardeau dont il faut se débarrasser. On parle d'hygiène raciale, eh bien, je suis pour ! » clama l'ingénieur.

Le chef de douane aperçut Voltor qui approchait, mais il avait assez à faire avec cet énergumène pour se préoccuper en plus du mendiant. Le Suisse avait haussé le ton comme s'il voulait proclamer aux quatre vents ses idées, que tout le monde sache qu'il était d'accord avec le Führer et sa politique eugénique. Certaines personnes firent le signe de croix et se détournèrent.

Cependant, lorsque l'ingénieur s'apprêta à monter dans le train, à la suite de ses compagnes, il glissa malencontreusement et sa jambe se retrouva coincée dans l'espace entre le marchepied et le quai ; il demeura suspendu comme un pantin désarticulé. Laurent ne put faire autrement que de se porter à son secours, mais l'homme ne pouvait plus poser le pied par terre et il termina sa diatribe à l'infirmerie avec une cheville cassée.

Certains témoins prétendirent qu'ils avaient vu un homme, le mendiant au manteau noir, le pousser en passant derrière lui. On ne put rien prouver, mais il était certain que Voltor se tenait très près du Suisse au moment de l'incident. Quand Laurent lui raconta la scène, Jana y vit la confirmation de ses craintes : cet homme bizarre pouvait se montrer violent.

Par une nuit de grand froid, malgré le printemps déjà bien installé, Voltor rassembla plusieurs morceaux de bois et des journaux pour se réchauffer, épisode qui coïncida avec un petit incendie d'une meule de foin, non loin de là. Même si le feu s'éteignit rapidement dès la première pluie, les soupçons se portèrent de nouveau sur lui.

Depuis 1933, selon le code pénal de la Seconde République, on devait présenter à un juge spécial les personnes indigentes ou en possession de biens mal acquis, ce qui incluait les nomades, les proxénètes et les clochards. Bien souvent, on se contentait d'un avertissement parce qu'ils n'avaient pas commis de délit. On appelait cette loi La Gandula, la paresseuse, et Voltor n'y échappa pas. La police fit appel à un interprète. Les déclarations de Voltor furent jugées suffisantes pour qu'on le relâche le lendemain après une nuit passée en cellule.

Quand il revint rôder autour de la gare, Jana eut une sensation étrange. Il paraissait accablé par la fatigue, mais, malgré la différence d'âge, de taille et de vêtements, sa silhouette évoquait celle de Gröber. Elle y lut un signe, comme l'avertissement qu'elle devait établir un lien entre les deux hommes.

16

La condition du malheur

Jana était inquiète, elle ne trouvait pas Valentina. Les serviettes que son apprentie aurait dû disposer dans les chambres étaient restées empilées sur une banquette. À côté était posé le panier d'osier contenant les savons, ainsi qu'une montagne de draps sales qu'elle aurait dû confier aux lavandières. Elle ne l'avait pas vue depuis la veille dans l'après-midi, quand elles s'étaient croisées dans le couloir. Valentina portait un petit plateau avec une infusion.

« C'est pour l'Allemand. Il a demandé qu'on la lui apporte dans sa chambre.

— Il t'a réclamée toi expressément ? s'était inquiétée Jana.

— Non. »

Jana eut un frisson en pensant qu'Eberhard Gröber avait pu la retenir toute la nuit. Des images terribles l'assaillirent.

Jana sortit en courant, traversa le pont et prit la grand-rue. Elle s'arrêta devant la maison des parents de Valentina. Avant qu'elle ne puisse dire un mot, Leonor, la mère de la fillette, lui demanda, la voix brisée :

« Elle n'est pas avec toi ? »

Petite, mince, le corps sec comme un sarment, les cheveux ramassés en chignon, elle avait les traits tirés.

« Elle n'est pas restée dormir à l'hôtel ? Je suis sûre qu'il lui est arrivé quelque chose. Elle n'a jamais manqué un jour de travail et elle rentre toujours à l'heure. Quand elle reste avec Solange, elle me prévient. Elle me prévient toujours. »

Jana promit de lui donner des nouvelles dès qu'elle en aurait et repartit en courant vers l'hôtel. Elle entra dans la cuisine et expliqua aux employées que Valentina avait disparu, en espérant que l'une d'entre elles saurait où la trouver. Mais personne ne l'avait vue. Refusant de céder à la panique, Jana prépara les tables pour le petit déjeuner.

Quand elle entra dans la salle à manger, Gröber la salua d'un geste bref. Impossible de l'interroger, même si, pendant qu'il prenait son repas, Valentina se trouvait peut-être dans sa chambre, attachée, après avoir été torturée toute la nuit. Elle songea à s'y glisser discrètement, mais elle craignait d'être surprise. Il occupait la plus belle suite de l'hôtel et, ayant fait de la seconde pièce son bureau, un de ses subordonnés pouvait s'y trouver.

Elle ne dit rien tandis qu'elle posait le plat sur la table, mais, de retour à la cuisine, l'angoisse l'étreignit. Si Gröber avait assassiné Valentina comme elle le pensait, il avait dû se débarrasser du corps. Il ne pouvait le garder dans la chambre, on la nettoyait tous les jours.

Elle monta à l'étage et bavarda avec Carmen, sa collègue, qui s'apprêtait à faire la chambre de l'officier. Elle y entra avec elle sous le prétexte de lui donner un coup de main : elle ouvrit la fenêtre, l'aida à faire le lit, puis elle profita de ce que celle-ci se trouvait occupée dans la salle de bains pour fouiller partout.

Plusieurs livres sur l'architecture et la musique étaient empilés sur la table basse. Elle aperçut de nombreux documents portant le sceau de la Gestapo. Mais pour l'instant ce n'était pas sa priorité. Elle ouvrit l'armoire. Ses uniformes y étaient bien rangés, ainsi qu'un long manteau en cuir, une casquette, un costume civil, des chaussures de tennis, une raquette, des bottes de montagne, deux paires de chaussures, l'une en cuir, l'autre en peau de serpent.

Carmen chantonnait tout en frottant le carrelage. Jana ouvrit le tiroir de la table de chevet et en sortit plusieurs photos. La plupart représentaient des enfants en short qui faisaient de la gymnastique dans la cour d'une école. Sur un autre cliché, Gröber jouait du violon. Elle aperçut également une boussole, une montre en or et une paire de boutons de manchette.

La poignée de la porte s'abaissa. Jana referma d'un coup le tiroir. Dans le mouvement, elle découvrit alors au fond une boîte en cristal, qui s'était déplacée. Elle contenait deux yeux clairs d'un bleu plus intense que les pierres qui décoraient les boutons de manchette. Elle se releva, horrifiée.

Pendant ce temps, Gröber criait de l'autre côté de la porte qu'elle avait fermée à clé :

« *Aufmachen ! Wer ist da ?* »

Il répéta en espagnol cette fois :

« Ouvrez, qui est là ? »

Jana traversa la chambre et fit tourner doucement la clé, les mains tremblantes. Sa collègue sortit alors de la salle de bains, une serviette à la main, les yeux écarquillés. Jana se colla contre l'armoire. L'officier entra, les sourcils froncés mais se détendit tout de suite en la reconnaissant :

« Ah, c'est vous ! Quelle charmante surprise ! »

Il ignora l'autre femme de chambre comme si elle faisait partie des meubles. Jana occupait la même fonction subalterne, pourtant il s'adressa à elle d'un ton très aimable :

« Mais que faites-vous donc ?

— *Entschuldigung, ich räume nur die Reste vom Abendbrot weg.*»

Elle lui expliqua qu'elle était venue récupérer le plateau du dîner et joignit le geste à la parole.

« Carmen, j'y vais », dit-elle en s'adressant à sa compagne.

L'Allemand pivota sur ses talons pour mieux l'observer, le sourire aux lèvres.

« *Auf Wiedersehen*, dit Jana.

— On se revoit quand vous voulez », répondit-il.

Après ce qu'elle venait de découvrir, personne ne pourrait la convaincre que Gröber n'était pas coupable de la disparition de Valentina. Elle avait lu que certains assassins conservaient des parties du corps de leurs victimes comme des trophées. Ces yeux dans la petite boîte avaient la même couleur que ceux de Valentina.

Depuis ce cœur de la gare que représentait l'hôtel, la mauvaise nouvelle se répandit comme une traînée de poudre, si bien que, quarante-huit heures après, tout le monde était au courant de la disparition de Valentina. Pendant ces deux jours, les voisins arpentèrent la ville et les montagnes, sans relâche.

Jana contacta même la Résistance, au cas où, de l'autre côté de la frontière, on aurait eu des informations sur la fillette. Laurent et Arlette ne cessaient d'embrasser leur Solange pour un oui ou pour un non parce qu'ils en ressentaient le besoin, de peur qu'elle ne s'évapore à son tour.

La plupart accusaient Voltor : il faisait peur,

comme le répétaient Tricio et Pilar, mais pour l'instant on ne disposait d'aucune preuve. Il n'y avait que des soupçons à son égard concernant le Suisse qui s'était cassé la cheville ou le feu qui avait pris dans la meule de foin. Pourtant, même ceux qui le regardaient sans malveillance durent se rendre à l'évidence, quand il disparut à son tour sans laisser de traces. Il n'y avait pas besoin d'être un inspecteur de police chevronné pour faire le lien entre les deux événements. Mais il y avait une autre piste. Cela faisait plusieurs jours qu'on était sans nouvelles de Durandarte et il devint le suspect numéro un pour beaucoup. On le jugeait capable de kidnapper une enfant puisqu'il ne connaissait aucune limite. Pendant tout ce temps, la mère de Valentina pleurait, ses cris inconsolables réveillant ses voisins au milieu de la nuit.

Au troisième jour, Jana alla porter une Agua de Carmen à Leonor. Elle voulait l'aider, sans lui parler de ses propres soupçons. Elle lui mentit en lui disant qu'elle était convaincue que sa fille réapparaîtrait quand on s'y attendrait le moins. Elle tenta de lui redonner espoir. Mais elle eut du mal à garder le sourire quand Leonor lui montra une photo de la communion de sa fille datant de trois ans.

La maison sans Valentina ressemblait à une coquille vide. Les volets étaient fermés, personne ne faisait la cuisine, la mère ne quittait pas son fauteuil, elle ne sortait plus de chez elle pour aller laver le linge à la rivière. Tous les rituels quotidiens s'étaient interrompus. Plus rien ne paraissait nécessaire.

« Je vous apporterai à manger de l'hôtel. Et je vais demander qu'on lave vos draps et vos serviettes.

— Tu es gentille ! Tu mérites de trouver quelqu'un de bien, comme toi, mais regarde, après on a des enfants et voilà ce qui arrive. Valentina n'a jamais fait de mal à personne, elle en est incapable, tout le monde l'aime, demande autour de toi, tu verras. Cette enfant, c'est une bénédiction. On l'a eue tard, tu sais, on était déjà âgés, on s'était fait à l'idée de vieillir seuls et puis elle est arrivée. Un ange.

— Allez, Leonor, tu vas voir, ça va s'arranger. Elle est peut-être partie voir une amie qu'elle a rencontrée cet été, à Huesca ou à Saragosse. À son âge, on fait des bêtises, tu sais…

— Ma fille ne ferait jamais rien qui puisse nous faire souffrir. Elle n'est pas comme ça.

— Demain, ils ont prévu une nouvelle battue sur un périmètre plus large. Ils se sont arrangés avec les autorités françaises, ils iront jusqu'à Oloron. C'est une mesure exceptionnelle. »

Jana savait que ces recherches serviraient aussi à faire passer clandestinement plusieurs réfugiés juifs, mais elle garda cette information pour elle. Ce n'était pas de l'opportunisme, mais ils avaient appris à s'adapter à tout ce qui se passait dans le village avec la guerre. Avec les forces de l'ordre réquisitionnées dans les montagnes ce matin-là, la vigilance serait moins grande.

« Que Dieu t'entende, ma fille ! J'aimerais remercier tout le monde pour leur aide, mais j'ai peur qu'ils trouvent ce que je ne veux pas. Je préfère attendre ici avec mon mari et la voir apparaître. Ma chérie, prends bien soin de toi, ne donne pas de chagrin à tes parents. »

Jana se tut. Elle était venue consoler Leonor, pas ajouter à sa tristesse. Leonor voulait qu'on lui ramène sa fille, elle en parlait comme si elle était vivante, elle ne pourrait supporter de voir son cadavre, son corps profané.

On entendit alors à la radio un avis des services de secours de Radio Nacional :

Une fillette de treize ans, Valentina Báguena Alastruey, a disparu de son domicile dans le village de Canfranc. Mince, cheveux blonds jusqu'à la taille, yeux bleus et teint clair avec des taches de rousseur, elle portait une veste de laine bleu ciel, une blouse blanche et une jupe gris perle. Toute personne qui aurait des informations sur cette disparition est priée de contacter l'auberge La Serena, *située dans cette localité.*

Le lendemain matin, tout était prêt pour la battue. Des volontaires étrangers se joignirent à la recherche de Valentina.

Arnaldo avait offert la veille au soir des jeux de hasard aux soldats allemands qui auraient dû patrouiller en leur disant que, s'ils les voulaient, ils devaient venir les récupérer à La Serena le lendemain matin avant que reviennent les traqueurs. Il y avait plusieurs boîtes avec des jeux de société dont Esteve savait qu'ils plairaient aux soldats puisqu'ils les aideraient à passer les longues heures d'ennui. Les gardes en effet furent très tentés d'égayer leurs veilles d'un peu de distraction. Leur espoir était que la guerre se termine avant qu'on ne les relève : presque tous venaient du front et savaient qu'avoir eu la vie sauve tenait déjà du miracle ; leur seule envie de tenter le sort, c'était à travers ces sortes de jeux. Arnaldo leur demanda la moitié de l'argent et ils lui remettraient l'autre moitié à la remise. Les soldats acceptèrent avec plaisir. Ils savaient qu'il n'allait pas les duper, il n'était pas comme Casanarbore. La nouvelle du dernier tour qu'avait joué Durandarte au gouverneur leur était parvenue aux oreilles et il leur avait paru très drôle de se moquer de cet homme ridicule. La peur qu'inspirait Gröber à ses subordonnés l'isolait, ils ne lui racontèrent donc pas ce que tout le monde savait. Mais ils en parlèrent à Wagner. Quand ce dernier voulut informer Gröber des rumeurs concernant les chevaux, il se montra très offensé et lui dit de se mêler de ses affaires. Une grande erreur puisqu'elle rendit plus difficile son enquête sur le vol.

Jana, Didier et Montlum, en accord avec Durandarte, allèrent chercher les réfugiés à deux kilomètres de Canfranc pour les conduire jusqu'à une route située non loin de Villanúa, où les attendait un bus engagé par le consulat anglais. Ils prendraient ensuite le train à Huesca. Il n'y avait que des hommes ; dans le cas où on les surprendrait, ils pourraient alors prétendre qu'ils participaient à la battue.

De son côté, la mère de Valentina menait ses propres recherches. Elle s'était dit que le meilleur endroit pour cacher un corps était le cimetière et elle avait vérifié si la terre y avait été remuée, si les tombes étaient fraîches. Personne ne pouvait mourir sans que le village s'en rende compte, toute altération prouverait qu'on avait utilisé une autre tombe comme cachette. Mais dans les regards de ceux qu'elle croisait, elle devinait ce qu'ils pensaient : qu'elle était là au cas où l'on ramènerait le corps de sa fille pour le déposer sur la table en marbre à côté de la chapelle.

La battue se révéla infructueuse. On ne trouva rien de plus que quelques épingles à cheveux et un bout de tissu, très communs, qui auraient pu appartenir à n'importe qui. L'ancien carabinier républicain, Dorian Lander, devenu depuis trois ans garde civil sans idéologie connue, mit Jana au courant de ces faits et lui apprit au passage, tout en admirant les fossettes et les lèvres pleines de la jeune fille, que Voltor s'appelait en réalité Walter, selon les indications de la police des frontières.

Jana se méfiait toujours de Gröber. Mais elle s'en voulait surtout à elle-même, regrettant d'avoir impliqué la fillette dans ses activités. Jana revoyait sans cesse son visage constellé de taches de rousseur, ses cheveux blonds si lisses, son sourire, et priait pour qu'on la retrouve en vie.

Esteve n'était toujours pas réapparu dans Canfranc, ce qui alimentait les soupçons à son égard. Ce que Jana ignorait, c'était qu'il devait se débarrasser des chevaux le plus rapidement possible et cherchait le meilleur moyen de les vendre en toute discrétion. Pendant tout ce temps, il pensa souvent à la jeune femme de chambre qui ne cessait de le surprendre. Avec son ton énergique, comme si elle savait exactement ce qu'elle voulait, comment le demander et même comment l'obtenir, elle ne ressemblait à aucune des femmes qu'il connaissait, qui fondaient toujours devant lui, comme le disaient en plaisantant ses camarades. Elle ne semblait pas sensible à ses galanteries, y coupant court. Elle avait l'habitude de traiter avec les hommes, il savait qu'elle participait aux activités de la Résistance au même titre que Didier, Juste ou Montlum, lui-même et tant d'autres. Il ignorait tout de son passé, comment elle était arrivée à Canfranc, mais il devinait que son emploi de femme de chambre était une couverture, elle était trop maladroite. Il craignait la présence de Gröber, qui, il en était certain, avait des vues sur elle, car elle ne pouvait passer inaperçue avec ses magnifiques boucles rousses.

Lorsque la mère de Valentina vit Esteve entrer dans le village, elle sortit de chez elle comme une furie.

« Descends de ton cheval, misérable ! Où est ma fille ? Qu'en as-tu fait ? » criait-elle en tirant sur son étrier pour le faire tomber.

Durandarte, bien qu'interloqué, mit pied à terre calmement.

Leonor le frappa sur la poitrine tandis qu'il la tenait par les coudes. Puis elle se laissa glisser par terre, épuisée.

« Assassin, qu'en as-tu fait ? Tu t'amuses avec les

enfants, maintenant ? » hurlaient les voisins de leurs fenêtres.

Étonnamment, la nouvelle n'était pas parvenue jusqu'au refuge d'Esteve dans le col de Bessata. Il prit la mesure de la situation et, avant qu'on ne l'agonisse d'injures, décida de prendre les devants et affronta la foule :

« Je peux vous aider. Vous le savez, personne ne connaît ces montagnes mieux que moi. Je vous offre mon aide.

— Mais tu nous prends pour des idiots ?

— Tu vas voir, Esteve, on va t'arrêter. »

Durandarte se contenta d'un :

« Je vous ferai ravaler chacune de vos paroles. »

Alors, un voisin sortit de sa maison et se planta devant lui.

« On verra, mais personne ici ne te fait confiance. On ne sait pas qui tu es, ni d'où tu sors, ni ce que tu caches. »

Esteve n'eut d'autre choix que de repartir. Il s'éloigna sans un mot, la mine sombre, le visage fermé, ce qui ne lui ressemblait pas. Jana l'aperçut en sortant du bâtiment des voyageurs, ils allaient se croiser. Et pourquoi l'éviterait-elle ? Jana était convaincue qu'il n'était pour rien dans la disparition de Valentina, certaine même qu'il était le mieux placé pour les aider à la retrouver. L'arrêter, discuter avec lui lui paraissait le meilleur moyen pour que cette fillette soit récupérée saine et sauve et non découpée en morceaux après avoir été violée, comme le prédisaient la plupart des habitants de Canfranc. Elle espérait tant que ses soupçons au sujet de Gröber se révèlent faux. Qu'il n'ait pas assassiné Valentina et que ces yeux dans la petite boîte ne soient pas ceux de la fillette.

Ils se retrouvèrent au milieu du pont qui enjambe l'Aragon, sous une lumière dorée de fin d'après-midi. Jana, très nerveuse, frissonnait dans son chandail de laine. Alors qu'ils n'étaient plus qu'à quelques mètres, elle remarqua son air abattu, si inhabituel. Elle se rappela ce que certains racontaient sur l'espèce de folie qui pouvait l'entraîner à commettre les actions les plus répréhensibles. Il s'arrêta à sa hauteur, heureux de revoir cette jeune fille si mystérieuse à laquelle il n'avait cessé de penser.

« Les gens imaginent que j'ai enlevé la gamine, que je l'ai kidnappée pour satisfaire je ne sais quels besoins pervers, j'espère que tu ne les crois pas », déclara-t-il.

Il se tut comme s'il attendait son avis ou sa sentence. Cela faisait longtemps que Jana avait cessé de juger si une situation était normale ou pas, cette question ne l'intéressait plus depuis que la guerre avait renversé l'ordre du monde.

« Je sais que ce n'est pas toi », lui assura-t-elle, elle-même surprise de cet aveu de confiance.

Elle se tut, ses boucles voletant dans l'air. Esteve se retint de les saisir. Jana reprit :

« Je t'en prie, aide-moi à la trouver. Personne ne connaît mieux que toi la montagne. »

Dans son ton, plus que de la supplication, il y avait de la détermination.

« Même si je crains qu'on n'ait pu l'enlever, la faire monter dans un train et l'emmener très loin.

— Possible, répondit froidement Esteve, comme si toute cette affaire ne le regardait pas, avant de reprendre : J'ai aussi ma théorie comme tout le monde, on verra qui a raison.

— Bon, pour le train, je ne sais pas… On l'aurait forcément vue… Et je me méfie de Gröber, l'officier allemand qui loge à l'hôtel. Je vais finir par me dire qu'il s'est débarrassé du corps… Je deviens folle avec toutes ces suppositions… Mais je sais que nous ne devons pas abandonner les recherches. »

Farsante s'agita, comme s'il estimait que la conversation avait assez duré ; Esteve tira sur les rênes pour l'immobiliser. Il se pencha vers Jana et lui dit en baissant la voix :

« Je suis celui qui a le plus à perdre dans cette histoire, et pas seulement à cause de la petite. Si on m'arrête, la situation va empirer pour beaucoup de gens… »

Jana comprit qu'il voulait parler de tous ces fugitifs qu'il sauvait alors qu'ils étaient perdus dans la montagne, abandonnés par de faux guides.

Tandis qu'elle réfléchissait, il en profita pour mieux l'observer. Non seulement elle était très jolie avec sa silhouette fine, ses courbes, sa peau blanche, son long cou, mais encore elle possédait un regard franc, direct. Elle avait la délicatesse d'une poupée de porcelaine, sans en exhaler la fragilité.

Ils gardèrent le silence comme pour prolonger ces quelques minutes passées ensemble. Jana leva les yeux sur lui. Elle le revit mordant dans le chausson aux fruits, riant… Chaque fois qu'elle se trouvait à ses côtés, la fadeur de sa vie disparaissait. Il la protégeait du danger, mais aussi de la monotonie du danger.

Ils avaient tous les deux du mal à se quitter.

« Nous la trouverons », finit par affirmer Esteve, puis il se mit en route, convaincu d'emporter une part d'elle.

Cette rencontre lui avait apporté un vrai réconfort après l'accueil glacial des villageois. Il désirait Jana, mais elle éveillait en lui une curiosité nouvelle, inédite. Il avait envie de la sonder, de connaître son passé, ses projets… Il se reprit. Pour l'instant, il faisait déjà partie d'un ménage dans lequel ils ne pouvaient être trois. Comme il aimait à le dire, personne ne pourrait s'entendre avec son épouse, parce qu'il était marié à la liberté et lui devait fidélité.

17

L'automate *ich*

Madrid, lundi 17 mai

Laurent Juste décida de se rendre à Madrid pour y rencontrer l'ambassadeur anglais, Samuel Hoare.

Il avait besoin de lui parler après avoir lu le rapport sur Gröber. Le message indiquant le jour et l'heure du rendez-vous lui fut transmis par Tricio. Laurent avait contacté Madrid depuis le Café du Palais de la rue Saint-Jacques, à Pau, avant de se rendre chez son dentiste. Il se dissimulait sous un chapeau et des lunettes, car le chef de douane français de Canfranc était devenu une figure familière et reconnaissable.

Laurent était pressé de voir l'ambassadeur. Même s'il ne cessait de se répéter qu'il était un homme d'action, qu'il n'y avait aucune raison de s'inquiéter s'il redoublait de prudence, qu'ils pourraient duper Gröber, ce qu'il avait lu à son sujet lui faisait froid dans le dos et l'avait mis en état d'alerte.

Il avait un message simple mais très clair pour l'Anglais : il était prêt à lui transmettre plusieurs copies des bulletins de livraison témoignant du trafic d'or qui passait par Canfranc. Ces preuves établissaient la servilité de Franco vis-à-vis de l'Allemagne. Laurent savait que l'homologue allemand de l'ambassadeur appelait Franco chaque semaine pour l'inciter à se montrer inflexible envers les fugitifs du Reich.

En échange de cette information, il voulait demander à Samuel Hoare d'intervenir auprès du Caudillo pour qu'on applique la loi selon laquelle l'Espagne, en tant que pays non belligérant, devait laisser passer sans les remettre aux Allemands les réfugiés surpris en train de franchir la frontière. Autrement, c'était les condamner à une mort certaine. Puis il lui fit part de ses préoccupations concernant la présence de

Gröber. L'ambassadeur avait déjà entendu parler de lui :

« Un homme très cultivé. Sa grande passion, c'est la musique. Il a tout lu, tout vu, tout entendu, il a assisté à tous les concerts et opéras, il a une mémoire prodigieuse, il peut vous réciter des poèmes… Mais Juste, faites attention, ce type est un monstre. Je vais vous raconter une anecdote horrible qui circule sur lui : on dit que sa mère était une femme dominatrice qui régentait toute la maisonnée, domestiques, fils, mari, qu'elle se faisait passer pour une martyre, qu'elle maltraitait le père qui pourtant l'a soignée avec dévotion jusqu'à sa mort d'une septicémie, comme si son propre venin l'avait empoisonnée… »

Laurent Juste écoutait avec attention. Toute information sur leur ennemi leur était utile.

« Il avait vingt ans au moment de la mort de sa mère. Six mois après, le père se remariait avec une fille séduisante dont Gröber était secrètement amoureux, même s'il l'humiliait en public. C'est pour s'éloigner du couple qu'il a abandonné ses études musicales et s'est enrôlé dans la police secrète du régime nazi. Vous savez ce qu'il faisait à Buchenwald, qui se trouvait à une demi-heure à peine de Leipzig, sa ville natale ? Il sélectionnait un couple de prisonniers, qui ressemblaient à son père et à sa belle-mère, les affublait de vêtements appartenant au couple et les obligeait à faire l'amour devant lui dans une cave du camp. Puis, selon les gardiens, il les pénétrait tous les deux. Avant de demander aux gardes de se débarrasser des corps…

Faites attention, Juste, il est très dangereux, s'il découvre vos activités, le sort qu'il vous réservera sera pire que l'enfer. En attendant, je vais voir ce que je peux faire pour vous… »

18

La mer inflammable

Un vétérinaire qui s'occupait des écuries du palais du Pardo, à six kilomètres de Madrid, où résidait Franco, débarqua à La Serena. Il devait prendre en charge des chevaux qui auraient dû embarquer à Marseille et qui apparemment avaient échoué ici. Dans l'auberge, personne ne répondit à ses questions. Les clients ne voulaient pas d'histoires et se méfiaient toujours des étrangers, même quand ils les voyaient quotidiennement depuis des mois. Dès que deux personnes chuchotaient au comptoir, personne ne les quittait plus du regard. Ainsi, d'un côté, on prétendait ignorer tout ce qui se passait, de l'autre, on tenait tout le monde à l'œil. Mais une fois seuls, les habitants de Canfranc montaient des cabales contre l'occupant.

« Depuis qu'ils sont ici, le vin a tourné, pouvait-on entendre au sujet des Allemands.

— Et il n'y a pas que le vin qui s'aigrit. »

M. Mirs, ce Suisse qui organisait les convois de camions de lingots, apparut comme tous les matins pour prendre un gin bien frais. Il surprit une conversation extravagante entre ses chauffeurs, qui s'interrogeaient sur la possibilité de mettre le feu à la mer. Il s'arrêta pour les écouter.

« C'est impossible, voyons ! Tu vois l'eau et l'huile ce que ça fait… Imagine l'eau et le feu.

— Mais il y a de plus en plus de rumeurs qui disent que les Alliés vont débarquer sur les côtes françaises et, pour que les Allemands ne passent pas la Manche, ils la remplissent d'essence, de créosote et de pétrole. S'ils entrent dans Calais, ils n'ont qu'une trentaine de kilomètres à protéger depuis Douvres jusqu'au cap Gris-Nez.

— Vous savez bien des choses pour de simples chauffeurs, leur dit Mirs. Vous feriez mieux de vous occuper de vos affaires.

— C'est qu'ils ont déjà installé les tubes sous-marins pour asperger leurs envahisseurs. Ils brûleront sur une muraille de feu.

— Mais enfin, qui vous a demandé de faire courir cette rumeur ? Cela fait trop longtemps que vous êtes ici. Nous sommes suisses et ce sont les Allemands qui nous paient, alors qui doit gagner la guerre à votre avis ? »

Cette même rumeur concernant la stratégie de fermeture du passage vers les îles britanniques s'était propagée dans des cafés au Caire, à Genève, New York, Ankara et Istanbul. Disséminer de fausses informations était un des procédés des services secrets et du contre-espionnage pour produire de la désinformation et créer des rideaux de fumée qui, d'une part, dissimulaient les actions réelles, et, de l'autre, exacerbaient la nervosité de l'ennemi et le poussaient à commettre des erreurs.

L'ennui de M. Mirs, ces longues heures de solitude passées dans sa chambre au milieu de cartes, de livres de comptabilité, de correspondance avec le bureau de Madrid, le poussèrent à rester, même s'il savait que c'étaient des bobards.

« Vous savez ce qu'on dit encore ? » poursuivit un des chauffeurs les plus jeunes.

Des douaniers allemands s'approchèrent, ainsi que plusieurs employés d'une brigade volante chargés d'inspecter les wagons de tungstène qui passaient par Canfranc.

« Qu'on a réalisé des essais avec des barques doublées d'amiante pour résister au feu. »

Ces conversations, dont le scénario avait été écrit par les services secrets, supposaient de doser habilement le vrai et le faux et avaient besoin d'un large public pour que le stratagème aboutisse. Ce bar était un lieu clé pour lancer l'assaut. Les soldats y étaient à l'affût de toute information qui leur permettrait de savoir s'ils seraient mobilisés et retourneraient au front, s'ils reverraient bientôt leurs familles, si la guerre allait durer. Ils transmettaient leurs doutes à leurs supérieurs et ainsi de suite, si bien que, rapidement, la rumeur se propageait jusqu'au commandement suprême.

Ainsi se déroulait la vie à Canfranc, comme si la

ville, au lieu d'être une enclave dans les Pyrénées, se trouvait tout près du front.

19

Entre le marteau et l'enclume

Gare de Canfranc, mardi 18 mai

Jana se dirigeait vers l'hôtel quand elle sentit une main agripper son bras. Elle se tourna. C'était Laurent, qui semblait l'attendre.

« Passe ce soir à la maison, même si tu finis tard, Arlette aimerait te voir », dit-il à voix haute afin que les gardes qui patrouillaient soient au courant de l'amitié entre sa femme et Jana, amitié qui justifiait les allées et venues de cette dernière au domicile du chef de douane.

Quelques heures plus tard, Arlette posait devant Jana, Montlum et son mari, une tasse de café à l'arôme puissant, pas l'infâme breuvage qu'on servait partout, et qui leur arrivait par train de Lisbonne, importé depuis la colonie portugaise de l'Angola. Puis Arlette alla fermer les portes du couloir qui communiquait avec les chambres, avant de les rejoindre.

« Laurent, déclara Jana, le docteur Mallén a

prévenu Tricio par téléphone cet après-midi. Je peux faire partir les Hongroises. Un de ses étudiants en médecine les attendra pour les accompagner jusqu'à l'appartement de mes parents.

— Très bien, le plus tôt sera le mieux. Le gouverneur est devenu de plus en plus imprévisible et capricieux. Ceux qui le côtoient disent qu'il donne des ordres parfois absurdes.

— J'espère que cela ne nous affectera pas.

— Je crains que, d'une manière ou d'une autre, ses délires ne finissent par nous concerner, prédit Montlum.

— Voici ce que je propose, reprit Laurent. Nous allons aider Durandarte à se débarrasser des chevaux de la discorde. Si ça continue, ces bêtes vont causer notre perte. J'ai tous les documents prêts, le permis de voyager, les certificats vétérinaires. Je ne vous dirai pas lesquels sont vrais et lesquels sont factices. Notre chance, c'est que Casanarbore n'a pas la moindre idée de l'endroit où se cache notre ami.

— Nous voilà devenus voleurs de chevaux ! plaisanta Jana.

— Le chef des écuries du Pardo est venu exprès pour récupérer ces chevaux…

— Mais… ces pur-sang appartiennent au supérieur de Gröber. Franco va les voler aux Allemands ?

— Ce ne sont pas nos affaires. Tout ce que je veux c'est qu'on en finisse avec cette histoire avant que ça ne nous retombe dessus.

— Il leur envoie des minerais, il les aide de toutes les manières possibles, il leur offre même des oranges et ensuite il leur pique leurs chevaux. C'est amusant », fit remarquer Jana.

Son scepticisme vis-à-vis de tout ce qui l'entourait augmentait chaque jour davantage. Rien ne ressemblait à ce qu'on lui avait enseigné à l'école.

« Les guerres sont irrationnelles, mais il y a toujours quelque chose à en apprendre, intervint Montlum.

— En ce qui concerne nos objectifs, les choses sont de plus en plus difficiles, nous sommes entre le marteau et l'enclume, reprit Laurent.

— Et des marteaux, il y en a pas mal dans notre affaire », lui répondit Montlum, de plus en plus pessimiste.

Son caractère s'était assombri dernièrement, il ne souriait plus autant qu'avant.

« C'est vrai, approuva Laurent. Nous avons de moins en moins de marge de manœuvre. Hoare m'a confirmé que, grâce aux phalangistes fanatiques qui gouvernent chaque province – et nous avons un de leurs plus beaux spécimens, le fameux Casanarbore –, les tentacules du régime s'étendent à tous les cols, et qu'aux postes-frontières, c'est pire, qu'il faut obéir avec encore plus de zèle à la voix du maître. Et vous savez quelle langue elle parle. Ils serrent la vis à la direction générale de la Sûreté pour éviter que la frontière ne devienne une passoire, pour qu'on arrête toutes les personnes suspectées de traverser clandestinement ainsi que leurs passeurs, et qu'on les traduise devant un tribunal militaire. C'est ce qui explique la présence de Gröber. L'ambassadeur d'Allemagne a exigé de Franco qu'au lieu d'emprisonner les fugitifs, il les remette à la Gestapo, qu'elle saurait quoi en faire. »

Jana l'écouta, atterrée, sans vouloir toutefois manifester son anxiété. Elle essaya de minimiser le danger :

« Ce n'est pas nouveau, nous avons toujours su les dangers que nous courions.

— Jana, tu dis ça parce que tu n'as pas de famille. Ce qui dans les circonstances actuelles est une chance, lui répéta Arlette. Il faut prendre encore plus de précautions, se montrer prudents. Plus que jamais. »

Laurent poursuivit :

« Vous savez que je ne doute pas de votre discrétion, mais je vous demande de ne pas baisser la garde, de faire encore plus attention. *Qui trop parole, il se mesfait*[1]*, m'a-t-on appris. Ou, si vous préférez, le silence est d'or. Les murs ont des oreilles ici, beaucoup d'oreilles. Plus la guerre avance, plus la situation devient critique. Nous sommes à un moment crucial. On dit qu'une intervention en Italie est imminente.

— Et nous avons un rôle à jouer, même si ça vous paraît étrange. L'Afrika Korps, les troupes allemandes stationnées en Afrique du Nord, vient de capituler, et la balance penchera maintenant peut-être enfin de manière inéluctable en faveur des Alliés.

1. Chrétien de Troyes, *Perceval ou le Conte du Graal.*

— En attendant, nous devons nous occuper de notre prochaine livraison, reprit Montlum.

— Oui, Chagall devrait arriver le premier dans moins d'une semaine. Dès que nous aurons aidé ces intellectuels et ces artistes à s'enfuir, nous pourrons de nouveau nous consacrer à tous les autres. »

Il n'y aurait donc pas de nouveaux réfugiés dans la chambre bissextile pour l'instant. Avec l'arrivée de Gröber, le plus raisonnable aurait été d'annuler cette opération également, d'autant qu'en raison de la célébrité des fugitifs, les risques étaient plus grands, mais Laurent balaya toutes leurs inquiétudes en déclarant :

« Cela signifie qu'ils ont confiance en nous. »

Il savait qu'il pouvait compter sur Durandarte pour cette opération, un détail qu'il préféra garder pour lui. Le contrebandier ne serait pas de trop pour lutter contre cette nouvelle contingence appelée Gröber. Sa présence avait compliqué le passage des réfugiés juifs pendant que l'on recherchait Valentina. Ils durent se cacher dans le refuge d'Esteve et ses complices. Ils avaient néanmoins remporté la manche, les clandestins avaient été mis en lieu sûr. À part ces quelques sauvetages, l'horreur continuait : depuis que le Reich avait déclaré les Juifs apatrides – ce qui signifiait que leurs passeports seraient confisqués ainsi que tout autre document les identifiant comme citoyens allemands, autrichiens, polonais, hongrois, tchécoslovaques –, et surtout depuis que les Allemands avaient envahi la zone libre, il devenait de plus en plus difficile de faire voyager les réfugiés, mais le réseau de Canfranc ne baissa pas les bras.

« Lorsque Fred Deyermond, le journaliste américain, était encore à Marseille, c'était plus simple. Il disait qu'il ne partirait pas tant qu'il n'aurait pas aidé tout le monde à sortir, mais finalement il n'a pas eu le choix. C'est admirable tout ce qu'il a accompli – il n'était qu'un maillon de la chaîne, comme nous, mais on dit qu'il avait pu obtenir des « danger visas » par centaines, que ses relations avec certains consuls en poste étaient excellentes. C'est ce qui nous aurait bien aidés pour sauver ces gens…

— Quelques ambassades accordent encore des visas… Ce qui compte, c'est que les gens puissent s'évader, peu importe où ils atterrissent. Il faut survivre, dit Montlum.

— Les « danger visas » constituaient quand même la meilleure protection car ils étaient octroyés par les États-Unis, personne n'osait arrêter ceux qui les possédaient. On dit que l'épouse du président Roosevelt en personne s'en occupait. Mais bon, tout ça est fini, il va falloir se débrouiller autrement, et nous avons du pain sur la planche, conclut Laurent. Nous devons faire sortir Chagall, Ernst, Alma Mahler ainsi que le frère de l'écrivain Heinrich Mann. Je suis sûr que nous y arriverons, mes amis. »

Jana prit les mains d'Arlette et de Laurent entre les siennes. Ils se connaissaient depuis quelques mois à peine, mais dans cette situation, les amis devenaient votre famille et, dans son cas à elle, sa seule famille.

Ils trinquèrent avec un fond de cognac servi par le chef de douane :

« À la liberté ! »

Mais ce qui préoccupait le plus Jana, c'était Valentina.

En sortant de chez les Juste, Jana et Montlum passèrent devant les gardes allemands postés des deux côtés du vestibule et entrèrent dans l'édifice des voyageurs. Montlum devait se rendre au village et Jana pensait l'accompagner jusqu'au four à pain, mais elle savait qu'il ne lui permettrait pas de revenir seule. Elle avait encore envie de bavarder un peu et commença à lui poser des questions. Comme toujours, ils parlèrent à voix basse. De là où ils se tenaient, on voyait le village, on entendait de temps en temps un hibou et quelques chauves-souris volaient en rase-mottes, mais ils étaient seuls. Le temps semblait s'être arrêté.

« L'autre jour, tu m'as dit que quand tu aurais le temps tu me raconterais comment tu as connu Laurent. Alors vas-y, comment vous êtes-vous rencontrés ?

— C'était très drôle et cela a encore plus de valeur parce qu'on était au milieu de la guerre. Jana, tu aurais dû nous voir, lui dix-huit ans et moi vingt-huit. On nous avait mobilisés en même temps malgré la différence d'âge. On s'est connus en Haute-Silésie, une région entre la Pologne et la Tchécoslovaquie. Aujourd'hui encore, je ris chaque fois que je me souviens de cette soirée-là. Il était un peu plus de sept heures, la nuit tombait et j'ai aperçu un cavalier au loin. Mais de manière intermittente, il apparaissait et disparaissait. Tu sais pourquoi ? Parce qu'il n'arrêtait pas de tomber, trois fois dans la même rue.

— C'était Laurent ? Qu'est-ce qu'il lui arrivait ?

— L'armée lui avait filé le cheval d'un soûlard, si bien que, chaque fois que la bête voyait l'enseigne d'un bar, elle se jetait par terre comme elle le faisait avec son ancien maître. Le cheval était si fidèle, malgré la mort de son maître, qu'il n'y avait pas moyen de le faire lever, sauf pour aller à la prochaine taverne. Je me suis approché du cavalier qui m'a raconté tout ça. Ce soir-là, on a pris un verre ensemble et on est devenus amis tout de suite. Je ne me suis pas trompé avec lui, c'est vraiment quelqu'un de bien. Il préférait tomber plutôt que de maltraiter l'animal. Il attendait patiemment qu'il se relève. Parfois, il n'avait pas d'autre choix que d'entrer dans l'établissement pour faire croire au cheval qu'il allait y prendre un verre. C'est l'un des meilleurs hommes que j'ai connus. Le meilleur même. Je suis convaincu qu'avoir perdu son père quand il avait à peine un an l'a marqué bien plus que d'autres dans les mêmes circonstances.

— Comment est mort son père ?

— En héros.

— À la guerre ?

— Non, d'une pneumonie après avoir plongé dans l'eau pour sauver un type qui se noyait.

— C'est donc pour ça qu'il doit sauver tous ceux qui lui paraissent en danger.

Jana regarda le papier à cigarette brûler tandis que son ami fumait.

« Sa mère va bien et, d'après ce que j'ai compris, elle est aussi têtue que son fils. »

Ils rirent parce qu'ils partageaient cet avis.

« Et comment es-tu arrivé ici ?

— Laurent avait le rêve de devenir officier de la marine, de faire l'école navale, mais, une fois libéré de ses obligations militaires à vingt et un ans, après la guerre, il n'en avait plus envie. Alors, étant intelligent, il s'est présenté au concours des douanes dès qu'il a pu, sans étudier ni rien, et voilà. Il y a quelques années, on l'a envoyé à Hendaye où il a appris l'espagnol et ensuite il a passé quelque temps à Paris, mais il ne s'y trouvait pas bien, il n'aime pas avoir des chefs au-dessus de lui. La campagne lui manquait aussi, mais au moins ce séjour dans la capitale nous a permis de nous revoir. C'est un miracle parce qu'on lui a proposé un poste en Indochine, mais qu'il a refusé.

— Quelle histoire, Montlum, tu connais toujours plein d'anecdotes.

— Ce doit être parce que je suis vieux. Même si je ne le veux pas, les années s'accumulent.

— Mais raconte-moi encore comment tu es arrivé ici… »

Jana était ravie de tous ces détails, elle leur prêtait à tous les deux une vie presque légendaire.

« Je suis venu deux ans après que Pétain a signé l'armistice avec l'Allemagne. J'en avais marre de vagabonder. Je suis arrivé fin juillet.

— Six mois avant moi alors.

— Je ne savais pas où aller, la guerre est comme un grand carrefour, elle désoriente. Mon intention première était seulement de rendre visite à Laurent, qu'il me dise comment il voyait la situation, quand la guerre allait s'arrêter, lui qui sait tant de choses... Mais il m'a convaincu de rester.

— Et il t'a trouvé un travail.

— Enfin, plutôt deux. »

Jana et Montlum rirent parce que cela correspondait à leur situation à tous les deux.

« Jusque-là j'étais musicien, je jouais du violon dans les cabarets et les music-halls et dans d'autres endroits malfamés...

— Quel changement pour toi !

— On s'habitue à tout. La nuit de mon arrivée, quand Arlette et les enfants sont partis se coucher, Laurent et moi sommes restés avec une cafetière posée au milieu de la table, deux tasses, deux verres et une bouteille de cognac. Jusqu'alors, on n'avait pas eu l'idée de les mélanger, comme le faisaient les Espagnols avec leur *carajillo*. Il m'a tout raconté, qu'il travaillait pour la Résistance depuis qu'il avait voulu rejoindre de Gaulle, et qu'on lui avait dit qu'ici, dans les Pyrénées, il serait plus utile. Il n'en avait parlé à personne, mais il était là pour maintenir l'équilibre entre cette activité d'espionnage pour les Alliés et le passage de tonnes et de tonnes de tungstène pour l'armée allemande.

— Effectivement, ça n'arrête pas.

— Le pire c'est qu'avec ces matériaux on renforce les armes allemandes, de sorte que, pour que Franco solde sa dette, la guerre se rallonge. Tout le monde le dit.

— Un autre serait déjà devenu fou avec toutes ces

allées et venues, mais pas Laurent. Il ne perd jamais les nerfs ni la patience. Comment fait-il ? »

Jana caressa la main de Montlum.

« Je suis si heureuse que tu sois parmi nous, lui dit-elle. J'aimerais bien savoir comment tu as fait pour apprendre à parler aussi bien l'espagnol.

— Ah mais c'est tout simple, c'est l'amour ! Il n'y a pas de meilleur moyen pour apprendre les langues, crois-moi ! Il faut vous voir, vous, les Espagnoles avec les franchouillards imprudents ! Un seul de vos regards et nous sommes perdus.

— Je n'ai jamais entendu un Français se traiter lui-même de franchouillard, tu es unique, Montlum ! lança Jana en riant. Mais je voudrais que tu me dises franchement, de tout ce qu'on raconte sur Durandarte, sais-tu ce qui est vrai et ce qui ne l'est pas ?

— Ah, je vois… Il t'intéresse, notre beau contrebandier.

— C'est seulement par curiosité, mentit Jana. Tout le monde parle de lui et moi je l'ai à peine vu trois fois depuis des mois que je suis ici. Je veux juste savoir qui il est. Et puis je lui ai demandé son aide pour Valentina, reprit-elle sur un ton attristé.

— Jana, la police et tout le village sont mobilisés pour la chercher.

— Je sais, mais on peut toujours faire plus, ne serait-ce que pour ne pas avoir de regrets de ne pas en avoir fait assez. »

20

Châteaux de cartes

Gare de Canfranc, dimanche 23 mai

Vers sept heures du soir, Laurent se présenta à La Serena où son ami Biel, originaire de Saragosse et consignataire d'une firme commerciale, lui avait donné rendez-vous. Laurent le considérait comme un proche et avait pour lui la même affection que pour le docteur Mallén.

Un des clients du bar lisait le journal à voix haute d'un air supérieur, puis commentait les nouvelles. En attendant Biel, Laurent s'amusa à l'écouter.

« On dit que le convoi est parti de Douvres pour le Maroc avec trois destroyers et deux croiseurs. Au moins, ils mourront au soleil, les Italiens et les Allemands. »

Il lança un coup d'œil aux deux soldats de la brigade des chasseurs alpins de Bavière, et leur lança :

« Vous êtes bien ici, vous avez touché le gros lot, les gars. »

Ces derniers levèrent leur verre alors qu'ils n'avaient compris qu'à moitié.

« Certains disent que l'invasion se fera par Tunis.

— Les journaux racontent ce qu'ils veulent. Il ne faut pas croire tout ce qu'on lit. »

Laurent vit entrer Biel, qui s'installa à une extrémité du comptoir, près de la porte, loin des soldats allemands. Le chef de douane rejoignit son ami qui triturait nerveusement son chapeau.

« Laurent, on m'a offert de l'argent, beaucoup d'argent, en échange d'informations. Je dois simplement fournir les données des destinataires et expéditeurs de certains colis, envoyer des documents à qui me le demande, obtenir des cartes, des croquis d'installations, surtout d'aérodromes. Tu sais que grâce à mon travail, cela ne me serait pas difficile. Un certain Steinadler m'a téléphoné la semaine dernière, il veut que nous nous rencontrions à Huesca, ce vendredi. »

Biel, plus âgé que Laurent, portait une gabardine froissée qu'il ne quittait jamais, même pour travailler. Il semblait si actif qu'il ne prenait sans doute pas le temps de l'accrocher au portemanteau quand il entrait dans son bureau. Il avait un regard vif, des cheveux gris, bien coiffés, et ne cessait de se passer les doigts sur les lèvres. Le plus curieux, c'était que Biel décrivait ce que Laurent effectuait pour la partie adverse.

« Refuse. C'est trop dangereux. Pense à tes cinq enfants.

— Je sais, mais justement je veux assurer un avenir à chacun, le plus grand travaillera avec moi à l'agence, mais les autres vont faire des études et ça coûte cher, que ce soit à Saragosse ou Madrid. Et puis je veux aussi marier ma fille et lui donner une dot.

— Si tu te fourres là-dedans et que tu te fais prendre, tu peux faire une croix sur tes rêves. Tu laisseras une veuve et des orphelins, c'est tout. Adieu les études et le cabinet. Biel, voyons, tu es un homme sensé. »

Laurent ne put éviter de sourire, même si l'autre ne pouvait en deviner la raison devant ce qui était une contradiction évidente. Il savait qu'il prêchait à son ami une prudence qui lui faisait défaut. Mais il y avait une différence fondamentale qui était son alibi pour ne pas tomber dans l'incohérence : il n'aidait pas les Allemands dans leur folie exterminatrice. Il laissait seulement passer un minerai pour ne pas paraître suspect, ce trafic alimentant une industrie de guerre dont les jours étaient comptés, il en était convaincu. Mais il se rattrapait par ses activités clandestines.

Une fois Biel parti, Tricio s'approcha de Laurent et lui demanda de le rejoindre en cuisine sous un prétexte quelconque. Là, il ferma la porte et lui remit une tarte :

« Un gars que je ne connais pas m'a demandé, il y a un moment, de la garder pour lui, il prenait le train de six heures et il ne voulait pas qu'elle s'abîme, il viendrait la chercher plus tard. Il m'a payé pour ça. Il a dit que c'était pour fêter la majorité de sa fille à Madrid.

— Oui, et alors ? s'impatienta Juste qui ne voyait pas où Tricio voulait en venir.

— Quand le père de cette prétendue fille est parti, j'ai piqué la tarte avec une épingle et figure-toi qu'elle contenait… une surprise. »

Tricio lui tendit un paquet couvert de plastique rigide.

« Il s'agit d'une liste des avions que possède la RAF... Tu imagines si ça tombe aux mains des Allemands ?

— On va se débrouiller pour que ça n'arrive pas. »

Laurent prit le paquet et le mit sous sa chemise.

« J'ai mis un manuel de pâtisserie en français à la place, et j'y ai glissé un petit mot leur souhaitant « Bon appétit ». Sûr que ça va leur faire plaisir ! plaisanta Tricio. Je te dis ça parce que c'est Arlette qui l'avait prêté à ma femme. Tu lui expliqueras.

— Tu n'en rates pas une, toi ! Tu es un as ! s'exclama Laurent, qui félicita son ami d'une bourrade dans le dos.

— J'ai un excellent professeur ! »

21

Capitaines de légende

Lundi 24 mai

Jana s'arma de courage pour annoncer à Dagmar et Sieglinde que c'était leur dernier jour à Canfranc, qu'au petit matin, elles partiraient pour Saragosse. Elle savait que Dagmar ne protesterait pas, elles avaient déjà largement dépassé le délai qu'elle leur avait accordé et leur chance pouvait tourner. Bien sûr, il y avait eu des contretemps, un soupçon, une crainte, puis les derniers événements liés à Valentina... Jana ne le reconnaîtrait jamais, mais tout avait été prétexte pour retarder leur départ, car elle s'était prise d'affection pour la mère et la fille, et leur compagnie lui était devenue nécessaire.

Dagmar avait eu deux autres échanges avec le photographe hongrois. Ils avaient trouvé un nom semblable à celui de son mari parmi une liste de prisonniers qui, après avoir été parqués comme des bêtes dans un enclos, avaient été transférés à la prison de la tour de l'Horloge à Jaca. Dagmar s'était accrochée à cette information, elle était certaine que Sándor était vivant et aurait voulu se rendre sur place dès qu'elle l'avait appris. Jana eut toutes les peines du monde à la retenir. Elle finit par la convaincre en lui disant que si elle se faisait arrêter, Sieglinde perdrait père et mère. Jana aurait adopté l'enfant, mais n'en dit rien à la mère. Elle voulait lui faire peur et fit appel à son unique ancrage : sa fille.

Le plus important, c'était que Dagmar, qui voyait son intuition confirmée, était de nouveau pleine d'espoir.

Gare de Canfranc, mardi 25 mai

Depuis son entretien avec Hoare, Laurent se sentait quelque peu ragaillardi, mais il allait de nouveau en être quitte pour une belle frayeur. Un après-midi, il distingua le bruit reconnaissable entre tous des bottes ferrées qui résonnaient de façon particulière lorsque les soldats croisaient un de leurs supérieurs et claquaient des talons. Le chef de douane se levait quand la porte s'ouvrit sur Gröber, qui entra sans y avoir été invité.

« Je n'ai pas encore eu l'occasion de vous présenter mes hommages, monsieur Juste, pourtant cela fait un certain temps que je suis ici. »

Laurent lui tendit la main. Gröber parlait un français parfait, presque trop, d'un formalisme désuet.

« Asseyez-vous, je vous en prie. Je peux vous offrir quelque chose ? » s'enquit Laurent avec tout le naturel dont il était capable.

Il se dirigea vers un placard, mais Gröber l'arrêta en déclarant :

« Je ne bois pas, merci, seulement une coupe de champagne le samedi soir. »

Ce qui confirmait les renseignements qu'il avait obtenus. Il espérait que le reste était tout aussi véridique, surtout cette histoire d'épilepsie qui semblait être sa seule faiblesse.

« Comme vous voulez.

— Écoutez, je vais aller droit au but. On m'a envoyé ici contre mon gré, parce que l'état-major de la Gestapo comme les S.S. ont eu vent de certains faits étranges.

— Nous sommes un poste-frontière. Tout un tas de choses circulent, il est difficile de tout contrôler, les marchandises, les personnes… »

Gröber garda le silence. Il n'aimait pas les sous-entendus.

« Vous ne comprenez pas. J'appartiens au bureau chargé des opposants. Notre but est de les mettre en détention préventive afin de parer à toute attaque contre le régime. »

Ce fut au tour de Laurent de grincer des dents car sous cet euphémisme, « détention préventive », se cachait une menace bien plus terrible, celle des camps de concentration.

« Je m'occupe des crimes politiques et je me consacre à la persécution et à la capture de tout opposant à notre régime. Tziganes, homosexuels, Juifs et autres fléaux qui nous menacent. Vous me suivez ?

— Monsieur Gröber, j'ai toujours montré beaucoup de patience envers vos compatriotes. Ils sont arrivés l'hiver dernier, ils se sont cru les maîtres ici alors que la gare se trouve en zone libre. Pendant tout ce temps, je n'ai pas eu le moindre problème avec le capitaine Wagner. Vous savez pourquoi ? Parce que c'est un vrai monsieur.

— Monsieur Juste, attention à ce que vous dites. Pensez à votre petit Auguste, à la jeune Solange qui est presque une femme déjà. Elle est si jolie. Tous les matins, je me penche à ma fenêtre pour les regarder partir à l'école… »

Gröber laissa sa phrase en suspens. Laurent eut le temps d'imaginer les atrocités qu'il insinuait.

« Je refuse qu'on se moque de moi, reprit l'officier. Rien ne se passera dans mon dos et, si quelque chose se produisait, n'ayez pas le moindre doute que tous ceux qui y participent verront leurs jours comptés. Je n'aimerais pas, monsieur Juste, que notre relation se termine de cette façon. Ce serait vraiment dommage. Vous êtes un homme trop important pour le futur de l'Europe.

— Vous m'accusez de trafic illicite, c'est ça ? C'est un délit grave, d'autant que je suis le chef du service international de la douane dans cette gare, comme vous le savez, je suppose. »

Juste voulait détourner l'attention de Gröber sur le trafic de marchandises. S'il cherchait à le sonder, c'était l'occasion de le mettre sur une fausse piste.

« Je ne vous accuse de rien, je vous préviens seulement, faites attention, exercez au mieux cette supposée responsabilité dont vous semblez vous vanter. »

Laurent Juste se leva, jugeant que l'entretien était terminé, mais le dernier acte devait encore se jouer. De la poche de sa veste d'uniforme à la coupe parfaite, Gröber sortit une feuille de papier pliée en quatre qu'il posa sur le bureau.

« Tenez, j'aimerais que vous jetiez un œil là-dessus. Je crois que nos données ne correspondent pas. »

Juste hésita, puis osa enfin la déplier. Il lut :

Forges d'Abel
Commune d'Urdos
Centrale hydroélectrique

C'était la liste des données techniques concernant

l'alimentation électrique expédiée par la centrale. Gröber avait fait ses devoirs. Les dates, horaires et niveaux d'intensité s'alignaient dans les cases. On n'enregistrait qu'une seule coupure au cours des six derniers mois, le service ne s'interrompait pas aussi souvent que Laurent Juste l'avait prétendu. Les installations résistaient bien au vent et supportaient la charge supplémentaire des trains français (qui n'étaient plus à vapeur, contrairement aux espagnols) sans que l'on note aucune variation d'intensité. Le chef de douane se mit à jouer nerveusement avec l'interrupteur de la lampe sur son bureau, l'éteignant, l'allumant… Au bout d'un moment, par mégarde, il toucha l'ampoule et se brûla.

À cinq heures du matin, Jana se leva, s'habilla, sortit discrètement, traversa le couloir et se rendit dans la chambre secrète. Elle voulait s'assurer que ses protégées ne s'étaient pas rendormies et se tenaient prêtes. Elle leur apportait une valise en cuir neuve, oubliée à la consigne, qui remplacerait leur bagage en carton et s'accorderait parfaitement avec leurs beaux vêtements. Jana s'inquiétait pour rien. Dagmar et Sieglinde l'attendaient avec un sourire plein d'enthousiasme, et ressemblaient à n'importe quelles touristes.

Elles rejoignaient le palier du premier étage quand Gröber, accompagné d'un de ses assistants, sortit de sa chambre. Jana fit entrer les Hongroises dans le cabinet de toilette de l'étage. Elles demeurèrent cachées dans le noir quelques instants, leurs silhouettes se reflétant dans le miroir au-dessus du lavabo, puis, quand il n'y eut plus aucun bruit, Jana entrouvrit la porte, pencha la tête et s'assura que la voie était de nouveau libre avant de faire sortir ses protégées.

Sur le quai, elle aperçut Gröber entrer dans le bureau de Laurent en se demandant ce qu'il pouvait bien lui vouloir. Mais le train partait dans dix minutes à peine et elle voulait que ses amies prennent place dans leur compartiment au plus vite. Alors qu'elles grimpaient sur le marchepied du dernier wagon, deux gardes civils se présentèrent en tenant les rênes de trois pur-sang habillés aux couleurs des écuries de Franco. Un homme les accompagnait. Jana supposa qu'il s'agissait du maître des écuries, vêtu comme pour un mariage d'un habit noir ajusté aux épaules et d'un gilet damassé qui semblaient ridicules dans ces circonstances. Laurent Juste avait négocié avec lui, à la place d'Esteve qui ne pouvait se montrer au village. De cette façon, le douanier rendait une faveur au contrebandier.

Soudain, un des chevaux qu'on essayait de faire monter dans un wagon sur deux planches en bois rua en poussant des hennissements que le chef de douane entendit depuis son bureau. Gröber buvait à petites gorgées son eau de Vichy tout en l'interrogeant sur les coupures de courant. S'il s'échappait, le cheval pouvait provoquer une catastrophe. Juste se leva et pria l'officier allemand de l'attendre.

« Je vais voir ce qui se passe. »

Il sortit en courant et aperçut la fillette hongroise

penchée à la vitre de son wagon, qui criait en indiquant les bêtes qu'elle avait reconnues :

« *Ök, anyu*[1] *!* »

Dagmar tira sur son bras pour l'obliger à s'asseoir.

« *Nyugodj meg*[2] *!* » lui dit-elle pour la faire taire.

L'enfant paraissait aussi incontrôlable que le cheval.

Juste se précipita vers l'infirmerie. Il ouvrit une des vitrines et prit un flacon marqué « Luminal », la marque commerciale du phénobarbital, un barbiturique plus puissant que l'éther. Il le mélangea avec de l'alcool.

Jana suivait la scène à travers une des vitres du kiosque Art déco. Elle savait que le gestapiste se trouvait dans le bureau de Laurent et que, s'il sortait, ce serait la fin pour les Hongroises et peut-être aussi pour elle-même. Avec lui, on pouvait être sûr que le mot fin prendrait tout son sens.

Laurent eut de la chance, il constata par la vitre que Gröber n'avait pas quitté son siège pendant son absence et lui tournait encore le dos. Le chef de douane ouvrit la porte tout doucement et traversa la pièce. Il tenait dans sa main gauche le morceau de coton imprégné d'alcool et de Luminal. D'un bond, il le colla sur le nez de Gröber qui se débattit. Juste parvint à le maintenir contre le dossier de la chaise alors que l'officier était pris de convulsions, le corps secoué de tremblements. Gröber finit par laisser

1. Ce sont eux, maman !
2. Calme-toi !

retomber la tête sur sa poitrine. À aucun moment il n'avait vu le chef de douane.

Laurent essuya son front trempé de sueur. Il contempla un instant l'officier, puis se dirigea vers la table où il avait laissé le rapport sur la centrale qu'ils avaient parcouru ensemble, il le prit et le rangea dans sa poche. Il regarda une dernière fois Gröber pour s'assurer qu'il n'avait pas repris connaissance, puis sortit.

Dehors, tout était calme. On ne voyait plus la fillette hongroise. Le chef de gare donna le coup de sifflet de rigueur, le drapeau rouge levé. La locomotive démarra et le train partit.

Laurent alla retrouver Jana.

« Viens avec moi », lui dit-il sans plus d'explications.

Elle lui emboîta le pas. Laurent ouvrit la porte de son bureau et la ferma aussitôt. Gröber était toujours dans la même position.

Jana retint un cri, effrayée par la rigidité du corps de l'officier, qui avait les lèvres et les oreilles bleues.

« La cyanose est due au manque d'oxygène. Je n'avais pas le choix. Il souffre d'épilepsie, c'est pour ça qu'il ne boit presque jamais d'alcool. »

Laurent lui fit un bref résumé de la situation, puis lui expliqua qu'ils devraient faire comme si tout était normal lorsqu'il se réveillerait.

« Mais que comptes-tu lui dire ?

— On lui racontera qu'il a eu une attaque. Maintenant, il faut le réanimer.

— Mais il n'est pas idiot, il va se douter de quelque chose, le rapport de la centrale… Il va le chercher… »

Elle ne comprenait pas comment Laurent pouvait se montrer aussi calme.

« Il ne se souviendra de rien. C'est ce qui arrive après une crise d'épilepsie. »

Jana le regarda, incrédule, mais se tut. Elle sortit et revint quelques instants plus tard avec une tasse de valériane. Gröber penserait ainsi qu'ils s'inquiétaient de sa santé.

Laurent approcha une boîte contenant du tabac à priser de son nez tout en lui tapotant doucement les joues. Gröber ouvrit les yeux.

Le chef de douane pria pour ne pas s'être trompé. L'officier, hébété, les regardait sans paraître les voir, et répétait « Freya » en remuant la tête comme dans un rêve.

Lentement, il se redressa dans son fauteuil. Laurent lui tendit l'infusion.

« Pas de sucre, merci, dit-il, curieusement avec son aplomb habituel, avant de refermer les yeux.

— Vous vous êtes évanoui. Vous devez vous reposer maintenant. Je vais envoyer chercher le lieutenant Tadeusz pour qu'il vous accompagne à votre chambre. »

Laurent héla un soldat. Gröber regarda fixement Jana et répéta :

« Freya… Tu es là, tu m'as suivi… »

Les soldats de la patrouille frappèrent à la porte, puis chacun prit Gröber sous un bras pour l'aider à se lever. Il continuait à marmonner et Jana tendait l'oreille au cas où il livrerait un indice sur Valentina. Avant de le quitter, elle serra la main de Laurent, qui s'était comporté avec un courage et une présence d'esprit extraordinaires.

Tadeusz et un soldat allongèrent Gröber sur son lit, lui retirèrent ses bottes, déboutonnèrent sa chemise. Jana contempla l'officier au teint d'albâtre. Elle comprit à cet instant que ce qui l'effrayait, c'était sa beauté parfaite qui le rendait presque irréel. Elle s'approcha à quelques centimètres de ses lèvres pour vérifier qu'il respirait quand il ouvrit les yeux et lui saisit le bras d'une poigne de fer en répétant: «Freya.»

Elle sortit en courant et ferma la porte d'un coup sec. Elle ne se sentit à l'abri qu'une fois dans sa chambre. Elle se jeta sur son lit et éclata en sanglots, relâchant toute la tension accumulée durant la matinée avec le départ de ses protégées, et la peur d'être découverte par Gröber. Elle n'espérait plus qu'une chose: revoir Esteve et que le contrebandier lui apporte des nouvelles de Valentina.

Vers la mi-journée, alors qu'elle frottait le plancher du couloir, Jana comprit que Gröber avait repris ses esprits en l'entendant hurler dans sa langue:

«*Waren die Pferde des Kommandanten im Zug? Und wo sind sie jetzt?*

— *Ich weiß nicht,* répondit un soldat.

— *Sie wissen nichts… Sie wissen nie etwas. Und ich weiss nicht, was Sie in Canfranc machen.*»

Puis il reprit d'un ton glacial:

« Sie meinen wohl, Sie sind hier im Urlaub. Lassen Sie Kapitän Wagner kommen. Sofort[1] ! »

22

La prison de la tour de l'Horloge

Vendredi 28 mai

Jana était certaine qu'Esteve tiendrait sa promesse et mènerait des recherches sur la disparition de Valentina, même si ce n'était que dans son propre intérêt, pour laver son honneur. Plus les jours passaient, plus elle était pessimiste sur le dénouement de cette histoire, mais elle reprit espoir lorsque Didier, sur le quai, la héla et lui tendit une lettre qu'on lui avait remise à son intention. Jana la rangeait dans sa poche quand elle aperçut plus loin, au milieu de la cohue des passagers, Esteve qui aidait des voyageuses à descendre de leur wagon, toujours très

---

1. « Les chevaux étaient dans un wagon ? Ceux du commandant ? Et où sont-ils maintenant ?

— Je ne sais pas.

— Je ne sais pas, vous ne savez jamais rien. Et moi je ne sais pas ce que vous faites ici à Canfranc. »

« Oh, mais si je sais, vous vous croyez en vacances. Appelez-moi le capitaine Wagner, tout de suite ! »

courtois. Après plusieurs journées passées dans la montagne, il avait besoin d'informations, savoir qui arrivait, quelles marchandises transportait le convoi, afin d'orchestrer au mieux son commerce. Cette fois, il voulait surtout vérifier les indices qu'il avait sur la disparition de la fillette. L'expérience lui avait appris que, parfois, la meilleure façon de cacher ses véritables intentions était d'en exhiber d'autres. Il était passé maître dans l'art de détourner l'attention et captait de nombreux détails qui échappaient aux autres. Enfin débarrassé des chevaux, il se sentait léger. Il avait envie de fêter son coup de maître qui lui avait permis de les vendre deux fois, à des prix défiant toute concurrence. Il était heureux de savoir qu'ils ne finiraient pas à la boucherie, qu'au contraire on prendrait grand soin d'eux. Il s'y était attaché lui aussi. Mais il fallait qu'il retrouve l'enfant. Il ne pouvait pas échouer et le temps jouait contre lui.

En attendant, il participait à cette scène galante, les dames escomptant qu'il leur tende la main d'une façon si déférente qu'on aurait cru qu'il les invitait à danser une valse. Refusant d'en voir davantage, Jana avait rejoint Arlette, à qui elle se retint de dire qu'elle ne l'avait jamais vu aussi rayonnant.

« C'est ça qu'elles aimeraient, qu'il les fasse danser. Regarde-les, elles ne peuvent pas le cacher. Elles en bavent presque de plaisir !

— Comme toi ! » se moqua la Française en riant.

Voir Jana essayer désespérément de nier ce qu'elle ressentait l'amusait, même si elle ne voulait pas se montrer cruelle.

« Pas du tout, Arlette, cet homme est sans scrupules. Je suis certaine qu'il est venu parce qu'il savait qu'elle serait là. »

Elle prononça ces mots avec amertume alors que la dernière voyageuse, doña Mimín, la charmante épouse du gouverneur, descendait à son tour, sans se presser.

Auprès d'elle, Esteve se montra encore plus zélé.

« Ils n'ont pas honte ! Se montrer ainsi en public. Elle est quand même mariée, même si c'est à un monstre.

— Et lui, Jana ? Ne l'oublie pas, lui, nous ne savons pas s'il est marié. On dirait que tu rejettes la faute sur elle parce qu'elle est une femme.

— Oui, mais pas n'importe laquelle, elle devrait au moins sauver les apparences.

— Et si elle s'en moque ? On ne va pas la condamner, la pauvre. Tu me parais très conservatrice, Jana, je te croyais plus *révolutionnaire**. »

À cet instant, des carabiniers apparurent. Ils s'approchèrent d'Esteve et lui passèrent les menottes en un clin d'œil. Jana se cacha le visage dans les mains et murmura, inconsolable :

« Arlette, ils l'arrêtent, ce n'est pas possible.

— Tout le monde sait ce qu'il a fait avec les chevaux, tu crois que le gouverneur n'est pas au courant ? Il ne l'a pas arrêté avant parce qu'il ne le trouvait pas, c'est la première fois qu'il redescend dans la vallée.

— Gervasio est un scélérat, il s'enrichit sur le dos des pauvres, il est pire qu'une sangsue ! Comment peux-tu le défendre ?

— Jana, on dirait un de mes enfants. Il faut bien faire justice.

— Tu parles d'une justice ! La guerre est-elle juste alors que tant d'innocents meurent ? »

Laurent s'approcha d'elles et Jana ne put s'empêcher de lui dire :

« Il faut que tu fasses quelque chose pour le libérer. Il peut nous aider à trouver Valentina.

— Son arrestation n'a rien à voir avec nous. Cette fois, il a dépassé les bornes. J'ai déjà assez fait de mon côté en m'occupant des chevaux. Pour le reste, j'ai les mains liées. »

Esteve se débattait, refusant qu'on le touche. En passant devant eux, il sourit néanmoins avec insolence et orgueil et adressa un clin d'œil à Jana. Elle ne lui répondit pas, mais leva le menton et détourna le regard.

Puis, une fois qu'il se fut éloigné, elle demanda au chef de douane avec un regard suppliant :

« Laurent, où l'emmènent-ils ?

— Tout près d'ici, à Jaca. Ne t'en fais pas, tu le reverras bientôt. Ce ne sont que des chevaux, même s'ils ont beaucoup de valeur, répondit Laurent, un peu surpris par l'intérêt démesuré que portait Jana au contrebandier.

— Je ne suis pas inquiète, c'est seulement de la curiosité.

— Jana, depuis que je te connais, c'est la phrase la moins sincère que tu aies prononcée. »

Elle fut sur le point de riposter : « Cela m'est égal », mais se retint.

Jana décida de surmonter ses peurs et de se montrer pragmatique. Avec Esteve à Jaca, elle disposait du meilleur informateur possible pour Dagmar et Sieglinde. Il pourrait lui dire si Sándor y avait été emprisonné.

Personne n'avait osé toucher à Esteve tant qu'il ne s'agissait que de la fillette, car on n'avait que des soupçons à son égard, tout comme pour Voltor. Ce qui jouait en sa faveur, c'est qu'on ne savait toujours rien du vagabond, cet oiseau de mauvais augure dont la présence incommodait tout le monde. Il semblait n'avoir aucune attache, personne ne s'était enquis de lui.

Avec tous ces événements, Jana avait oublié le message que lui avait remis Didier. Une fois son service terminé, elle monta le lire dans sa chambre.

Chère Mademoiselle (ou devrais-je dire Madame ?)

Le hasard ne nous ayant pas offert d'autres rencontres, je ne vois que ce moyen pour m'adresser à toi. Je serai bref : Nous avons pas mal de pistes sur ce qui a pu arriver à la fillette. Pour le moment, nous n'avons pas encore trouvé le repaire de son ravisseur, mais nous touchons presque au but, même si nous ne savons pas encore s'il est avec elle, ni dans quel état elle se trouve. Je ne veux pas t'inquiéter, seulement te demander un peu plus de temps afin que je puisse tenir ma promesse.

E.D.

Malgré sa brièveté, Jana réfléchit longuement à cette note. Elle pensa d'abord à Esteve emprisonné et ses yeux se remplirent de larmes. Puis elle s'étonna de cette calligraphie si soignée, sans ratures. C'était la lettre d'un homme cultivé et, si c'était bien lui qui l'avait écrite, cela signifiait qu'il n'était pas celui qu'il prétendait être et qu'il avait décidé de le lui faire savoir de cette façon voilée. Enfin, elle s'étonna de cette allusion à son état civil. Elle était convaincue que personne ne doutait qu'elle était Mlle Belerma.

Mais, surtout, elle comportait une véritable note d'espoir, les nouvelles concernant Valentina étant plutôt encourageantes. Mais Esteve l'avait écrite avant sa détention. Désormais, qui savait quand il pourrait accomplir sa mission ?

23

Le siège des tourmentes

Les patrouilles allemandes apparurent alors que de nombreux hommes se regroupaient devant la gare pour la dernière battue. S'ils ne trouvaient rien cette fois, Valentina serait considérée comme définitivement disparue. Certains voisins s'étaient rendus jusqu'à Saragosse et Huesca, au cas où elle aurait été vue dans la gare d'une de ces villes ou aux alentours. Les suppositions allaient bon train sur l'endroit où elle était séquestrée, et les différentes théories se multipliaient de jour en jour : on l'avait emmenée à Barcelone comme domestique, on la retenait de force, elle ne pouvait pas téléphoner ; ou bien, vu qu'elle était si jolie, on l'avait envoyée dans un bordel parisien et on suppliait Laurent d'appeler en France. Mais ce dernier s'était déjà mis en contact avec son réseau. Depuis son bureau, il avait télégraphié à tous les gendarmes des villages voisins, en vain. Personne n'avait vu l'enfant, ni promeneur, ni montagnard, ni berger, ni bûcheron. Laurent interrogea même des passeurs sans plus de succès.

La garde civile avait mené son enquête et fouillé tous les lieux fréquentés par Valentina à la recherche du moindre indice. Elle n'avait rien trouvé. Cette battue représentait le dernier espoir de tous.

Les gardes notèrent les noms de tous ceux qui y participaient pour vérifier qu'au retour personne ne manquait et n'en profitait pour traverser la frontière. Une précaution qui arrivait bien tard pour ceux qui avaient déjà tiré parti de l'aubaine.

Ils partirent en direction de la montagne, par deux, car, après l'hiver, les prédateurs, ours et loups affamés, risquaient d'attaquer. Ils vérifièrent chaque os trouvé sur les sentiers pour s'assurer qu'il s'agissait de bétail. Certains s'approchèrent de la source de la rivière. Valentina ne savait pas nager, si elle était tombée à l'eau, elle avait pu être entraînée par le courant ou se retrouver coincée par la végétation. Ils approchèrent du point de confluence entre le Gállego et l'Aguas Limpias, son premier affluent, poursuivirent vers la petite chute du Saliente, fouillèrent le flanc de la Peña Foratata, le sommet où naissaient les tourmentes. Elle avait pu faire une chute, être jetée dans cette cavité, la plus grande fourmilière du monde selon la légende.

« Venez par là, il y a quelque chose ! » cria quelqu'un.

Tous ceux qui étaient venus prêter main-forte, de Canfranc mais aussi des villages alentour, se précipitèrent. Des policiers s'étaient joints à eux malgré leurs instructions de ne pas quitter leur poste.

Quand il arriva au val de Tena où avait été donnée l'alerte, le père de Valentina qu'on avait appelé était sur le point de s'évanouir. Mais ce n'était pas le corps de la jeune fille qu'on avait trouvé. C'était un exemplaire d'un magazine pour enfants, *Maravillas*, qui contenait une poupée à découper que l'on pouvait habiller en infirmière, religieuse, ou gymnaste, avec tous les accessoires…

Tandis que les adultes scrutaient ces pages collées les unes aux autres, des enfants s'exclamèrent en indiquant le sommet de la colline la plus proche :

« Regardez, un corbeau géant ! dit l'un d'entre eux.

— Mais non, c'est un vautour », lui répondit son voisin.

Le plus jeune reprit :

« Mais il porte un chapeau !

— Pas du tout, ce sont des plumes, rectifia le plus âgé qui devait avoir onze ans.

— Les vautours n'ont rien sur la tête, ils sont chauves, c'est mon père qui me l'a dit.

— Moi, je pense que c'est un homme avec un manteau.

— N'importe quoi ! »

Les adultes, le fusil à l'épaule, plongés dans le magazine à la recherche d'un indice, ne prêtèrent pas attention aux propos des enfants qui, pourtant, semblaient parler de Voltor.

La battue terminée, ils retournèrent au val des Arañones et allèrent trouver la mère de Valentina. Ils lui remirent le magazine. Sa fille en avait toute une collection, c'était une publication qui avait beaucoup de succès. Mais elle n'aurait su dire s'il lui appartenait, même en parcourant ceux que Valentina possédait dans sa chambre. Elle s'assit sur le lit de sa fille et contempla la photo de sa communion, celle que Jana lui avait rendue après l'avoir donnée au maître graveur qui lui fabriquait ses tampons. Ce dernier en avait tiré un portrait au fusain en suivant les indications de Jana, puisque Valentina avait grandi depuis ce cliché.

24

Aumône solaire

Lundi 31 mai

Un lit fait d'herbes sèches, recouvert de peaux de chèvres. [...] Danglars aussi avait reconnu ce bandit à l'existence duquel il n'avait pas voulu croire quand Morcerf essayait de le naturaliser en France. Non seulement il l'avait reconnu, mais aussi la cellule dans laquelle Morcerf avait été enfermé et qui selon toute probabilité était le logement des étrangers.

La lecture du *Comte de Monte-Cristo* ne procura pas à Jana son plaisir habituel, elle ne lui permit pas de s'évader, d'oublier, le temps de quelques pages, tout ce qui était lié à la disparition de Valentina. Bien au contraire, le roman ne cessait de ramener ses pensées vers Esteve enfermé dans la prison de Huesca, comme le lui avait appris Laurent.

Elle n'arrivait pas à chasser les sentiments contradictoires que le contrebandier faisait naître en elle. Elle ne pouvait oublier leur conversation sur le pont, pas plus que son attitude envers l'épouse du gouverneur. C'étaient des rumeurs, mais, en les voyant ensemble sur le quai, aux regards qu'ils avaient échangés, elle n'avait plus eu aucun doute : ils vivaient une romance. Elle ne pouvait plus le nier, Esteve était devenu une obsession. Elle se demanda si doña Mimín était capable de lui rendre visite en prison, s'ils allaient s'embrasser contre le mur sale de cette cellule immonde. Elle qui détestait les ragots, qu'elle considérait comme une perte de temps, avait compris que si elle s'intéressait tant à ce couple, c'était pour une bonne raison. Depuis sa détention, Esteve s'était immiscé dans ses rêves. Et donnait lieu à des scènes torrides. Au point qu'elle finissait par se demander si elle n'avait pas perdu la raison. Bien sûr, elle avait été soumise à des événements terribles, la guerre, la mort de ses parents sous les bombardements, les six années qui avaient suivi avant son départ pour Canfranc… Elle se consolait en se disant qu'elle n'était pas responsable de tout ce qui lui traversait l'esprit et le corps pendant son sommeil. Ces rêves étaient sa soupape de sécurité, le seul moyen d'évacuer les tensions de ces dernières semaines. Parfois, ces sensations étaient d'une netteté et d'une nature si charnelle qu'elle avait l'impression de les éprouver dans la réalité. Au réveil, elle se sentait reposée, réconfortée, satisfaite. Mais coupable. Elle ne se pardonnait pas ses rêves parce qu'elle n'était pas libre et qu'elle ne pouvait échapper à cette situation, pas même dans son sommeil.

Ce jour-là, dans sa cellule qui ressemblait au cachot du comte de Monte-Cristo, avec ses murs effrités par l'humidité, son sol de terre couvert de paille moisie, ses paillasses tachées et sa pénombre permanente, Esteve reçut en effet une visite. Il ne s'agissait pas de doña Mimín, comme Jana l'avait imaginé, mais de son époux, Gervasio, qui entrait et sortait de tous les bâtiments officiels de la province comme s'il était chez lui. Il se prétendait, avec son arrogance coutumière, en détachant chaque syllabe : « om-ni-scient ».

« Tiens, tiens, tiens, qui voilà ? Mais c'est notre légende vivante ! » se moqua-t-il en pénétrant dans la cellule.

Durandarte, assis dans un coin, sous un vasistas à travers lequel le soleil du matin semblait lui faire l'aumône d'un rayon, ne lui accorda pas même un regard. Les genoux serrés contre la poitrine, la chemise blanche ouverte sur son torse, les cheveux dénoués, il paraissait calme. On lui avait retiré sa ceinture en cuir, comme si l'idée de s'étrangler avec pouvait lui traverser l'esprit. Il attendait, résigné, qu'on finisse par le libérer. Il était certain que cela se terminerait ainsi. Il n'était resté que quelques heures à Jaca parce que le gouverneur avait exigé qu'on le transfère sur son territoire. Ce dernier jubilait de le savoir sous son autorité.

Furieux d'être ainsi ignoré, Gervasio appela un garde et donna l'ordre d'attacher les mains d'Esteve derrière son dos et de le suspendre à un anneau encastré dans le mur. Puis il se fit remettre un fouet, marqué aux initiales G.C., sur un plateau couvert d'un tissu grenat, tel un instrument de torture sacré. Le gouverneur le fit claquer au sol pour tester sa fermeté, son élasticité et, au passage, effrayer le prisonnier.

Si le premier coup de fouet ouvrit un abîme de

douleur, il ne lui arracha pas un cri. Au deuxième, il sentit le sang couler sur son dos qui brûlait. Alors que les coups pleuvaient, il entendit, au milieu des sifflements du fouet, la respiration haletante du gouverneur. Esteve sut qu'elle n'était pas due à l'effort. Il comprit rapidement que Gervasio, au comble de l'excitation, jouissait du martyre de son prisonnier, le souffle de plus en plus court. Son tortionnaire s'arrêta sur une sorte de gémissement retenu. Casanarbore ne prit même pas la peine de dissimuler le plaisir qu'il avait eu à tenir son ennemi juré, à moitié nu, sous son fouet. Quelques secondes passèrent.

« Voilà, que ça te serve de leçon. Ma femme est sacrée. Personne ne la touche.

— Pas même vous, parvint à articuler Durandarte.

— Tais-toi, misérable ! » s'exclama le gouverneur de sa voix de fausset.

Puis il sortit. Malgré la douleur, le dos lacéré, les poignets cisaillés, Esteve venait d'apprendre une information de taille sur les appétits sexuels de Son Excellence, dont il comptait bien se servir. Si des fugitifs se risquaient dans la montagne, qui les sauverait ? Et il craignait de ne pouvoir tenir sa promesse de retrouver Valentina. Il était un homme de parole, sans cette qualité, il n'était personne, et il ne voulait pas s'en voir privé de cette façon.

25

Le palais de lumière

Prison de Huesca, dimanche 6 juin

Avant que l'aube ne se lève, une queue de plusieurs centaines de personnes s'était déjà formée devant le portail de la prison. Des femmes en majorité. Entre les mères, sœurs, nièces et épouses ou tantes des détenus se trouvait Jana, munie de faux papiers, fabriqués par ses soins, certifiant qu'elle était la cousine du prévenu. Elle n'avait pas voulu choisir un lien plus proche. Elle avait décidé de lui rendre visite parce qu'elle s'y était engagée vis-à-vis de Dagmar, du moins est-ce le prétexte qu'elle se trouva. Comment nier qu'elle mourait d'envie de revoir Esteve ?

Lorsqu'on annonça à ce dernier que sa cousine venait le voir, il faillit répondre qu'il n'en avait pas. Il se tut à temps. Il était curieux de savoir qui l'attendait. Il sortit de sa cellule et grimpa les marches doucement, le dos endolori, les muscles ankylosés. Ébloui par la lumière, il s'arrêta sans pouvoir distinguer un seul visage dans la foule.

« Allez, avance ! » lui ordonna le garde en le poussant dans l'escalier. Il trébucha puis, comme s'il se trouvait sur un de ses sommets, mit sa main en visière et aperçut une femme isolée. Il la reconnut aussitôt. Sa présence lui procura la même impression de soulagement qu'une pluie fraîche dans les flammes de l'enfer.

Jana, dans le brouhaha ambiant, le vit ouvrir la bouche. Elle finit par entendre ces mots prononcés d'un ton serein :

« Je n'oublierai jamais ça. »

Esteve, pourtant exténué, éprouva un regain de joie. Elle était venue, que demander de plus ! C'était la première fois qu'il la voyait sans son uniforme et elle était éblouissante.

Jana portait une robe à fleurs assez décolletée sous un cardigan. Elle l'avait choisie avec soin parmi les vêtements que leur fournissaient les Anglais pour les réfugiés. Elle savait qu'elle lui seyait particulièrement. Elle ne cherchait pas à provoquer Esteve, mais à lui montrer qu'elle aussi savait s'habiller, que la seule chose que doña Mimín avait de plus qu'elle, c'était l'argent. Elle s'était lancé ce défi avant de quitter Canfranc : l'impressionner tout en lui montrant qu'elle ne comptait pas tomber dans ses bras, qu'elle était venue à Huesca parce que sa collaboration avec le réseau l'exigeait.

Esteve lui indiqua un coin un peu à l'écart de la foule. Ils s'y réfugièrent. Elle fixa le mur devant elle, évitant de le regarder. Et il baissa les yeux afin de cacher la joie que sa visite lui procurait. Puis ils se rapprochèrent un peu et il lui sourit comme il l'avait fait dans le hall de l'hôtel quand il l'avait bousculée sans le vouloir.

La veille, Jana avait préparé un panier avec de la pâte de coings, du fromage, des oranges et même une boîte de lait en poudre américain que lui avait donnée Arlette. Elle avait posé une chemise propre, repassée, sur le panier. Elle s'apprêtait à débiter le petit discours qu'elle avait répété dans le train, mais Esteve l'interrompit :

« Mercredi, à sept heures du soir tapantes, je traverserai le pont sur l'Aragon. Tu verras.

— Je suis sûre que non ! le défia Jana. Ce n'est pas si simple, Esteve.

— Ah, tu crois ça ? C'est mal me connaître ! »

Il lui sourit de nouveau, le regard pétillant. Jana eut l'impression qu'il ne parlait pas de son évasion, mais de ses chances auprès d'elle.

« Laurent m'a chargée de te dire que tu devais profiter de ton temps en prison, que tu comprendrais, s'empressa-t-elle de répondre. Et moi, j'aimerais que tu te renseignes sur Sándor Géllert, tu sais, le mari de Dagmar. »

Elle vit l'expression d'Esteve changer alors qu'elle prononçait ces derniers mots à voix basse. On aurait cru qu'il s'éteignait. Il ferma la bouche et baissa les yeux.

Il avait bien reçu le message. Elle n'était pas venue pour lui. Il se consola en se rappelant que cela n'avait pas beaucoup de sens de lutter pour la liberté et de vouloir s'attacher à une femme. Elle lui expliqua qu'elle avait caché des dollars en argent dans une orange, dans un panier qui devait lui être remis. Montlum lui avait expliqué comment l'ouvrir avec un simple fil afin de dissimuler l'entaille et elle y était parvenue après plusieurs essais qui avaient fini en purée. Au pire, les gardiens empocheraient l'argent.

Dans le brouhaha qui s'amplifiait à l'approche de la fin des visites, Esteve dut crier pour se faire entendre :

« Je ne regrette plus d'avoir été enfermé ici. »

Un court instant, Jana eut un aperçu de sa vulnérabilité. Mais sa vie intime ne la regardait pas, même si elle ne comprenait pas quel genre d'attirance doña Mimín exerçait sur lui, au point qu'il prenne autant de risques pour elle. C'était peut-être une question de pouvoir, se dit-elle, comme si la conquérir représentait un véritable défi, une preuve supplémentaire de sa témérité… Elle se reprit. Elle était vraiment obsédée par leur relation. Il fallait que ça cesse. À cet instant, un garde frappa de sa crosse les mains serrées du prisonnier agrippées à la grille pour lui signifier la fin de la visite.

Esteve eut du mal à la quitter. Cette jeune femme indépendante au caractère unique l'intriguait. Elle travaillait loin de chez elle, ses manières, son éducation suggéraient un milieu social différent de celui de ses collègues. C'est un mystère, une magnifique énigme, se dit Esteve tout en s'éloignant. Il ne savait pas si c'était dû au contraste entre ce lieu sordide et elle, mais il lui trouvait une beauté surnaturelle, comme si elle jaillissait de l'intérieur.

Jana le regarda disparaître. Elle s'était sentie bien à ses côtés, malgré les circonstances. Elle se reprit, il devait faire le même effet à toutes les femmes et ensuite qui sait comment cela finissait. Elle se rapprocha du gardien et lui remit le panier.

La prison était divisée en quatre galeries disposées

comme les ailes d'un moulin. Comme elle était devenue trop petite, on construisait un nouveau pénitencier qui devait abriter tous les prévenus qui n'avaient pas été fusillés par application de la loi sur l'évasion ou par décision d'un conseil de guerre pour rébellion, qui ne détenaient pas d'armes ni d'explosifs, qui n'étaient pas francs-maçons, ni syndicalistes de la CNT[1], qui n'avaient pas vendu de journaux interdits par la censure, qui n'étaient pas affiliés à la Fédération des jeunesses libertaires, qui n'avaient pas appelé à la grève et ne s'étaient pas opposés aux forces de l'ordre. En résumé, tous ceux qui n'avaient pas été jugés et condamnés au seul motif qu'ils étaient vivants. Jana avait bien peur que, malgré toute l'assurance qu'il montrait, Esteve connût la nouvelle prison.

Comme il lui restait du temps avant de prendre son train, et qu'elle voulait se changer les idées, elle entra dans un cinéma. Elle avait rarement l'occasion d'y aller. À ses yeux, une salle de projection était un palais de lumière, même quand il ne s'agissait parfois que d'une construction précaire recouverte d'un simple auvent. Elle rêva qu'un jour elle y viendrait avec Esteve, à l'instar de n'importe quel couple. Elle soupira. Si quelques années auparavant on lui avait dit qu'elle mènerait cette vie, côtoyant des personnes aux destins si incertains, elle ne l'aurait jamais cru. Elle avait l'impression de vivre l'intrigue d'un de ces films qui passaient sur le grand écran du dôme de la place Cervantes.

1. Confédération nationale du travail.

Elle acheta son billet en rêvant qu'il lui permettrait de s'évader, peu importait où, sans s'exposer au danger… Les mains occupées à décortiquer ses graines de tournesol, elle se laissa captiver par l'image du vol d'un aigle qui annonçait les « actualités cinématographiques ».

26

L'Âne vert

Lundi 7 juin

De petits coups frappés à la porte vitrée du bureau des douanes annoncèrent à Laurent l'arrivée du facteur, qui lui remit un télégramme.

« *La suite de votre partie** », lui dit-il.

Laurent faisait semblant de poursuivre une partie d'échecs avec un collègue travaillant à Paris. Ils avaient choisi ce moyen pour échanger leurs coups, de façon à n'éveiller aucun soupçon.

Il lut à voix haute :

« *Zugzwang…*

— *Un seul mot ? Votre ami est allemand* ?* s'étonna le postier.

— *Non, français. Cela veut dire "coup forcé". Je vous apprendrai à jouer quand la guerre sera finie*.* »

Ce terme signifiait que le joueur était obligé de jouer un coup qui impliquait sa défaite, ou du moins mettait à mal sa stratégie. Laurent comprit aussitôt : quelque chose clochait avec le réfugié qu'ils attendaient, Chagall.

Un passager descendit du train suivant, une valise à la main, des cartons à dessin sous le bras. À peine eut-il posé le pied sur le quai que des soldats allemands lui demandèrent ses papiers en l'empêchant de rejoindre le hall de la gare. Leurs gestes étaient si déterminés qu'on aurait pu croire qu'ils l'attendaient.

Jana, Montlum et Laurent observaient la scène de loin, en cachant leur impatience. Ils ne pouvaient lui faire le moindre signe, tout devait se dérouler selon une sorte de chorégraphie parfaite, chaque pas s'emboîtant dans ceux des autres participants.

« *Kommen Sie her*, venez ici », lui dit un des soldats.

Jana sentit des gouttes de sueur lui couler dans le dos. Elle songea à une trahison. N'importe qui pouvait se révéler capable de vendre son voisin au meilleur prix. Bien entendu, il voyageait sous un nom d'emprunt, impossible de garder le sien : Moishe Segal. Laurent feignait un air distrait, comme si ce qui se déroulait sous ses yeux ne le concernait pas et qu'il restait par curiosité. Il longea le train et tomba enfin sur Didier, qui lui fit signe de l'autre côté de la vitre. Il monta dans le wagon.

« Que se passe-t-il ? lui demanda le chef de douane.

— Cet homme est plus têtu qu'une mule. Il a

refusé de se cacher à Oloron. Tu sais ce qu'il m'a dit ? Que son œuvre le sauverait ou le condamnerait. Tu entends ça ! J'en ai assez, Laurent, il ne nous manquait plus que ça, des artistes. »

Il descendit puis repartit vers le hall.

« *Dokumente* », entendit-il alors.

Selon ses papiers, le voyageur était d'origine biélorusse et de nationalité française ; à plus de cinquante ans, il avait dépassé l'âge de servir dans l'armée. Alors qu'il s'apprêtait à leur montrer son *laissez-passer**, les deux cartons qu'il portait sous le bras glissèrent. Le quai se couvrit de dessins représentant des champs verts, des lacs turquoise sous un ciel d'azur, un violoniste, des clowns, des anges, des acrobates, des fiancés qui survolaient des villages… Les soldats, interdits, ne firent pas un geste. L'un d'eux demanda :

« *Was ist das ?*

— *Mon œuvre**, lui répondit fièrement Chagall.

— *Sieht aus wie von Kindern gemalt. Womöglich jüdische Kinder*[1] *?* »

Montlum pensa à tous les enfants qui étaient passés par la chambre bissextile et avaient réussi à s'échapper. Il s'approcha et se baissa pour ramasser délicatement les feuillets. Ils étaient sacrés à ses yeux. Il en profita pour glisser les billets de train entre les deux derniers dessins. Sans eux, Chagall risquait la déportation.

---

1. « On dirait des dessins d'enfants. Ce ne serait pas l'œuvre d'enfants juifs par hasard ? »

Un employé des douanes s'approcha de Laurent comme si ce n'était pas son chef qui lui avait ordonné de le faire l'après-midi même. Il lui remit ce qui devait être son joker face aux difficultés que le télégramme précédent annonçait.

« *Monsieur** Juste, tenez, ceci était mélangé à d'autres papiers, pardon. »

Il s'agissait d'une lettre de recommandation du consul britannique de Saint-Sébastien, un document précieux que Laurent gardait au cas où il en aurait besoin pour sa famille. Mais il avait décidé que si le passage de Chagall se révélait compliqué, il l'utiliserait. Ces lignes garantissaient à son porteur une protection exceptionnelle.

Pour le remercier de son aide, le peintre russe offrit à Montlum deux dessins. Le premier s'intitulait *L'Âne vert**. Le second représentait un coq et deux personnages.

Tadeusz, l'assistant de Wagner, qui avait été professeur de langues classiques à l'université de Heidelberg avant la guerre, s'approcha avec son supérieur qui lui demanda :

« Lieutenant, cela vous paraît-il de l'art dégénéré ?

— Avec votre permission, capitaine, je crois qu'il n'y a qu'une seule forme d'art, celui qui sait vous émouvoir.

— Je ne me lasserai jamais d'admirer un tel talent, déclara Wagner. Continuez à peindre, mais faites attention, d'autres ne sauront pas forcément l'apprécier comme nous. »

Il leva les yeux vers la chambre de Gröber comme

s'il voulait faire allusion aux goûts plus classiques de ce dernier. Le hasard décide toujours de tout. Chagall venait d'être sauvé de justesse grâce au caprice de deux officiers qui choisirent de s'en remettre à leurs penchants artistiques. Ils n'avaient pas contrevenu aux ordres du Reich, mais avaient permis d'écourter l'interrogatoire avant qu'il ne soit trop tard. Pendant tout ce temps, Chagall était demeuré assis sur sa valise sans manifester d'inquiétude.

Jana sortit un récépissé de son tablier et se dirigea vers les douanes sous le prétexte de récupérer un paquet de livres qui avait été ouvert pour inspection. Laurent l'interpella :

« Tu aimes beaucoup Dumas, dis donc ? »

On venait de lui envoyer *La Tulipe noire* ainsi que deux autres romans du même auteur.

Jana était certaine qu'elle ne s'habituerait jamais à ce genre de situation. Après ce qu'ils venaient de vivre, ils tenaient une discussion littéraire ! Mais elle décida de poursuivre avec le même sang-froid pour lui prouver qu'elle en était capable elle aussi.

« Je lis en ce moment *Le Comte de Monte-Cristo* que m'a recommandé Montlum. Tu savais qu'on accusait Edmond Dantès d'espionnage pour les Anglais ?

— Oui, bien sûr. Je l'ai étudié à l'école. »

Il baissa la voix et, avec un air malicieux, ajouta :

« Je crois même qu'il m'a beaucoup influencé. »

Jana ne put retenir un éclat de rire. Cela faisait du bien après toutes ces journées d'angoisse. Laurent l'invita à prendre un café chez lui le lendemain. Jana compris qu'il essayait, par ces attentions, d'atténuer ne serait-ce qu'un instant le désespoir dans lequel la mettait la disparition de Valentina.

Elle regarda le paquet qu'elle venait de recevoir, envoyé par un certain Étienne Guinart, et haussa les sourcils d'un air interrogatif pour lui indiquer qu'il devait y avoir une erreur. Mais Laurent la regarda fixement, si bien qu'elle repartit avec le colis.

Mardi 8 juin

Le lendemain, lorsqu'elle retrouva le couple Juste, Laurent commença par répondre à sa question demeurée en suspens concernant l'identité d'Étienne Guinart :

« C'est un aristocrate qui a pas mal de choses en commun avec le héros du roman que tu lis.

— Laurent, je t'assure que je n'ai pas besoin de plus de lectures, j'ai l'esprit bien occupé.

— Il ne s'agit pas de ça… Jusqu'à maintenant nous sommes arrivés à sauver plusieurs dizaines de personnes, mais cette fois, avec ce qui se prépare, ce sont des millions qu'on va libérer. Je t'assure que je n'exagère pas. Nous allons faire passer un émetteur. Grâce à lui, pour la première fois, la Résistance française à Paris pourra communiquer avec le commandement allié à Londres. De Saragosse, il ira à Saint-Sébastien et de là en Angleterre.

— C'est de la folie… Avec tous ces Allemands…

— Crois-moi, c'est l'itinéraire le plus sûr. Toutes

les informations nécessaires se trouvent dans ces livres que tu as reçus et que tu vas continuer à recevoir. Cet homme, Guinart, un type exceptionnel, travaille pour le SOE, le corps d'élite de Churchill spécialisé dans les opérations secrètes et les sabotages. Après s'être entraîné à Manchester pendant six mois, il a atterri en parachute sur le sol français. La Gestapo l'a arrêté pour avoir saboté une centrale électrique, il a sauté du camion en marche, a fui sous les balles, a volé la voiture d'un nazi qui avait laissé les clés de contact dessus, puis est rentré en Angleterre à bord d'un sous-marin. On dit qu'il a un fils qui lui ressemble beaucoup. Maintenant, Étienne se consacre à préparer la libération de Paris. Il nous préviendra quand l'émetteur arrivera par le même moyen.

— Mais qu'ai-je à voir là-dedans ? Et n'est-ce pas dangereux de signer de son nom ?

— Rassure-toi, c'est un pseudonyme. Certains livres contiennent les données de cartes que je dois dessiner selon les numéros des chapitres et les lignes de certaines pages. Mais ce n'est pas tout. Chaque fois que tu auras fini un livre, tu écriras une critique, en français, et tu l'enverras à Guinart pour qu'il la publie dans la presse, clandestine évidemment. La première traitera du *Comte de Monte-Cristo*. Ton texte contiendra toute l'information codée. Je te donnerai les données à y insérer. Le lecteur profitera de tes impressions sur le livre et seuls ceux à qui ces informations sont adressées sauront les interpréter. Invente-toi un *nom de plume**, comme on dit. Et pendant que tu enverras tes articles une fois par mois, nous, de notre côté, nous ferons en sorte que l'émetteur radio arrive à bon port. »

Éberluée, Jana se dit que Laurent avait le don de transmettre ses ordres comme s'il racontait une histoire. Il n'y avait ainsi aucun moyen de les discuter.

27

L'inquisiteur des merveilles

Mardi 8 juin

Je dois vous signaler que l'homme en question est un contrebandier, qu'il a franchi d'innombrables fois la frontière, que sa conduite révèle un penchant pour la délinquance, avec vols répétés et autres délits en vue de protéger l'émigration clandestine, à des fins illicites et pécuniaires. Étant donné le peu de moralité du détenu, on peut penser qu'il poursuivra ses activités délictueuses.

Cette lettre du commissariat central, écrite à l'attention du gouverneur, aurait pu être rédigée par Casanarbore lui-même tant il en était satisfait. Durandarte allait croupir en prison et pas dans les bras de sa femme. Il ordonna à son secrétaire d'envoyer le télégramme suivant à la direction générale de la Sûreté :

Contrebandier. Stop. Passeur à la frontière. Stop. Trafic humain. Stop.

Pendant ce temps, Esteve profitait dans sa cellule d'un rayon de lumière assez généreux et élaborait son plan d'évasion tout en pensant à Jana, à son corps fin, sa poitrine plantureuse, sa chevelure couleur feu et ses yeux pleins d'audace. Il l'imagina dans les montagnes, à ses côtés, habillée d'un pantalon, le fusil à l'épaule, et cette image le fit rire. Ce fut ainsi que les gardes le trouvèrent alors qu'ils lui apportaient un peu d'eau et un bouillon infâme.

Il mit en application son plan et entreprit de les soudoyer. Il leur fit miroiter une fortune en leur montrant les pièces en argent que Jana lui avait fait parvenir. Il leur demandait en échange de l'aider à démonter la grille au plafond, de lui fournir une corde et de laisser une échelle de l'autre côté.

Les gardes protestèrent, ils risquaient d'être fusillés. Il argumenta :

« Personne ne se doutera que vous m'avez aidé. Vous ferez semblant de dormir. J'ai des complices, ce n'est pas un secret, les soupçons se porteront sur eux.

— Ça ne marchera pas.

— Ça dépend de vous. Si vous restez, c'est possible. Mais si vous partiez ? Le monde est grand et vous êtes très jeunes. Je ne sais pas pourquoi vous perdez votre temps dans ce trou à rats. C'est si simple : il vous suffit d'aller demain matin au parc Michel-Servet, sous le dernier platane, près du kiosque de musique, vous trouverez une valise remplie de billets.

— Tu racontes des histoires…

— Comme vous voulez. C'est l'occasion de votre vie, vous n'en aurez pas d'autres.

— Donne-nous une preuve.

— Je vous donne ma parole. »

28

Le caméléon

Mercredi 9 juin

Jana se rendit à La Serena pour téléphoner au médecin de la clinique universitaire. Elle voulait prendre des nouvelles de ceux qui étaient encore internés.

Le bar qui, à la tombée de la nuit, ressemblait à une véritable ruche avec ses incessantes négociations, ses échanges d'informations, était presque désert. Elle avait choisi l'heure la plus discrète pour passer son appel.

À une table, on parlait de la construction du chemin de fer transsaharien, nouvelle chimère du gouvernement de Vichy, et des républicains espagnols qui y travaillaient comme des esclaves.

« Et cette histoire de la Française qui a frappé d'un coup de bouteille un gars de la Gestapo ? Tu l'as entendue ? s'exclama l'un des clients. Il passait avec un groupe de prisonniers ; quand la patrouille s'est arrêtée, elle a sorti une bouteille de vin de sa sacoche et l'a frappé. Elle a dû donner un sacré coup parce qu'elle l'a étendu, le type. Ils ont tous pu s'échapper pendant que l'autre soldat secourait son camarade.

— Elle devait être sacrément courageuse.

— Comme celui qui l'a épousée ! » dit un client.

Un éclat de rire général accueillit sa remarque. Ce moment joyeux fut interrompu net par l'arrivée de Gröber, qui se dirigeait vers le téléphone. D'une voix forte, il demanda à la standardiste de le mettre en relation avec l'hôtel Oriente à Saragosse. Puis il prononça ce qui semblait être un nom allemand. Il remarqua alors Jana qui se dirigeait vers la cuisine, les yeux baissés. Elle n'osait pas le regarder. Laurent avait beau lui répéter que c'était impossible, elle avait toujours peur qu'il ne se souvienne de ce qui s'était passé dans son bureau. Elle l'entendit hurler :

« *Wo sind die Pferde ?* »

Il cherchait encore les chevaux et, au ton qu'il employait, il s'adressait à un subordonné. Il le mit en garde.

« Ne revenez pas tant que vous n'aurez pas une information précise à m'apporter. »

Il raccrocha avec violence, pivota sur ses talons et, d'une voix radoucie, lui dit en s'inclinant légèrement :

« *Frau* Belerma. »

Ce contraste, la facilité avec laquelle il changeait d'intonation en l'espace d'une seconde à peine, impressionnait beaucoup Jana, qui s'empressa de retrouver Pilar. Elles échangèrent les rares informations qu'elles avaient sur Valentina, puis Jana passa son coup de téléphone et repartit avec du fromage et du miel.

« C'est pour Arlette, précisa Pilar.

— Me voilà transformée en Chaperon rouge », dit en souriant Jana qui se dépêcha de rentrer.

Elle reprenait son service dans une demi-heure.

29

Le défilé de pins

Jana sursauta en entendant un bruit de sabots. Elle se souvint alors qu'on était mercredi, et que, trois jours auparavant, quelqu'un, convaincu de sa chance, lui avait prédit qu'il se trouverait à cet endroit à sept heures du soir.

Les montagnes s'assombrissaient. Les pins se tenaient raides comme des piquets, comme pour un défilé. Le bruit se rapprochait. Elle retint son souffle. Ce n'était pas possible. Ce n'était pas lui. Il y avait d'autres chevaux que Farsante. Esteve pouvait fanfaronner autant qu'il voulait, on ne s'échappait pas aussi facilement de prison.

Pourtant, elle aperçut un cavalier qui ne pouvait être que… Oui, c'était bien lui. Que faisait-il ici ? On l'avait donc relâché ? Mais… Il n'était pas seul ! Elle distingua une silhouette à califourchon derrière lui. Une femme ! Comment osait-il s'exhiber ainsi avec sa maîtresse ?

Elle pivota sur ses talons, refusant de les voir ensemble, mais, avant qu'elle ne puisse s'enfuir, Esteve éperonna son cheval et se retrouva devant elle en un clin d'œil. Il l'appela. Jana fut tentée de faire comme si elle ne l'avait pas entendu. Mais elle eut peur qu'il ne décide de la poursuivre à pied et qu'il n'attire l'attention des passants. Elle n'eut donc d'autre choix que de se tourner vers lui.

« J'ai un peu de retard, tu ne m'attendais plus ? » plaisanta Esteve.

Sa silhouette à contre-jour cachait sa cavalière. Jana ne voyait que ses jambes, très minces, et les volants de sa robe sous la capote militaire grise. Jana ne desserra pas les lèvres, certaine qu'il n'avait eu qu'une idée en tête, aller chercher sa maîtresse et se montrer avec avant de s'enfuir.

« Nous avions pourtant rendez-vous », poursuivit Esteve sur le même ton tout en sautant à terre.

Puis, avec toute la délicatesse dont il était capable, il saisit sa cavalière par la taille et la fit descendre. Jana le regarda faire, médusée, scandalisée. Là, à cinq mètres à peine d'elle, dans une quasi-obscurité, il répétait ce geste qui l'avait tant choquée à la gare.

Il soulevait dans ses bras cette femme aussi légère qu'une ballerine et si menue... Mais... Jana crut que son cœur allait se décrocher. Elle se précipita vers lui en riant et en pleurant à la fois.

« Valentina ! Ce n'est pas possible... Tu es là... » balbutia-t-elle, le visage rayonnant de bonheur.

Elle attira l'enfant contre elle et la serra de toutes ses forces. Valentina lui parut amaigrie.

« Tu es maigre comme un coucou, on dirait un fantôme », dit-elle.

La fillette éclata d'un rire joyeux.

Esteve remonta à cheval. Il leur adressa un petit salut de son chapeau. Jana courut vers lui et lui tendit le fromage et le miel. Elle n'avait rien de mieux pour le remercier, mais elle embrassa les deux paquets avant de les lui remettre et de lui dire un simple « Merci » parce que l'émotion était trop forte et qu'elle avait peur de se laisser déborder par ses sentiments.

30

Das Mädchen Valentina lebt

Jana raccompagna Valentina chez elle d'un bon pas. Elles souriaient l'une et l'autre, radieuses. Grâce à Esteve, elles étaient de nouveau réunies.

« Tu sais, quand je serai grande, je l'épouserai. Il

est si beau, tu ne trouves pas ? Et il parle français aussi. Ne le dis à personne, mais depuis qu'il m'a sauvée cet après-midi, je ne voulais pas rentrer. Sur le cheval, je me suis collée à lui. Il sent si bon. Et il m'a raconté des tas de choses en chemin pour me distraire.

— Si tes pauvres parents t'entendaient ! »

Mais Jana fut impressionnée par les réactions de sa jeune amie si semblables aux siennes.

« Je te ramène, je reviendrai te voir demain, de bonne heure, puis nous mettrons tout le monde au courant. Tu n'imagines pas le nombre de personnes qui t'ont cherchée !

— Mais j'étais avec Voltor, dit Valentina comme si la compagnie du vagabond l'avait paradoxalement protégée, qu'elle n'avait couru aucun danger.

— Tu me raconteras tout demain. »

Elles arrivèrent devant la maison de l'enfant et frappèrent à la porte. Leonor descendit ouvrir d'un pas las, mais poussa un cri de joie en découvrant sa fille. Son mari alarmé vint la rejoindre et s'unit à ses cris. Tout le village devait être au courant maintenant, se dit Jana.

« Ma fille, ma fille », ne cessait de répéter Leonor en pleurant de joie et en lui palpant tout le corps. Mais Valentina ne semblait avoir aucune séquelle.

« Jana, c'est un miracle. Toutes ces messes auront servi à quelque chose. Quand je vais dire ça au curé et à tous ceux qui nous ont soutenus…

— Demain, Leonor, ta fille est très fatiguée », répondit Jana en posant une main sur son bras.

Elle les quitta. Elle était déjà en retard, mais il lui restait une chose à faire et on l'excuserait à l'hôtel quand elle expliquerait la raison de son absence.

Elle se précipita chez les Juste, qu'elle trouva à table. Ils dînaient toujours à l'heure bretonne et levèrent les yeux, interloqués, la fourchette en l'air, en la voyant. Mais leur inquiétude fut de courte durée, sa mine réjouie ne pouvait présager qu'une bonne nouvelle.

« Arlette, Pilar m'avait donné du miel et du fromage pour toi, mais je les ai offerts à Esteve, déclara Jana, essoufflée.

— Tiens, toi qui étais si raisonnable.

— Mais non, je ne parle pas de ça. Je veux dire, je revenais de La Serena et il était sur le pont et il n'était pas seul. Tu sais qui l'accompagnait sur son cheval ? »

Auguste commença à s'agiter.

« Vous ne devinerez jamais !

— Allez, Jana, ça suffit tes mystères, dis-nous, intervint Laurent.

— J'étais sûre qu'il n'y était pour rien. Contrairement à ce que beaucoup pensent de lui, il est incapable de faire une chose pareille… Lui qui a aidé tant de gens dans la montagne. Sans lui, beaucoup seraient morts de froid ou d'une chute dans un ravin… »

Après tous ces détours, elle leur annonça enfin la bonne nouvelle. En entendant leurs cris de joie, les deux soldats de la patrouille s'approchèrent.

« La fillette, *Mädchen*, Valentina, retrouvée. Elle est vivante. *Sie lebt* », expliqua Laurent.

Ils claquèrent des talons, impassibles, et refermèrent la porte.

Jana eut du mal à s'endormir, cette nuit-là. Elle était folle de joie qu'ils aient retrouvé Valentina saine et sauve. Mais toutes ces émotions avaient occulté un fait important et maintenant, allongée dans son lit, la question la taraudait : comment Esteve avait-il réussi à s'évader ?

TROISIÈME PARTIE

Juin-juillet 1943

31

Le nid de vautour

Jeudi 10 juin

Valentina voyait, de l'autre côté de la vitre, les montagnes qu'elle avait parcourues la veille, agrippée à Esteve. Elle profitait de ses premiers instants de solitude depuis son retour. Une longue journée l'attendait, au cours de laquelle elle devrait répondre à tout un tas de questions.

Elle approcha une chaise de la commode en bois que lui avait fabriquée son père et se regarda dans le miroir. Elle avait quelques éraflures et une coupure sur le front qui dataient de la première nuit, quand elle avait trébuché en se débattant. Elle était tombée, s'était cogné la tête, avait perdu connaissance puis s'était retrouvée entre les murs d'un vieux bâtiment en ruine. Elle frissonna et s'empressa de chasser ce souvenir en replaçant son peigne, sa bouteille d'eau de Cologne, son cahier, ses crayons sur la table. Elle avait besoin de toucher ces objets familiers, de sentir qu'elle était bien chez elle après tout ce temps passé prisonnière de Voltor. Elle entendit frapper à la porte ; sa mère salua le maire qui venait prendre de ses nouvelles. Valentina descendit les rejoindre.

« Quelle joie de te voir, ma petite ! Comment te sens-tu ?

— Bien, un peu étourdie… »

Elle voulait que tout cela se termine au plus vite. Son enlèvement lui avait fait prendre conscience du calvaire qu'enduraient les personnes qui arrivaient terrorisées à la gare, mais aussi du travail qu'accomplissaient Jana, Montlum et Laurent. Elle avait compris qu'il y avait des bons et des mauvais et que, pour certains, cela dépendait parfois des circonstances, des épreuves qu'ils traversaient.

« Je suis désolé de t'embêter, mais tu dois te rendre au commissariat pour répondre à certaines questions. Cela leur permettra de capturer au plus vite ce fou. Le moindre détail nous sera utile.

— C'est un pauvre homme, protesta l'enfant, il ne m'a rien fait de mal. »

Ils la regardèrent déconcertés. Pourtant, elle disait la vérité, elle était certaine qu'elle n'avait couru aucun risque.

« Mais enfin, objecta sa mère, tu sais ce qu'on a enduré, nous ? Et pas seulement nous !

— Il a vécu pire que tout, maman. Nous, c'était juste quelques jours, lui, une éternité. »

Valentina avait découvert un homme torturé et elle avait fini par compatir à sa douleur.

« Vous l'entendez, monsieur le maire ? Cette enfant est bénie ! Si la Vierge sortait maintenant de la grotte de Bernadette et traversait les Pyrénées, je suis sûre qu'elle apparaîtrait à ma fille ! Ne vous en faites pas, je vous l'amène tout de suite.

Un jeune policier demanda très poliment à Leonor d'attendre dehors pendant qu'il interrogeait sa fille. Elle le toisa, contrariée, mais dut obéir face au représentant de la loi.

Valentina entra seule dans un bureau où trônait une machine à écrire posée sur une table dont les pieds se terminaient par des roues. Un sergent, ainsi qu'il se présenta, était assis derrière.

Il lui demanda de décliner ses nom, prénom, adresse, date et lieu de naissance, puis lui posa des questions sur son enlèvement. Valentina raconta :

« Le vieil homme s'est approché de moi quand je sortais de la gare. Il avait l'air de se trouver mal. Je ne comprenais rien à ce qu'il me disait, il parlait en allemand. Il m'a demandé de le suivre. Je me suis dit qu'il avait trouvé quelque chose et qu'il voulait me le montrer. Mais on marchait depuis un moment, alors je lui ai dit qu'il était tard et que je devais rentrer. Là, il s'est fâché. Il m'a prise par le poignet, il m'a fait mal. J'ai voulu m'enfuir, mais il me tenait fermement. Et puis je suis tombée et je me suis retrouvée dans une cabane.

— Tu n'as vu personne d'autre pendant tout ce temps ? L'homme était seul ? »

Le sergent posait ses questions à toute vitesse. Son but, sur ordre du gouverneur, était de connaître le degré d'implication d'Esteve dans l'affaire.

« Oui. Il n'y avait que lui et moi.

— Il t'a forcée ? » Valentina fronça les sourcils.

« À quoi ?

— Il a essayé d'avoir des relations avec toi ? »

Le policier réalisa que la victime était plus jeune qu'elle n'en avait l'air.

« Des relations ?

— Il t'a touchée ?

— Non. Enfin, le soir de la fête, il m'a caressé les cheveux en pleurant. Il m'a fait beaucoup de peine.

— Quelle fête ?

— Il a disparu pendant deux jours. J'ai essayé de m'enfuir parce que j'avais très faim, mais je n'ai pas pu, il y avait des grilles aux fenêtres et la porte était bloquée comme si on avait mis quelque chose de très lourd derrière. Après, il est revenu avec un grand sac de cierges volés à l'église et du pain. Il a tout sorti en souriant. Quand j'ai vu le couteau, j'ai eu peur.

— Il t'a agressée ?

— Non, il voulait couper du saucisson, puis il a mis dans un verre des fleurs qu'il avait cueillies et il a dit *Geburtstag*. Il répétait ça tout le temps. Valentina *Geburtstag*. Je ne sais pas ce que ça veut dire. J'ai mangé un peu de pain mais rien d'autre. Le saucisson paraissait pourri. C'étaient des restes, je crois, et puis il a sorti une sorte de brioche noire, il a enfoncé des cierges à l'intérieur et il s'est mis à chanter. Comme pour un anniversaire. Ce jour-là, il m'a fait beaucoup de peine. Il a beaucoup souffert, vous savez. S'il vous plaît, je ne veux pas qu'on lui fasse de mal.

— C'est un criminel, il doit payer, répliqua le sergent.

— Il parlait pendant des heures, désespéré, il

sortait de la cabane, il courait, il revenait couvert de sueur… »

Valentina s'exprimait avec tendresse, remarqua le sergent.

« Tu sais où tu te trouvais ?

— Il y avait un coffre dans un coin et une autre pièce avec une chambre. Au début, il m'attachait quand il partait, ensuite non. J'ai tout dessiné, mais le cahier est resté là-bas. Il n'avait rien, juste une photo et une feuille de papier. Il les regardait tous les jours et après il les rangeait dans sa poche.

— Valentina, tu dois dire la vérité, il s'est passé autre chose ? Tu dois tout raconter. Couvrir un criminel est un délit.

— Il n'a tué personne.

— Nous n'en savons rien, rétorqua le policier, surpris de la réaction de la fillette.

— Il embrassait cette photo en se réveillant et en se couchant. Il me la montrait. Je lui disais que ce n'était pas moi. C'était une petite fille pas très jolie, qui louchait, la bouche ouverte, avec de grandes dents. Elle n'avait pas l'air normale.

— C'est un miracle que tu sois ici… Va savoir ce qu'il mijotait… Comment es-tu arrivée ? Qui t'a trouvée ?

— C'était hier. Quand le jour s'est levé, j'ai entendu des cris. J'ai vu trois hommes à cheval avec des fusils. Ils ont frappé très fort à la porte. Et puis ils sont entrés, Voltor s'est enfui en courant et Esteve leur a dit de le laisser, qu'ils le retrouveraient.

— Durandarte ! s'exclama le sergent avec un petit sourire. Tu le connaissais ?

— Non. Moi, je l'appelle Esteve. Puis ils m'ont emmenée dans une grande maison, une sorte de refuge. Ils m'ont donné une robe et un long manteau, des pommes, une orange, et puis on est repartis et on a croisé Jana sur le pont, je travaille avec elle à l'Hôtel International, et c'est elle qui m'a raccompagnée à la maison.

— Tu sais lire ?

— Bien sûr. Je travaille très bien à l'école. Plus tard, je veux être institutrice. »

Le policier lui tendit sa déposition :

« Tu lis et tu signes.

— Vous lui donnerez une récompense ? »

Le garde civil se dit qu'ils allaient devoir demander à Durandarte de les conduire à la cachette de Voltor et que, pour un voleur de chevaux, fréquenter la police sans se faire arrêter, c'était déjà pas mal.

32

La clé magique

Jeudi 10 juin

La séance de coups de fouet du gouverneur avait révélé à Esteve la passion la plus inavouable de Casanarbore. Il détenait un précieux moyen de chantage. Gervasio aurait peur non pas d'être destitué de sa fonction ou de ses privilèges, mais que ses pratiques dévoyées ne reviennent aux oreilles de sa bande de squales aux cheveux plaqués par la brillantine et aux dents longues. Esteve était certain qu'il ne supporterait pas qu'on mette en doute sa supposée virilité.

Il avait remarqué que gravitaient autour du gouverneur tout un tas de domestiques très jeunes, au physique d'éphèbes. Esteve savait qu'il possédait désormais une clé magique susceptible de lui ouvrir toutes sortes de portes. Il comptait bien s'en servir tout en se méfiant des velléités de vengeance de Casanarbore – ce dernier avait les moyens de vous faire disparaître sans laisser de traces.

Une de ses priorités était donc de lui montrer qu'il avait donné des instructions précises pour s'assurer que le chantage continuerait, même sans lui.

Avant d'envoyer sa lettre anonyme, il fut reçu par doña Mimín, qui confirma ses soupçons. Il admirait l'épouse du gouverneur qui, malgré sa situation, persistait à aider la cause. Il se souvint du jour où Palmira l'avait cherché dans tout le village pour lui remettre une note écrite par doña Mimín dans laquelle celle-ci lui indiquait qu'en raison du poste qu'occupait son mari, elle avait parfois vent d'informations qui pourraient lui être utiles. Au début, il s'était méfié d'elle, puis il avait appris peu à peu à lui faire confiance et désormais il avait une foi aveugle en elle. Ils se voyaient de façon à alimenter les rumeurs et à cacher la nature de leur véritable relation.

Durandarte imposait dans sa lettre deux conditions à Gervasio : faire disparaître son dossier et intercéder pour faire libérer douze prisonniers détenus dans l'ignominieux camp de Miranda, douze résistants qui jouaient un rôle fondamental dans la résolution du conflit.

Vendredi 11 juin

La réaction de don Gervasio dépassa les espérances d'Esteve. Il prit le courrier comme d'habitude sur la console de l'entrée et, tandis qu'il parcourait la lettre du contrebandier, il serra le coupe-papier si fort qu'il se planta la pointe dans la paume. Il alla ensuite s'enfermer dans son bureau dans un état de fureur indescriptible.

Il lui était facile de faire disparaître le dossier de Durandarte puisque c'est lui qui avait exigé sa détention. Les autres conditions lui parurent plus compliquées à remplir. Mais il n'avait pas le choix et se mit à l'œuvre sur-le-champ.

Il écrivit ses missives de manière très appliquée en argumentant et en inventant des preuves sur la moralité des détenus. Il sortit les dossiers de ses archives et les étala sur la table.

Très cher monsieur,

Je me permets d'ajouter à la présente quelques pièces garantissant que le citoyen d'origine tchèque Alois Smetana est un homme d'ordre qui, malgré sa nationalité, appartenait au glorieux Mouvement national qui depuis la lointaine Prague a œuvré pour que notre Caudillo invincible remporte des objectifs militaires variés dans sa lutte contre les hordes rouges.

Par la présente, je sollicite qu'on lui accorde la liberté afin qu'il puisse s'embarquer au plus vite pour l'Amérique comme il le souhaite.

Que Dieu vous garde de nombreuses années.

Avec de légères variations, tel était le contenu de toutes les lettres que le gouverneur écrivit sous la menace. Il vantait le caractère d'honnête homme de certains ou bien inventait des prouesses militaires à d'autres. Plongé dans cette frénétique activité littéraire, il se surprit lui-même à respirer avec avidité l'enveloppe qui contenait la lettre de menaces pour y retrouver quelque trace de l'odeur de l'homme qu'il avait fouetté dans sa cellule. Enfin, deux heures plus tard, il finit par inclure dans ses missives le nom de Sándor Géllert.

Ce qu'il ne digérait pas, c'était d'avoir dû plier devant ce bandit par peur de l'humiliation publique. Il n'aurait pu supporter le scandale ou, pire encore, les sourires entendus une fois connu ce penchant qui le distrayait depuis tant d'années. Être obligé de faire confiance à cet escroc lui était insupportable. Rien ne lui certifiait que ce bandit tiendrait sa parole une fois les prisonniers libérés.

Une fois complétée la liste que lui avait donnée Durandarte, il décida de poursuivre la tâche de son côté en ne faisant attention qu'aux données concernant la profession du prisonnier, ses origines, bref, il choisissait soigneusement chaque candidat en fonction de son éventuelle utilité future pour lui. À ses yeux, c'était le seul critère qui comptait.

Il ignorait complètement que son épouse se livrait à la même activité depuis bien longtemps. Elle étudiait en cachette les dossiers de certains détenus, ceux qui n'avaient pas les moyens de soudoyer un fonctionnaire, pour en tirer les informations qui lui permettraient d'intervenir, comme pour tant d'autres œuvres de charité, sans courir de risques. Elle prenait des notes qu'elle faisait parvenir à la présidente d'une association à laquelle elle appartenait, laquelle n'était autre que la belle-sœur du général Moscardó, capitaine général de Catalogne et premier comte de l'alcazar de Tolède, un titre qu'il obtint pour avoir défendu cette fortification contre les troupes républicaines pendant le soulèvement militaire.

Les autorités franquistes devaient faire certains gestes envers les Alliés en raison de leur supposée non-belligérance. Les activités clandestines de Mme Casanarbore tombaient à pic. Quant à elle, elle se disait que les documents contenus dans les dossiers et souvent en mauvais état étaient l'âme de ces détenus.

33

Le centre de transmissions stratégique

L'atmosphère était tendue à La Serena en cette nuit de juin. Certains discutaient de l'importation de bois pour se chauffer en hiver et pour alimenter le four à pain. Les prix de vente attisaient de vieilles rancœurs. Le ton montait et Tricio dut s'interposer pour apaiser tout le monde.

Non loin de là, un officier allemand transmettait des informations cruciales sur des batteries de fusées. À ses yeux, il s'agissait de commentaires sans importance, mais ceux-ci faisaient de lui un collaborateur involontaire, une des figures les plus appréciées des services des renseignements militaires. Ces hommes ignoraient que leurs bavardages ne tombaient pas dans l'oreille d'un sourd, on ne les payait pas, on n'avait pas besoin de les couvrir, il suffisait de profiter de leurs indiscrétions. Il s'adressait à un technicien de Saragosse qui, au même moment, rameutait toutes ses relations pour permettre la livraison du fameux émetteur dont Laurent avait parlé. Cette auberge était devenue un authentique centre de transmissions stratégique. On y laissait un message et il arrivait à son destinataire avec plus de célérité que si on l'avait envoyé par télégramme ou par courrier postal.

Dorian Lander s'accouda au comptoir. Le sergent qui avait interrogé Valentina l'avait missionné au bar.

Tricio, un torchon de cuisine sur l'épaule comme s'il s'agissait d'un galon d'uniforme, lui servit une liqueur de mûres d'Ordesa. En les entendant, sa femme sortit de la cuisine

« Que sait-on de la petite ? Elle va bien ? »

La nouvelle de son apparition avait été un soulagement, mais tous espéraient que sa captivité n'avait pas eu de conséquences irréparables.

« Elle était aux mains du mendiant allemand, Voltor, dans un refuge à l'abandon », répondit Dorian sans commettre d'imprudence. Il avait reçu l'ordre de raconter les événements avec un but bien précis.

« Pauvre petite, elle a dû avoir si peur. Et comment est-elle rentrée ? Elle s'est échappée ? » Pilar se frottait les mains sur son tablier de cuisine.

« Durandarte l'a sauvée », dit le garde civil sans aucun enthousiasme.

Pilar fit le signe de la croix. Ceux qui parlaient castillan se turent pour mieux entendre la suite de la conversation. Certains Français les imitèrent, intrigués par ce silence soudain.

« Mais je croyais qu'il était en prison ? s'étonna Pilar.

— Ils l'ont relâché. Ils n'avaient rien contre lui apparemment », poursuivit Dorian qui avait reçu l'ordre de ne pas toucher à Durandarte pour l'instant.

Pilar se dirigea vers ses habitués :

« Vous voyez, ils n'ont rien sur lui. Pourtant, vous avez été nombreux à l'accuser ! »

« Nous devons arrêter le vieux pour que ce genre de choses ne se répète pas, nous fouillerons la montagne, mais nous allons avoir besoin d'aide, dit Lander.

— Durandarte pourrait vous y emmener tout de suite, proposa aussitôt Pilar.

— Mais enfin, c'est un contrebandier, protesta Lander, comment voulez-vous que nous lui fassions confiance ? Il en profitera à coup sûr pour une de ses magouilles. »

Le sergent avait pourtant eu la même idée après avoir interrogé Valentina. Mais par orgueil ou superbe, ou parce qu'il était convaincu que la garde civile ne pouvait se rabaisser à demander de l'aide à un bandit, ils voulaient que ce soit Durandarte qui propose lui-même sa coopération.

« Mais parce qu'il a sauvé la petite. Sans lui, elle serait morte de froid ou de faim avant qu'on ne la retrouve, protesta Pilar.

— Qu'est-ce que vous en savez, ici, les forces de l'ordre travaillent beaucoup, répondit Dorian, furieux et blessé par les commentaires de la patronne de l'auberge.

— Oui, pour arrêter ces pauvres malheureux qui arrivent de si loin. Ceux qui précisément n'ont rien fait, qui veulent seulement sauver leur peau. »

Pour ne pas se mettre à dos les autorités, elle ajouta aussitôt :

« Mais bon, Durandarte aussi doit se soumettre ; nous vous devons tous obéissance, n'est-ce pas ? »

On voyait bien qu'elle n'était guère convaincue

par ses propres paroles, mais elle jugea qu'elle devait les prononcer.

Ainsi Esteve serait mis au courant, on lui dirait que la garde civile réclamait son aide pour trouver où se cachait Voltor. Cette nouvelle lui arriverait vite aux oreilles, dans sa cachette entre le sentier de Camille, le col de Bessata, Lizara et Somport…

34

Le « dépôt » de Miranda

Esteve avait eu la confirmation en prison que Sándor se trouvait bien dans le camp de Miranda de Ebro, comme tant d'autres détenus, arrêtés parce qu'ils avaient voulu franchir la frontière, qu'ils étaient des déserteurs, qu'ils avaient de faux papiers ou pas de papiers du tout, parce qu'ils se livraient au trafic de devises ou pour toutes ces raisons à la fois. On appelait parfois cette prison de la province de Burgos le « dépôt » afin de dissimuler sa véritable fonction. Il se trouvait sur la ligne de chemin de fer de Bilbao et avait été construit dans cette enclave afin d'utiliser les prisonniers capturés pendant la guerre civile comme boucliers humains. De cette façon, on évitait les bombardements sur ce nœud ferroviaire.

Trouver Sándor ne serait pas une mince affaire, les gardiens écrivaient les noms phonétiquement, de manière très approximative. Il pouvait très bien être interné sous le nom Salvio Sellés, Sandro Chela ou toute autre combinaison ressemblant plus ou moins à sa véritable identité.

Des nouvelles de son mari parvinrent à Dagmar, dissimulées dans un paquet de livres que lui apporta un étudiant du docteur Mallén qui, au passage, s'assura qu'elle et sa fille étaient en bonne santé. Toutes ces précautions étaient importantes puisqu'un agent de Gröber était logé dans la même ville, à l'hôtel Oriente, à moins d'un kilomètre. Jana leur avait recommandé de ne sortir qu'en cas d'absolue nécessité et seulement aux heures où il y avait le moins de monde dans les rues.

Dès qu'Esteve le put, il proposa de montrer les plus beaux panoramas des Pyrénées au photographe hongrois, Robert Müller, afin de parler tranquillement avec lui, sans témoins, en français. Ils s'étaient rencontrés après que Jana lui avait demandé de trouver un interprète et, quand Esteve était sorti de prison, il avait fixé ce rendez-vous par l'entremise de Tricio, afin de proposer au photographe d'utiliser un reportage sur le camp de Miranda pour confirmer la présence de Sándor et, si possible, le faire libérer.

« Nous avons l'argent, Müller. Vous n'avez pas à vous faire de souci à ce sujet, vous verrez que tout ira vite. Le plus drôle, c'est d'où vient cet argent : de la vente de pur-sang qui, après avoir passé une nuit dans un domaine, sont revenus chez nous. Sans doute nous ont-ils préférés, expliqua Durandarte avec son ironie coutumière.

— J'en ai entendu parler. J'irai dans ce village près de Burgos. Nous, les reporters, bénéficions d'une grande liberté de mouvement. On nous catalogue d'après ce que nous avons entre les mains et mon appareil photo n'est pas considéré comme une arme, alors que c'en est une, répondit Müller de ce ton décidé qui le caractérisait.

— Nous verrons combien de détenus nous pourrons faire sortir de ce puits. Un jour, nous fêterons cela, Robert, quand le rideau tombera sur cette tragédie », déclara Esteve, le regard rivé sur les paysages sublimes étalés devant lui, qui contrastaient tant avec cette Europe à feu et à sang.

Dimanche 13 juin

On avait interdit à Müller de prendre des photos du camp de concentration malgré toutes ses lettres de recommandation. Quand il découvrit le spectacle d'horreur qui l'attendait, il comprit pourquoi. Les autorités lui dirent qu'on lui permettait de visiter, que c'était déjà bien assez.

La première chose qui le frappa fut l'odeur des latrines, âcres, comme si son nez était plongé dans un marais. L'odeur de putréfaction due aux installations insuffisantes était insupportable. Certains détenus lui racontèrent les humiliations, le travail répugnant qu'ils étaient obligés de faire, la faim, les épidémies, la menace permanente de les jeter d'un précipice que les gardes appelaient le « ravin des parachutistes ». La pratique consistait à attacher au prisonnier des pierres de plusieurs kilos aux pieds et à le pousser dans le vide pendant qu'on lui criait d'ouvrir son parachute.

Parmi les détenus, il rencontra deux Américains et un réalisateur allemand. Le camp comptait des prisonniers de toutes classes sociales, le cordonnier y côtoyait l'avocat, le médecin, le barbier. Le plus grand danger menaçait les déserteurs, qui pouvaient être extradés à n'importe quel moment dans leur pays d'origine sous la coupe du IIIe Reich.

Loin de l'endroit où se trouvait Müller, deux détenus discutaient à voix basse tout en balayant le plancher de leur baraquement :

« C'est bientôt l'anniversaire de ma fille, dit l'un d'eux.

— Elle s'appelle comment ?

— Sieglinde, comme l'héroïne de l'opéra de Wagner. Nous avons choisi ce prénom ensemble avec ma femme, Dagmar. Le mot signifie victoire paisible. Tu gagnes sans livrer bataille… »

Il ne put poursuivre, trop ému par cette simple évocation de la beauté.

« Tu verras, l'année prochaine, tu le fêteras avec elles. Ils n'ont aucune charge contre nous. En attendant, il faut survivre dans ce trou à rats. Demain, la Croix-Rouge doit passer. Avec un peu de chance, ils nous apporteront peut-être du tabac.

— Je n'en peux plus, Miklós. Je ne sais pas où elles sont, je ne sais rien d'elles. Nous avons été bien naïfs de penser que nous pourrions être libres en Espagne.

— Courage, Sándor, toi au moins, tu as quelqu'un qui t'attend.

— Je l'espère. »

Sándor regarda le plafond taché comme pour lui demander de l'aide. Puis il tourna les yeux vers la porte de cette remise qui paraissait plus faite pour abriter du bétail. Il vit un homme qui marchait d'un pas énergique vers le bureau du directeur. C'était un visiteur, de l'extérieur, il ne pouvait voir les prisonniers dans la pénombre, mais c'était bien ainsi. Sándor ne voulait plus de soubresauts, ou alors un dernier, l'ultime.

Robert Müller demanda à rencontrer le curé après le directeur du camp. Avant de frapper à la porte, il s'arrêta et se tourna vers deux jeunes qui se protégeaient du soleil contre un mur. Il leur montra la photo du Hongrois que Dagmar avait donnée à Jana.

« Non, je ne vois pas qui c'est, répondit l'un. Ici, on a tous la même tête marquée par la faim, la peur. Il pourrait être l'un de nous, mais il paraît différent avec ce costume, si bien coiffé. »

Sándor était habillé avec élégance, à la dernière mode, et sur son visage se reflétaient la joie, l'envie de vivre. Personne n'aurait pu imaginer que l'homme qui posait ainsi dans un studio de photographe pouvait être le même homme qui, courbé, jetait le contenu d'un seau en zinc dans un coin à quelque cinquante mètres d'eux.

« Vous êtes bien arrivés tous ensemble ? insista Müller. Y en a-t-il qui y sont restés en route ? »

Le photographe savait que le trajet était pénible et dangereux.

« Il peut se trouver n'importe où, dans un fossé, dans une fosse commune avec d'autres fusillés. »

Le prisonnier parlait avec beaucoup d'efforts, comme s'il se sentait obligé de répondre par courtoisie, mais avait la certitude que ses paroles étaient inutiles.

« Il est peut-être encore vivant… » Müller refusait de se résigner.

« Oui, vivant comme nous… dit celui des deux qui n'avait pas encore parlé, et le photographe saisit l'ironie amère qui accompagnait ces mots. Comme si c'était une contradiction de parler de survie dans cet état.

Robert Müller ne put s'empêcher d'imaginer un corps quelconque, anonyme, enterré sous l'ombre double de la terre et celle qu'un arbre projetait sur lui. Mais il ne voulait pas abandonner et il continua à interroger les prisonniers sans relâche jusqu'à ce qu'un gardien l'informe qu'il devait partir.

Avant de quitter les lieux, il oublia sur la table de la sacristie un paquet. Et un autre dans le bureau de l'administrateur. Quand on vint le demander à la pension pour les lui rendre, il expliqua qu'ils n'étaient pas à lui, qu'il les avait remarqués lui aussi, qu'ils s'y trouvaient déjà quand il était arrivé. Des deux côtés, on se donnait du mal pour que l'argent contenu dans le mystérieux paquet ne soit ni remis ni reçu comme un pot-de-vin. La somme que lui avait remise Durandarte devait servir à améliorer l'ordinaire des prisonniers. Enfin, il espérait que le curé, au moins, aurait cette pensée charitable. Quant à la libération des prisonniers, il savait que tous méritaient le même traitement, mais il fallait bien commencer quelque part. Et le point de départ était Sándor Gellert. Il n'avait rien appris sur ce dernier, et pourtant il était certain qu'il ne devait pas être loin.

Cette visite au dépôt de Miranda de Ebro, la découverte de cette misère induite, non provoquée par une catastrophe naturelle, mais infligée par les hommes en temps de guerre à leurs semblables, le hantera encore longtemps.

35

Antibiotiques

Mercredi 30 juin

Valentina, qui ne voulait pas rester chez elle, avait repris le travail. Elle avait envie de renouer avec *toutes* ses activités, dit-elle à Jana en insistant sur ce mot. Mais la jeune femme, après tout ce qui s'était passé, ne souhaitait plus lui faire courir de risques. Elle lui répondit donc par l'affirmative tout en se promettant qu'elle ne l'exposerait à aucun péril.

Cela faisait deux semaines qu'elles travaillaient de nouveau ensemble au buffet, disposant les nappes, retournant les tasses sur les soucoupes, remplissant les sucriers, les théières, les pots de lait. Elle était heureuse de voir que Valentina se comportait comme avant.

Lors d'une de ses allées et venues dans le vestibule, Laurent l'intercepta. Elle lut dans son regard la gravité du message qu'il s'apprêtait à lui transmettre.

«J'ai une boîte d'antibiotiques qui t'attend à la douane. Quand le docteur Mallén me les a envoyés, les solutions étaient parfaitement diluées et maintenant le contenu a épaissi. Tu ne devrais pas tarder à passer les prendre.»

Il la regardait avec attention pour s'assurer qu'elle comprenait ce qu'il cherchait à lui dire.

«Ce doit être le dépôt, c'est tout», répondit Jana parce qu'ils se trouvaient non loin d'un petit groupe.

Elle savait de quoi il voulait parler. Ces petites fioles abritaient des microfilms qui, comme par miracle, pouvaient contenir une quantité faramineuse de messages, de cartes, de documents filmés, et les conserver pour la postérité.

«Une de nos illustres invitées va arriver, la plus populaire de tous, annonça Laurent en baissant le ton. Nous ne pouvons nous permettre aucune imprudence cette fois. Préviens Montlum, je vous attends ce soir chez moi.»

Assis dans la cuisine, Laurent Juste et Montlum contemplaient une photo sur laquelle Joséphine Baker portait seulement une ceinture de bananes. Jana se demanda ce qu'Esteve penserait de cette photo. Elle avait très envie de le revoir, cette mission le permettrait sûrement.

« Cette femme est la sensualité à l'état pur, déclara Montlum. Vénus de bronze, Perle noire, Déesse créole, Zouzou, princesse Tam Tam, Sirène des tropiques, elle a plus de surnoms que… »

Jana n'était nullement gênée par les commentaires admiratifs de Montlum, qui n'avaient rien de salace. Son ami s'extasiait seulement devant la beauté de la célèbre danseuse et partageait son enthousiasme avec elle, ce qui prouvait qu'elle faisait vraiment partie de leur groupe, qu'elle était bien leur camarade, leur égale. Laurent les ramena à la réalité :

« S'il vous plaît, nous devons nous concentrer. »

Il savait lui aussi que Joséphine Baker avait rendu fou tout Paris, qu'elle avait un sourire encore plus éblouissant que le feu des projecteurs.

« Elle viendra accompagnée de son secrétaire », précisa-t-il.

Jana ne put s'empêcher de rappeler qu'on lui avait interdit l'entrée de nombreux restaurants et hôtels en raison du scandale provoqué par son spectacle, elle l'avait lu dans un journal français. Montlum enchaîna :

« Ils ne comprennent rien à l'esprit du cabaret ! J'adore cette femme. J'ai tellement ri à son charleston avec ses yeux qui louchaient.

— Elle viendra donc avec son “secrétaire artistique”, qui n’est autre que Jacques Abtey, le chef du contre-espionnage militaire, reprit Laurent comme s’il n’avait pas été interrompu. Ce qui va compliquer les choses, c’est que Joséphine Baker tient à arriver en plein jour, elle ne veut se cacher de rien ni de personne. C’est ce qu’elle a dit au consul à Pau.

— Alors, nous ne servons à rien. On sera là pour assister à la scène ? s’étonna Jana.

— Détrompe-toi.

— Comment ça ?

— Elle nous prépare un vrai spectacle. Elle s’est débrouillée pour que la nouvelle de sa venue se propage. Des tas de gens vont venir la voir traverser la frontière. Franchement, on ne peut rêver de meilleure couverture. Tous les yeux seront rivés sur elle et, pendant ce temps, nous sauverons des tas d’autres personnes.

— Mais c’est horriblement dangereux, Joséphine Baker et son secrétaire pourront être arrêtés, déportés…

— Ils le savent, ils l’ont choisi. Elle travaille pour la Résistance, ils sont au courant. Elle doit leur remettre des renseignements de la plus grande importance. »

Laurent leur donna tous les détails, puis leur communiqua les dernières informations qu’il avait reçues :

« Durandarte s’est débrouillé pour faire sortir des prisonniers de Miranda de Ebro. Au moins une douzaine. Jana, prends ce paquet de médicaments, tu le remettras comme d'habitude à Didier. » Puis, avec un certain tremblement dans la voix, il ajouta : « J'espère que tout se passera bien. Nous avons encore tant à faire. Dès que Guinart me donnera les détails, je vous les transmettrai. »

Quand Jana arriva au bâtiment des voyageurs, après avoir dit adieu à Montlum, elle tomba nez à nez avec Gröber. Elle le salua, le visage fermé, et s'apprêtait à poursuivre son chemin lorsqu'il l'arrêta :

« Vous devez être contente. On vous a rendu votre petite, *Frau* Belerma.

— Oui, en effet.

— Dites-moi, je dois vous appeler comment ? Madame ou Mademoiselle ?

— Appelez-moi Jana.

— Vous ne vous ennuyez pas ici ? Vous ne préféreriez pas être à Saragosse, par exemple ? »

Gröber prononça le nom de cette ville d'un ton inquisiteur. Jana pensa à ses protégées cachées dans l'appartement de ses parents.

« Non, monsieur, on vit très bien ici, la preuve… »

Elle lui indiqua un groupe de soldats allemands qui blaguaient. Quand Gröber se tourna vers eux, leurs rires cessèrent.

« Mais vous parlez plusieurs langues… poursuivit-il.

— C'est pour ça que je travaille dans un hôtel international. »

Jana se demanda où il voulait en venir. Dès le

début, elle avait compris que ce n'était pas par amabilité qu'il s'intéressait à elle, mais qu'il cherchait à lui soutirer des informations.

« Ne prenez pas de risques, vous êtes trop jeune et trop jolie pour mourir. »

Il semblait hésiter entre le ton autoritaire et la galanterie et cela sonnait faux, comme s'il suivait les instructions d'un manuel de séduction. Alors qu'elle croyait qu'il en avait terminé, il ajouta :

« Et votre mari ? Que fait-il ? Que pense-t-il de votre... de votre indépendance ?

— Je n'ai pas de mari », répondit Jana, effrayée.

Elle ne comprenait pas comment Gröber avait pu découvrir son secret.

« Vous êtes sûre ?... Écoutez, je dois m'absenter quelques jours, mais, à mon retour, je serais ravi d'avoir une discussion avec vous. Vous pourrez peut-être m'expliquer certaines choses que je ne comprends pas ici.

— Si vous permettez... »

Il lui saisit le bras.

« *Frau* Belerma, il y a deux types de personnes, celles que l'on peut tromper et celles que l'on ne *peut pas* tromper. Inutile de vous dire à quel groupe j'appartiens.

— Lâchez-moi, je ne suis pas un de vos petits soldats, et contrairement à celui du conte de fées j'ai mes deux jambes et un cœur d'acier, pas de plomb. Je ne vois pas pourquoi j'aurais peur de vous. »

Jana jubilait intérieurement en lui lançant ces paroles, non seulement parce qu'elle venait de lui montrer qu'il ne l'intimidait pas, mais aussi parce qu'un tel comportement laissait supposer qu'elle n'avait rien à cacher.

36

La fleur d'edelweiss

Vendredi 2 juillet

L'anniversaire de Sieglinde était une raison suffisante aux yeux de Jana pour parcourir les cent quatre-vingt-dix kilomètres qui séparaient Canfranc de Saragosse. Montlum l'accompagnait. Quand ils s'arrêtèrent à Jaca, le maître qui peignait si bien à l'aquarelle leur remit un certain nombre d'estampes, qu'ils joignirent à d'autres documents qu'ils apportaient aussi à la capitale. Ils portaient chacun un paquet. Jana avait une poupée que lui avait donnée Solange en lui disant qu'elle était trop grande pour y jouer, qu'elle pouvait l'offrir à qui elle voulait. Jana avait tout de suite pensé à Sieglinde. Elle apportait aussi un puzzle qui formait une carte d'Espagne.

Le voyage s'était bien passé, mais, en sortant de la gare, Jana se retourna et scruta les fenêtres de la façade dont les vitres circulaires lui rappelaient des objectifs de jumelles. Elle avait l'impression d'être observée, mais ne voulut pas effrayer son compagnon. Elle s'efforça de marcher d'un pas décidé comme si de rien n'était, mais elle était très inquiète. Il fallait absolument qu'elle se débarrasse de ses hypothétiques poursuiveurs avant d'atteindre le centre-ville et ses ruelles qu'elle connaissait mal et qui pouvaient aboutir à un cul-de-sac dont il n'y aurait pas moyen de s'échapper ! Devait-elle demander à Montlum de faire une pause au Gran Café Ambos Mundos ? Au moins serait-il plus facile de reconnaître ceux qui les traquaient. Et pourtant, si Gröber les avait fait suivre, ses hommes ne porteraient sans doute pas d'uniforme. N'importe qui autour d'elle pourrait être un émissaire du major. Cette idée la terrifiait plus que tout.

« Jana, ça ne va pas ? s'inquiéta Montlum en remarquant l'expression tendue de son amie, les gouttes de sueur qui perlaient à son front.

— Ce n'est rien, la fatigue du voyage, et puis il fait plus chaud en ville, tu ne trouves pas ?

— On peut s'arrêter un instant si tu veux », proposa Montlum en lui tendant son mouchoir.

Jana s'efforça de lui sourire. Il fallait qu'elle s'assure que tout cela n'était que le fruit de son imagination. Elle décida de faire un détour pour gagner du temps. Après tout ce qu'elle avait mis en œuvre, elle n'allait quand même pas conduire la Gestapo jusqu'à ses protégées.

« Non, si j'en ai besoin, je te le dirai. »

Avant d'arriver au fleuve, elle aperçut les deux tours de l'église Notre-Dame-d'Altabás. Un groupe de femmes s'y dirigeait. Elle eut l'idée d'y entrer, de s'asseoir sur l'un des bancs latéraux, puis de ressortir par le côté juste avant que la messe ne commence.

« Jana, nous ne sommes pas pressés, elles ne nous attendent pas, insista Montlum.

— Tu as raison, viens, allons nous mettre au frais », concéda Jana en l'entraînant vers l'église.

Ils restèrent quelques minutes assis. Puis Jana lui murmura qu'elle se sentait mieux et se leva. Il lui emboîta le pas. La jeune femme aperçut alors deux hommes très grands au fond de la nef. Elle pensa tout de suite qu'il s'agissait d'Allemands. Une fois dehors, elle fit semblant de rattacher la boucle de sa chaussure pour voir si elle était suivie. Mais personne ne sortit à leurs trousses.

Montlum, sans rien dire, avait remarqué son petit manège.

« Que se passe-t-il, Jana ?

— On nous suit depuis que nous avons quitté la gare.

— Mais regarde, il n'y a personne.

— C'est Gröber, j'en suis sûre, il me fait surveiller.

— Personne ne sait que nous sommes ici. Pas même Laurent. Calme-toi.

— Je ne sais pas, Montlum, c'est de pire en pire. Si la guerre ne se termine pas bientôt, je vais finir par perdre la tête. »

Au fond de la rue, ils aperçurent la basilique du Pilar. Arrivés au pâté de maisons suivant, Jana sortit les clés de son sac et ouvrit le portail. Mais elle préféra sonner à la porte pour ne pas effrayer Dagmar et

Sieglinde en entrant sans prévenir. La mère et la fille écarquillèrent les yeux et sourirent, ravies. « C'est mon anniversaire, c'est mon anniversaire ! » chantonnait l'enfant en regardant les paquets. Elles avaient toutes les deux très bonne mine. Montlum sortit des chaussons fourrés et montra quelques tours de magie à Sieglinde. Puis il lui offrit un dessin représentant un coq géant chevauché par une sorte d'Arlequin. Il plut beaucoup à l'enfant qui crut reconnaître dans ce cavalier peint par Chagall son ami Montlum. Pendant ce temps, Jana et Dagmar échangeaient les dernières nouvelles. Elles furent soudain interrompues par des bruits de pas sur le palier. Elles entendirent parler allemand. Tous les quatre se turent, interdits. Un voisin sortit et discuta avec les soldats. Puis ils entendirent frapper à leur porte.

« *Achtung, aufmachen !* Ouvrez la porte ! »

Ni Montlum ni Jana ne savaient comment réagir.

« *Öffnen Sie die Tür !* »

Alors Sieglinde s'élança dans le couloir sans qu'ils puissent l'en empêcher et ouvrit.

Deux hommes immenses apparurent devant elle, sans uniforme, un insigne sur le col et la manche gauche, une fleur blanche, un edelweiss, symbole des troupes de chasseurs alpins. Son intuition n'avait pas trompé Jana, c'étaient bien les deux hommes qu'elle avait vus dans l'église. Elle avait bien été suivie. Ils demandèrent en espagnol à Sieglinde où étaient ses parents. Elle leur répondit, sans trace d'accent :

« C'est mon anniversaire, j'attends des amis.

— *Geburtstag,* traduisit l'un des hommes à

son compagnon. Puis, s'adressant à elle : *Auf Wiedersehen* et belle fête, petite demoiselle. »

Une fois seuls, les adultes relâchèrent leur souffle en regardant l'enfant avec admiration. Elle pouvait désormais passer pour une Espagnole et surtout elle avait fait preuve d'une audace et d'un aplomb extraordinaires. Les types expliqueraient à Gröber que Jana avait de la famille chez elle et ce dernier imaginerait peut-être qu'elle était sa fille.

Dagmar embrassa Sieglinde. La fillette leur dit que les soldats avaient des fleurs brodées sur leur uniforme et Jana raconta la légende de l'edelweiss, né du chagrin d'une reine des neiges qui avait tant pleuré quand les lutins avaient précipité son bien-aimé dans un ravin que ses larmes avaient formé ces magnolias sylvestres.

37

Tirer les fils

Samedi 3 juillet

Il était tôt, aux environs de sept heures, quand Esteve traversa à cheval le village de Los Arañones, décidé à profiter de la liberté que lui procurait son chantage sur le gouverneur. D'ici quelques minutes, il serait temps d'entamer le travail qui l'avait amené ici. Jana entendit le martèlement des sabots et se précipita à la fenêtre de sa chambre. Elle l'aperçut alors qu'à l'extrémité du pont plusieurs hommes se rassemblaient. Il s'installa à leur tête après avoir levé le visage vers elle, en souriant et en touchant le bord de son chapeau dans un geste dont elle espérait qu'il lui était destiné. Tandis qu'elle le regardait s'éloigner, elle sentit une présence derrière elle, des yeux posés sur sa nuque. Elle reconnut la voix de Gröber et ne put retenir un frisson. Il apparaissait toujours par surprise.

« Tiens, encore un de vos amis ? Votre mari le connaît, ce malfaiteur ? Je vais vous apprendre quelque chose : selon nos lois, le trafic de cigarettes, ce venin qu'on vend à nos soldats dans le but d'abîmer notre race, peut vous valoir la décapitation. Vous le lui direz de ma part... Vous croyez quoi ? Que je ne sais pas ce qui se passe ici ? Détrompez-vous, je suis au courant de tout. »

Jana se tut en songeant qu'ils avaient beaucoup de chance que l'officier ait oublié l'épisode de sa crise d'épilepsie. Elle le laissa donc parler. En fin de compte, elle faisait son travail en traitant un client avec courtoisie. Elle considéra fièrement son impassibilité comme une victoire sur elle-même.

« Vous ne me connaissez pas, *Frau* Belerma, vous n'avez pas la moindre idée de ce que je suis capable de faire... de vous faire. Je ne nierai pas que vous me plaisez, surtout parce que vous n'avez pas l'air d'une Espagnole, mais je me dois au national-socialisme, à l'espoir de l'Europe, c'est tout ce qui compte à mes yeux. Si je devais choisir, n'en doutez pas, je vous assure que ma main ne tremblerait pas. »

Ses yeux bleu cobalt semblaient lancer des dagues. Pourtant, il ne parvenait pas à l'intimider. Elle se sentait libre, comme si ce qui devait lui arriver était déjà écrit, avec ou sans Gröber.

« Monsieur », dit-elle avec une brève révérence.

Son attitude cloua le bec à l'officier habitué à terroriser ses interlocuteurs.

Esteve et ses compagnons grimpèrent pendant deux heures dans la montagne avant d'atteindre la cabane. Ils échangèrent un regard surpris. Elle paraissait encore plus délabrée qu'avant, et semblait vide. Les gardes civils qui accompagnaient Esteve étaient armés jusqu'aux dents, comme si, au lieu d'affronter un vieillard, ils s'attendaient à voir surgir un régiment.

Pendant que les autres se tenaient à distance, Esteve flanqua un coup de pied dans la porte en bois qui céda tout de suite, rongée par la vermine, à moitié dégondée. Durandarte s'avança vers la cheminée. Les braises étaient froides. Soudain, un cri retentit. Un des gardes venait d'apercevoir dans les buissons ce qui ressemblait à un sanglier… ou à un homme. Ils le poursuivirent pendant plusieurs minutes sans pouvoir le capturer, comme s'ils couraient derrière un fantôme, et s'en retournèrent bredouilles au village tandis qu'Esteve et ses hommes repartaient vers le col de Bessata.

Lundi 5 juillet

Ce fut le conducteur du premier train qui donna l'alerte en arrivant à la gare de Canfranc. Très secoué, il descendit de la locomotive pour prévenir la police que sur le viaduc de Cenarbe, entre Villanúa et Castiell, il avait vu des vautours s'acharner sur le cadavre d'un homme habillé en noir. Il entra au bistrot pour se remettre de ses émotions et refusa d'accompagner les gardes. Il leur indiqua qu'ils ne pouvaient pas le louper, ajoutant que le type n'était pas près de disparaître.

On le trouva facilement et à l'aide d'une civière de fortune, un drap sur deux traverses, on transporta le corps jusqu'à un camion. Puis, une fois à Canfranc, on le déposa au cimetière. Personne ne s'attendait à ce qu'on veille le défunt, pourtant, à la surprise générale, Valentina et sa mère se présentèrent pour le faire.

« Et qui va payer l'enterrement ? s'exclama le même sergent qui avait interrogé la fillette.

— On fera une collecte, proposa Valentina.

— Mais enfin ! Une collecte pour l'homme qui t'a séquestrée ! Ma fille, tu ne sais plus ce que tu dis.

— Pauvre homme, il m'a enlevée, mais il ne m'a pas fait de mal.

— Mais nous, on a failli mourir d'angoisse.

— Maman, c'est lui qui est mort, moi, je me porte très bien. »

Jana, Laurent et Arlette arrivèrent alors en même temps que le maire. Le garde civil remit à ce dernier une lettre, un carnet et une photographie.

« C'est tout ce qu'avait le vieux.

— C'est la photo dont je vous parlais, celle qu'il m'a montrée le soir où il m'a préparé une fête ! La fille dessus a une tête bizarre, on dirait qu'elle sort d'un asile ! » s'exclama Valentina.

Jana s'approcha et regarda le cliché, qui lui fit une peine infinie... Les pommettes de la jeune fille étaient si marquées qu'on aurait dit que les os qui tendaient la peau allaient déchirer celle-ci. Elle prit la lettre écrite en allemand. Elle aurait pu la déchiffrer, mais ne voulait pas que cela se sache. Le maire proposa de se rendre à La Serena, où Tadeusz avait ses quartiers. Ils trouvèrent l'aide de Gröber au bistrot, plongé dans la lecture de *Être et Temps* de Heidegger. Jana lui demanda s'il était disposé à lire une lettre que les corbeaux avaient sortie du manteau de son compatriote Walter. Elle l'avait nettoyée dans la cuisine de Pilar, et il ne restait plus de traces de la profanation. Tadeusz ne comprit pas toutes ces précautions, en fin de compte cette lettre contenait la vie d'un homme et donc il était logique qu'elle soit imprégnée de chair et de sang. Il posa son livre, s'éclaircit la voix et commença à lire.

38

L'épouvante

Berlin, vendredi 7 janvier 1943

On m'a arraché le cœur, mais pour mon malheur je suis encore vivant. Ces criminels, ces bourreaux sans pitié m'ont abandonné, telle une coquille vide. Je ne suis plus moi, je ne suis plus rien. Au travail, dans mon service, le bureau des courriers perdus, il y avait beaucoup de rumeurs sur ce qui se passait, mais c'était si barbare, si inhumain, comment les croire ? Comment leur accorder foi ? On se disait que c'était de la propagande antinazi, que c'étaient les esprits subversifs désireux d'en finir avec notre régime salvateur qui racontaient ces bobards. Lorsqu'on évoquait les lois eugénistes, on en parlait comme d'une simple mesure thérapeutique alors qu'il s'agissait d'assassinats massifs en totale impunité.

Le papier était si abîmé que le lieutenant Tadeusz devait deviner certains mots effacés par les plis.

On utilisait un nom scientifique comme si du jour au lendemain nous étions tous devenus médecins. Ils voulaient une race pure, éliminer les malades mentaux, ceux qui souffraient de maladies héréditaires et les transmettaient, ils stérilisaient tous ceux qui étaient jugés inférieurs. Les rumeurs enflaient. Certains affirmaient qu'on tuait sans discrimination dans les hôpitaux psychiatriques sous couvert de compassion, de miséricorde, de pitié. On exhortait les familles à signaler leurs enfants handicapés, à les remettre aux autorités. Une des cliniques monstrueuses où on les faisait disparaître se trouvait tout près de chez nous, à Brandebourg. J'aurais dû m'y rendre avec ma fille. On disait ensuite aux familles que le patient était mort des conséquences d'une maladie incurable sans plus de détails. Une formule qui permettait au régime de mener tranquillement sa campagne d'extermination. On injectait à certains des barbituriques qui provoquaient une pneumonie les condamnant à une mort lente, angoissante, asphyxiante. On en laissait d'autres mourir de faim attachés dans leur lit. Tout était justifié, ils revenaient trop cher à la société, ils présentaient un risque de contamination pour la race aryenne. J'avais réussi à rassembler toutes ces informations quelques mois avant mon malheur, même si on parlait peu de la disparition constante d'invalides, de malades mentaux, d'aveugles, de sourds et même d'alcooliques. Le personnel avait prêté serment, jurant silence et loyauté, en échange d'une augmentation importante, de l'argent sale qu'ils récupéraient à Noël, et de cadeaux en nature, cidre, vin, pour qu'ils accomplissent leur travail en étant soûls. D'autres préféraient se droguer avec la morphine qu'ils dispensaient, ainsi leurs délires, leurs cauchemars, leurs nuits de veille se mélangeaient avec la réalité, de sorte qu'ils ne savaient plus de quoi ils devaient se sentir coupables.

Tadeusz s'interrompit. Il tenait entre les mains la preuve de l'ampleur du mal, la confirmation que les atrocités n'étaient pas anecdotiques, mais se menaient à une échelle industrielle. Il eut du mal à poursuivre. Tous ceux qui l'entouraient, les propriétaires de La Serena, Valentina et sa mère, Jana, Laurent Juste, Arlette, le maire et le garde Dorian Lander, étaient également très affectés, mais c'était encore pire pour lui. Sans compter que des clients qui plaisantaient tout à l'heure tendaient l'oreille maintenant. Il se força à aller au bout.

Je suis devenu spécialiste sur le sujet parce que, chaque jour, l'étau se resserrait. Depuis que ma femme était morte en couches parce que notre fille se présentait mal, les voisins savaient seulement que le fruit de notre amour avait survécu. Je l'ai élevée avec l'aide d'une femme qui fut sa nourrice durant ces années de bonheur. Parce que, même si cela peut vous paraître étrange, cette fillette difforme a été la meilleure chose qui me soit arrivée dans la vie, le centre de mon univers, ma seule raison de vivre… Je ne

pardonnerai jamais à ceux qui me l'ont enlevée, que les ténèbres s'abattent sur eux ! Je me montrais très prudent pour que personne ne découvre sa présence et elle apprit à jouer sans faire de bruit parce que les voisins pouvaient l'entendre.
J'ai voulu fuir quand j'ai appris qu'en 1941 ils avaient déjà assassiné dix mille malheureux et qu'ils avaient fêté ce succès.
Nous avons été dénoncés, je le sais. Un matin, des infirmiers sont entrés chez nous de force, m'ont repoussé et ont enlevé la petite. Je les ai suppliés de la couvrir, elle n'avait que sa chemise de nuit, ils ont éclaté de rire, ils m'ont dit que dans une heure elle n'aurait plus froid, que je ne m'inquiète pas, qu'il ne lui arriverait rien, ils n'avaient aucune envie de violer ce sac d'os.
Je les ai poursuivis dans l'escalier, ils s'étaient garés devant ma maison, ils l'ont jetée à l'intérieur du véhicule et ils ont démarré. Une patrouille a surgi, ils m'ont donné un coup sur la nuque et je suis tombé. Ils m'ont pissé dessus, m'ont roué de coups. Je me suis réveillé dans la neige des heures plus tard.
Je suis remonté chez moi. J'ai avalé tous les médicaments qui me sont tombés sous la main. Mes cris, mes pleurs ont alerté un voisin. On m'a emmené à l'hôpital universitaire de la Charité. J'étais un fonctionnaire du régime, sain d'esprit, je ne buvais pas, je n'étais pas homosexuel, ils n'avaient rien contre moi.

Quand je suis rentré chez moi, j'ai trouvé dans la boîte aux lettres un message m'informant froidement que les services d'hygiène avaient mis fin à une existence de douleurs indigne d'être vécue.

La nourrice est venue me voir, mais je n'ai pas eu la force d'écouter ses lamentations ni ses paroles de consolation. J'ai couru jusqu'à la gare centrale, j'ai craché en passant devant l'Opéra Kroll où logeait le Reichstag depuis l'incendie. J'avais tous mes papiers en règle, j'étais libre de me déplacer comme je l'entendais. J'aurais voulu que du haut de la porte de Brandebourg saute le quadrige et que ses quatre chevaux m'emmènent loin pour que je retrouve ma fille Valentina au-delà du soleil.

Tadeusz posa la lettre sur la table, paya son café, rangea ses lunettes et sortit sans un mot. Il décida à cet instant qu'il ne regagnerait jamais l'Allemagne.

Un long silence suivit son départ. Tricio et Pilar retournèrent à la cuisine en s'essuyant les yeux du bout de leur torchon. Laurent et Arlette se levèrent en même temps.

« Maintenant, ils sont ensemble », se contenta de dire le chef de douane.

Personne ne prit la peine de rendre présentable le corps de Walter, aussi abîmé et épouvantable que son histoire. Une collecte fut organisée dans le village et il fut enterré avec la photo de sa fille. Leonor et Valentina, Arlette, Montlum, Dorian Lander, Tadeusz et Jana furent les seuls présents. Les autres ne lui pardonnaient pas l'enlèvement d'une enfant, peu importe les circonstances.

Une plaque à son nom fut attachée à une croix assez rudimentaire. On remit sa lettre et sa carte d'identité aux archives municipales. Sur le monticule, Valentina déposa quelques lis jaunes des Pyrénées.

39

La sirène des tropiques

La Résistance, la Croix-Rouge, Fred Deyermond, le gouvernement de Vichy, tout le monde tenta de dissuader Joséphine Baker. En vain. Elle voulait traverser les Pyrénées en s'entourant du plus de publicité possible, cela faisait des semaines qu'elle annonçait son voyage dans la presse. Elle répondait à ceux qui la mettaient en garde qu'une star ne pouvait passer inaperçue, qu'il était impossible de dissimuler son éclat, et tant pis si on l'arrêtait. C'était une bravade destinée à cacher la véritable raison de son passage par Canfranc.

Joséphine savait qu'en se donnant ainsi en spectacle, personne n'oserait intervenir, de peur de se couvrir de honte et d'entrer dans l'Histoire pour un fait aussi peu glorieux. Elle était certaine qu'à eux tous, ils réussiraient à mener à bien le plan de sauvetage établi avec tant de précision. La danseuse avait convaincu la Résistance de confier la mission à Étienne Guinart qui, domicilié à Londres, se débrouillait pour traverser la Manche avec tant de discrétion qu'on ne savait jamais s'il se trouvait en Angleterre, à Paris ou dans des contrées plus exotiques. Guinart avait transmis à Jana, Laurent et Montlum les détails du plan, accompagnés de directives précises.

Joséphine Baker avait réservé plusieurs wagons à ses frais. Millionnaire, elle avait décidé de consacrer sa fortune à aider les réfugiés, les persécutés. Avec le soutien de son secrétaire et de son avocat, elle passa plusieurs matinées à la douane de la gare d'Austerlitz à remplir, selon les conseils de Laurent, des feuilles de route spéciales décrivant le contenu de ses bagages : parfums, chapeaux, robes, éventails...

Le précieux chargement des trois derniers wagons était bien différent. Aucun document ne mentionnait les deux cent cinquante hommes, femmes, enfants et vieillards qui se dirigeaient vers l'Espagne. Joséphine Baker n'avait pas hésité à signer une fausse déclaration. Des membres de la Résistance l'avaient prévenue des risques qu'elle encourait si elle était découverte. Ces hommes étaient ses compagnons, car l'artiste travaillait pour les services d'espionnage français, se servant de ses invitations aux dîners et cocktails des ambassades pour glaner toutes sortes d'informations. Son plus grand fait d'armes avait été de remettre à ses contacts un livre de codes italo-germanique.

Avec ces antécédents, il était impensable qu'elle puisse avoir peur. Comme Jana, comme Laurent, elle se disait qu'elle n'avait qu'une vie et que celle-ci pouvait permettre d'en sauver beaucoup d'autres.

Mercredi 7 juillet

Des guirlandes de papier étaient suspendues sur la marquise de la gare. La musique résonna avant que l'artiste et son « secrétaire » ne posent le pied sur le quai couvert de bouquets et de plantes. Un gendarme, en uniforme de gala, l'aida à descendre du wagon. Joséphine le remercia d'un immense sourire. Arlette et Laurent s'approchèrent d'elle. Elle les salua comme si elle ignorait qu'ils étaient à la tête de toute cette opération.

« *Tout cela est merveilleux* !* » s'extasia-t-elle tout en lançant des baisers à la foule venue l'accueillir avant d'effectuer quelques pas de charleston accompagnés par le violon de Montlum, sous les applaudissements du public.

Gröber se sentit obligé de faire acte de présence. Il approchait aux côtés du capitaine Wagner quand, en passant devant Jana, il ne put se retenir de s'exclamer :

« *Ach ! Eine Schwarze ! Es ist nur eine Schwarze*[1] *!* »

Il sortit par la porte qui donnait sur le fleuve

1. Une Noire, ce n'est qu'une Noire !

Aragon tandis qu'on s'affairait de l'autre côté pour mener à bien une évasion spectaculaire. Une nuée de photographes suivait la vedette qui s'avançait, sous les regards de l'assistance hypnotisée par la beauté et le charisme de cette femme sculpturale. Les plus extatiques étaient les soldats allemands, si bien que, par miracle, personne ne remarqua le groupe important de religieuses et de prêtres qui descendit du train à l'autre extrémité. Avec une révérence et un sourire insolent, Joséphine Baker quitta la gare à bord de sa Cadillac 341 Roadster tandis que Gröber se dirigeait vers La Serena. Au même moment, un groupe de malades et de handicapés avançait sous la houlette d'une dizaine d'infirmières. Les plus âgés étaient transportés dans des fauteuils roulants improvisés. Des douzaines d'enfants les accompagnaient. Pour tous ceux qui se trouvaient encore là après le départ de la Cadillac, il ne faisait aucun doute que ce groupe arrivait de Lourdes.

Didier partit à La Serena surveiller Gröber. Les soldats qui patrouillaient sur le quai regardèrent passer les malades, les religieux et leurs accompagnateurs avec indifférence. Jana les attendait dans la grand-rue, déserte. Elle les conduisit au point de rendez-vous où trois autobus se tenaient prêts à les conduire à Huesca. Quand les chauffeurs, payés par la Résistance, démarrèrent, Jana songea que sa vie était faite d'adieux. Mais elle se consola, ils avaient de nouveau triomphé sur la barbarie.

Le soir même, tout le monde se retrouva chez les Juste.

Laurent exultait :

« Vous savez ce qu'on m'a dit ? Nous avons déjà aidé à évacuer plus de deux mille personnes. Vous pouvez être fiers, sans vous, rien n'aurait été possible. »

Jana songea qu'elle aurait aimé avoir Esteve auprès d'elle pour partager ce moment. Son absence lui pesait. Comme s'il lisait dans ses pensées, Montlum lui passa un bras autour des épaules, puis alla chercher son violon et fit retentir les premières notes d'un charleston. Arlette et elle se levèrent et se lancèrent dans une danse endiablée.

40

À travers l'arcade du pont

Jeudi 9 juillet

Les clients de La Serena, occupés à jouer aux cartes ou aux dominos, virent passer Esteve qui semblait pressé.

« Celui-là, il a une fille en tête. On le voit beaucoup ces derniers temps…

— Si j'étais toi, je ferais attention à ma gamine », se moqua un autre.

En sortant de la gare, à travers l'unique arcade

du pont, Jana aperçut Esteve, qui se dirigea vers elle d'un pas déterminé. Il avait hésité à se rendre à l'enterrement de Voltor, après tout, il faisait partie de son histoire, puis avait renoncé. La seule chose qui pouvait le convaincre de se rendre en ville, c'était de revoir Jana. Voilà pourquoi il sourit quand le hasard la mit sur son chemin, ce jour-là. Une fois à sa hauteur, il lui proposa d'aller se promener. Jana rougit et accepta d'un hochement de tête avec l'impression de commettre une transgression. Ils se dirigèrent vers la route de France et prirent le sentier des Mélancoliques. Un peu gênée, elle voulut le mettre au courant des derniers événements, mais, avant qu'elle ne puisse dire un mot, il lui demanda si elle connaissait les cascades d'Ordesa, comme si la référence à ses eaux cristallines pouvait emporter les mauvais souvenirs. Mais Jana, sans répondre à sa question, s'empressa de lui dire ce qui lui importait le plus :

« Esteve, avant tout, je veux te remercier de ce que tu as fait.

— Tu comptes m'offrir un autre pot de miel et du fromage ? » plaisanta-t-il.

Il ne savait jamais où il en était avec elle et décida de la taquiner un peu.

« Non, c'était Pilar qui… Je l'apportais à Arlette…

— Mais les baisers étaient bien les tiens. C'est pour ça que je les ai tant appréciés. »

Il n'avait pas oublié l'émotion qu'elle avait suscitée en lui lors de sa visite en prison. Il avait beau se répéter que ce n'était pas le moment, il voulait quand même tester jusqu'où elle était prête à aller.

« Esteve, je n'ai pas beaucoup de temps... », annonça-t-elle.

Elle ne voulait pas lui donner de faux espoirs. Elle s'était laissé surprendre, toute à sa joie de revoir Valentina qu'elle croyait perdue, mais devait rattraper la situation.

« Tu es venue me voir à Huesca, je ne l'oublierai jamais, Je te l'ai déjà dit. D'ailleurs, tu n'as jamais répondu à ma question... »

On aurait dit un duel où aucun ne baissait la garde, refusant de céder.

« Tu veux savoir pourquoi je suis venue te voir ? »

Jana se détendit et lui sourit. Ils parlaient pour la première fois d'eux-mêmes.

« Non, ce n'est pas ce que je te demandais. Tu es venue parce que tu en avais envie, je le sais, tu aurais pu envoyer quelqu'un d'autre... Je te parlais des cascades d'Ordesa.

— Oui, bien sûr, j'aurais pu envoyer quelqu'un... Je ne l'ai pas fait. Tu sais pourquoi ? Parce que je fais toujours ce que je veux et, ce dimanche-là, j'avais envie d'aller à Huesca. Moi aussi, je vais où je veux. Je ne sais pas ce que tu es allé t'imaginer... »

Elle s'interrompit. Ils avaient rejoint la rue principale. Tandis qu'Esteve s'approchait de son cheval et dénouait les rênes, Jana regarda sur le trottoir d'en face une publicité pour le vermouth Martini sur laquelle apparaissait une femme très sophistiquée à laquelle elle espérait ressembler un jour. Esteve remarqua son regard et lui lança en guise d'adieu :

« Elle ne demanderait pas mieux... »

Jana se sentit rougir. Il avait lu dans ses pensées. Elle s'en voulut d'être aussi transparente.

41

Nuit et brouillard

Mercredi 14 juillet

Sa résistance, mais aussi son apparente froideur vis-à-vis d'Esteve faiblissaient. Jana eut pour la première fois des doutes sur l'idylle du contrebandier avec doña Mimín. Peut-être s'agissait-il finalement d'autre chose…

Dans l'après-midi, Jana partit fêter seule avec Montlum ses vingt-cinq ans dans le café d'un village voisin. Elle n'avait voulu prévenir personne d'autre. Tous deux attablés près de la vitrine donnant sur l'avenue principale, Montlum fumait tandis qu'elle se régalait d'une généreuse part de forêt-noire. L'occupation allemande s'était étendue jusqu'aux cuisines.

« Ce Casanarbore est pire qu'un Barrabas, déclara son ami. Mais elle, elle est si belle, elle rend le présent supportable… » poursuivit-il, pensif.

Jana ne put s'empêcher d'éprouver une certaine rage. Elle en avait assez de cette admiration béate. Elle lui paraissait injuste. L'épouse du gouverneur avait du temps et de l'argent à consacrer à sa beauté, pas Jana. Heureusement, Montlum passa à un sujet plus pressant.

Il devait l'informer des représailles du gouvernement nazi contre les détenus accusés d'espionnage. Selon le décret « Nuit et brouillard », *Nacht und Nebel*, il était désormais possible d'extrader en Allemagne toutes les personnes représentant un danger pour la sécurité de l'armée allemande, y compris les citoyens des pays qui avaient signé un armistice ou capitulé. Les détenus étaient envoyés dans des camps de concentration, leur uniforme marqué d'un « NN » pour les distinguer des autres prisonniers. Considérés comme des traîtres ayant commis le plus impardonnable des crimes – comme si le régime était lui-même un parangon de probité –, ils se voyaient condamnés à une mort certaine.

Jana se souvint des instructions que Laurent lui avait données sur la manière de se comporter en cas d'interrogatoire. Elle s'était exercée face à Gröber, qui avait voulu la prendre en flagrant délit de mensonge, lui faire peur, la pousser à se contredire. Elle s'en était sortie en coupant court à la discussion.

Elle apprit à Montlum qu'Étienne Guinart, qui lui envoyait les livres et les avait aidés depuis Paris à préparer le voyage de Joséphine Baker, devait leur rendre visite bientôt, car il lui fallait régler certains détails d'une importance vitale relatifs à la maternité d'Elne.

42

Papier carbone

Samedi 17 juillet

Jana aperçut Esteve par la fenêtre de sa chambre où elle lisait, comme à son habitude, pendant son heure de repos. Il arpentait le quai de façon désinvolte comme s'il était chez lui. Elle se retint de descendre le retrouver. Il leva la tête, l'aperçut et la salua en ôtant son chapeau. Puis il regarda autour de lui. Il semblait chercher quelqu'un. Depuis leur promenade, elle le sentait plus proche d'elle. Il lui avait laissé un bouquet de fleurs champêtres à la réception et l'un de ses hommes, qu'elle avait croisé au village, s'était approché pour lui dire que son chef lui transmettait ses amitiés. Ces simples attentions la sauvaient d'un abîme de doutes.

Elle savait, grâce à Laurent, que, le lendemain, des tonnes de minerais destinés aux usines d'armement allemandes devaient transiter par la gare. Si les employés se voyaient octroyer un jour de congé, cela signifiait que ce convoi coïnciderait avec une nouvelle expédition d'or. Les opérations seraient surveillées par les soldats allemands, de façon à éviter tout vol. C'était donc le meilleur moment pour faire entrer des centaines de Juifs sur le territoire, pendant que tout le monde était occupé.

Les samedis étaient des journées chargées pour Jana. En plus des dîners, il y avait le bal. Et les clients étaient plus nombreux à la frontière en ces fins de semaine. Elle terminait sa journée, épuisée, quand, en passant avec un plateau de liqueurs, elle croisa Gröber qui l'obligea à s'arrêter :

« *Frau* Belerma, montez vous changer, lui ordonna-t-il de ce ton péremptoire qu'elle détestait.

— Je n'ai pas fini mon service.

— Tout est arrangé, je m'en suis occupé. Montez. »

Elle finit son tour et repartit déposer le plateau vide dans la cuisine, inquiète. L'officier aurait-il recouvré la mémoire ? Non, Laurent lui avait dit que c'était impossible. Il devait y avoir autre chose. Mais quoi ?

Son affolement s'accrut quand elle vit, suspendu à sa porte, un cintre avec une robe, un collier et un sac. Elle se changea. La robe, avec son décolleté en V et sa jupe à godets, lui allait comme un gant. Elle enleva sa coiffe, dénoua ses cheveux et les brossa. Elle hésita à se maquiller. Elle ne voulait pas se faire belle pour lui.

Elle retourna au salon. Gröber, qui la guettait, s'avança et lui prit délicatement la main. « Vous avez l'air si peu espagnole, ma chère… Freya », lui susurra-t-il à l'oreille. Une valse retentit au même instant. Elle sentit tous les regards posés sur elle, ceux des clients et de ses collègues. Elle avait honte, l'impression de se prostituer. Gröber ne disait pas un mot, il se contentait de sourire. Malgré le rythme enlevé, son cœur était lourd.

Le couple dansait depuis quelques instants à peine

quand Esteve entra dans le hall de la gare. Il avait rendez-vous avec un client qui lui avait proposé un marché très lucratif. Il fallait transporter cinq cents kilos de savon de Marseille en carrés de quatre cents grammes. Il lui restait à connaître les lieux de chargement et de livraison ainsi que d'autres détails, dont sa commission.

Le bal battait son plein, la salle était comble, comme put le constater Esteve en passant devant les portes vitrées avant d'emprunter le couloir qui menait aux chambres. Il s'arrêta pour contempler cette scène qui semblait appartenir à une autre époque. La salle de bal était la pièce la plus richement décorée de tout l'hôtel avec ses miroirs aux cornes d'abondance dorées et ses chaises tapissées de satin. Il allait partir quand il aperçut, à travers les verres biseautés, le couple qui occupait le centre de la pièce, virevoltant sous le lustre. Gröber enlaçait une femme qui n'était autre que… Jana ! Esteve, figé sur place, vit l'officier glisser sa main dans le bas du dos de la jeune femme. Il éprouva alors une rage sourde mêlée d'une sensation de perte, comme si l'Allemand s'était approprié quelque chose qui ne lui appartenait pas. Comme si ce qu'il venait de voir était une infamie, une profanation.

Il était hypnotisé par les godets de la jupe de Jana qui caressaient le bas du pantalon de Gröber. Il aurait voulu que ce soit sa main autour de sa taille fine. Il se retint d'entrer dans le salon, de prendre Jana dans ses bras, de l'arracher à ce nazi et à ses caprices… Mais elle était peut-être consentante ? Ils partageraient ensuite une bouteille de champagne, il lui proposerait de le suivre en Allemagne à la fin de la guerre et elle accepterait… À moins que tout ça ne fasse partie de ses activités clandestines ? Jana cherchait peut-être à lui soutirer des informations… Dans les deux cas, il la trouva encore plus désirable.

L'esprit encore empli des images de cette valse maudite, Esteve se rendit à son rendez-vous. Il ne vit pas Jana quitter le salon en courant dès que les dernières notes de l'orchestre eurent retenti. Elle n'aurait jamais imaginé qu'une danse puisse être aussi désagréable, humiliante. Elle s'étonna cependant que Gröber l'ait laissée partir.

Une fois dans sa chambre, elle se débarrassa de sa robe qu'elle jeta au sol et se coucha. Heureusement, personne ne vint la réclamer. Elle avait passé la journée à obéir aux ordres, sans baisser la garde une seconde pour qu'il ne manque rien sur les tables, sur le comptoir, sur les étagères, elle avait monté des paniers, défait des paquets…

Comme pour compenser ces gestes d'automate, elle fit un rêve si tangible, si charnel, qu'il ne pouvait être le fruit de son imagination. Elle se trouvait sur une plage en compagnie d'Esteve. À chaque instant, elle avait peur en se tournant de découvrir Gröber à la place d'Esteve. Ils échangeaient un long baiser puis s'asseyaient sur des dunes dans un paysage d'Afrique du Nord. Fébrile, impatiente, elle désirait sentir son poids sur elle, qu'il n'y ait plus que son corps, ses yeux, le ciel, son rire. Au sommet de la falaise, Mimín les observait, un grand sourire aux lèvres, comme si elle leur donnait sa bénédiction… Dans son rêve, le temps s'était arrêté, mais, dans la réalité, Jana sentait l'odeur d'Esteve, sa bouche sur ses lèvres puis sur sa poitrine, sa main caressant sa cuisse…

Les lamelles des stores vénitiens de sa chambre étaient complètement fermées, la porte de la salle de bains verrouillée, ainsi que la petite fenêtre intérieure, et le rideau tiré ; pourtant, l'agitation qu'elle avait ressentie dans ses rêves face à la mer épaissit l'atmosphère à l'intérieur de la chambre : elle sentait l'iode, l'air était plus dense, comme s'il abritait la respiration de deux personnes.

À son réveil, Jana découvrit, posée sur sa table de chevet, par-dessus le volume de son *Monte-Cristo*, une branche de romarin bien réelle, qui ne s'y trouvait pas quand elle s'était couchée. Comme pour chercher une réponse, elle ouvrit le livre au hasard et lut : « Grâce à certaines herbes cueillies à des époques précises, que vendent aux contrebandiers les vieilles Sardes, la blessure se referma très vite. »

Elle se redressa, inquiète. Elle vit que des traces de pas avaient sali le carrelage : quelqu'un était entré pendant la nuit. Elle pensa tout de suite aux faux papiers, à son matériel, se leva et vérifia que tout était à sa place. Elle versa une cruche d'eau dans la bassine, mais, avant de se laver, sentit ses poignets. Elle découvrit un parfum qui évoquait le feu de bois, la montagne, comme si elle se trouvait en pleine nature, au milieu d'un sentier s'enfonçant dans la forêt. Elle pria pour que ce soit Esteve qui était entré dans sa chambre sans faire de bruit, alors qu'elle dormait.

Ce dernier avait conclu un marché qu'il jugea très profitable, mais qui ne parvint pas à effacer la sensation que lui avait laissée la scène du bal. Il décida que lui aussi s'offrirait un cadeau ce soir-là. Il glissa une main dans la poche de sa veste et vérifia qu'il avait bien une branche de romarin sur lui. Il se faufila discrètement jusqu'à la chambre de Jana et ouvrit la porte sans faire le moindre bruit. Il put alors contempler à loisir la belle endormie, dont le visage paraissait sculpté dans le marbre. La chevelure rousse, bouclée, encadrait des traits d'une douceur rare maintenant qu'ils étaient au repos. Il sourit en pensant au ton déterminé dont elle usait toujours avec lui. Le tissu de sa chemise de nuit se tendait à chacune de ses respirations. Il s'approcha, se pencha et, malgré le risque qu'elle se réveillât, s'effrayât, criât, il ne put s'empêcher de déposer un baiser sur ces lèvres qui paraissaient s'offrir à lui.

43

Un dispensaire indispensable

Lundi 19 juillet

Comme si les mots possédaient un pouvoir d'invocation, deux jours plus tard, Laurent recevait une lettre, accompagnée d'un virement qu'ils devaient faire parvenir à la maternité d'Elne, dans les Pyrénées-Orientales, en Languedoc-Roussillon, territoire catalan. Cette institution avait été fondée quatre ans plus tôt par Elisabeth Eidenbenz, une infirmière suisse, dans un palais abandonné, le château de la famille Bardou, à la sortie du village d'Elne, pour permettre aux femmes enceintes des camps de concentration du sud-est de la France d'y accoucher dans des conditions dignes. À seulement sept kilomètres se trouvait le camp d'Argelès-sur-Mer. La majorité de ses internées étaient des réfugiées espagnoles ou juives. La Croix-Rouge faisait parvenir à Elne du lait concentré, du lait en poudre, de la farine, du riz, du sucre… On faisait des collectes alimentaires pour permettre aux enfants qui y naissaient, une vingtaine chaque mois, que la vie continue malgré la guerre.

Étienne Guinart, principal bienfaiteur de cet établissement, ne pouvait y apporter l'argent directement, aussi le faisait-il transiter par trois pays. La Gestapo avait des yeux partout, elle était omniprésente, omnisciente, et le gouvernement de Vichy disposait de nombreux mouchards. Cependant, la Résistance possédait des milliers de tentacules capables de pénétrer au fond de n'importe quelle grotte.

Jana n'en était pas certaine, mais, pensant voir sortir de La Serena l'un des acolytes d'Esteve, elle l'aborda. Elle avait raison, il s'agissait bien d'Arnaldo.

« Je dois parler à Esteve, où est-il ? demanda-t-elle sans préambule.

— Dans la montagne. Si tu veux me laisser un message, je le lui transmettrai. Je ne crois pas qu'il aimerait que je t'emmène à notre refuge.

— Je ne veux pas y aller. Dis-lui simplement qu'il me contacte le plus vite possible.

— Très bien », fit-il avec un petit sourire.

La situation amusait Arnaldo, qui devait penser qu'il s'agissait d'une amourette, ce qui arrangeait Jana. Elle évitait ainsi toute suspicion sur ses activités. Dans la Résistance, la main droite devait ignorer ce que faisait la gauche. Jana et Laurent ayant appris par les messages codés de Guinart que le trafic des sauf-conduits avait commencé, elle devait voir Esteve au plus vite.

Pendant ce temps, Gröber, installé dans la salle de réunion contiguë à sa chambre, rédigeait un communiqué selon lequel ses subordonnés devaient arrêter tout passager tzigane, homosexuel, malade mental ou handicapé. Ce texte était une copie d'une directive du Reich. Il avait décidé d'appliquer la Solution finale à Canfranc afin d'y instaurer les normes du national-socialisme. De cette façon, il rattraperait son erreur concernant l'affaire des chevaux. Il voulait rentrer au plus vite à Berlin, la capitale de la nouvelle ère, mais avec une médaille, la plus haute distinction si possible, épinglée sur la poitrine.

44

La mariée du vent

Jeudi 22 juillet

Jana se trouvait dans la pièce située à côté de la douane, que l'on utilisait parfois comme infirmerie. Elle y rangeait les rouleaux de gaze, pansements et flacons de chloroforme expédiés par la clinique universitaire de Saragosse et destinés à Elne.

Elle avait découvert qu'on avait de nouveau arrêté Esteve, accusé cette fois de trafic de devises. Elle ignorait que le gouverneur, en apprenant la nouvelle, allait remuer ciel et terre pour le faire libérer.

On l'avait surpris alors qu'il sortait deux valises remplies de livres sterling d'une cachette, près du clocher de l'église Notre-Dame-du-Pilar. L'argent, qui provenait du consulat britannique, était le combustible leur permettant de poursuivre leurs actions à Elne, à Miranda, et surtout de graisser les rouages sur le trajet que parcouraient les réfugiés : Canfranc, Madrid, Lisbonne. Une nouvelle paralysie des activités, ajoutée à la prudence qu'imposait la présence de Gröber, aurait des conséquences funestes. Esteve était intelligent, mais un peu trop téméraire, se dit Jana. Il avait pu commettre une erreur par excès de confiance.

Pendant ce temps, ce dernier se retrouvait à Jaca où il partageait sa cellule avec un jeune prisonnier accusé d'homosexualité. Bien entendu, les gardes ne manquèrent pas de faire des blagues salaces sur la nuit qu'ils allaient passer ensemble. Esteve savait que ceux qui avaient si peur de ces « conduites déviantes » étaient généralement les mêmes qui désiraient le contact d'autres hommes, mais qui étaient incapables de confesser cette attirance et encore moins de la satisfaire, si bien qu'ils se défoulaient en invectivant les dégénérés, comme ils les appelaient.

« Laisse-les parler, ils n'ont rien de mieux à faire », se moqua Durandarte.

Le jeune homme ne devait pas avoir vingt ans, il était encore imberbe et tout pâle. Après avoir bavardé avec lui, Esteve se promit de ne pas l'abandonner aux mains de ces rustres, qui finiraient par le tuer pour éviter qu'il ne raconte les vexations subies pendant sa détention, preuves de la perversité de ses bourreaux.

Quand Laurent entra dans l'infirmerie où se trouvait Jana, elle lui fit part de son inquiétude :

« J'ai une sensation étrange, comme si j'avais reçu un avertissement. Quelque chose cloche.

— Ce n'est pas nouveau, la rassura-t-il. Nous courons en permanence de gros risques.

— On sait quelque chose pour Esteve ? J'aimerais l'aider. J'ai une dette envers lui depuis qu'il a sauvé Valentina, et puis il s'est révélé précieux si souvent. Mais tu le connais mieux que moi.

— Je n'arrive pas à lui faire entièrement confiance… Je me méfie de tout le monde. »

Jana était décidée à lui tirer les vers du nez.

« Tu sais s'il a de la famille ?

— J'ignore presque tout de lui et tu voudrais que je connaisse ses proches ? Crois-moi, moins tu en sais, mieux tu te portes… Réjouissons-nous, le passage de Joséphine Baker a été une réussite. C'est la seule chose qui compte.

— Il faut faire sortir Esteve ! On court tous un risque tant qu'il reste en prison, ils pourraient remonter jusqu'à nous.

— Jana, les billets n'étaient pas marqués.

— Où sont les valises maintenant ?

— Dans le pire endroit possible, chez Gröber. C'est là où j'ai besoin de toi. Il va penser que l'argent est destiné à financer des manœuvres en faveur des Alliés. Il faut que tu le convainques que ce n'est pas le cas. Fais-lui croire que certains de ses compatriotes doutent de l'issue de la guerre, de la victoire d'Hitler, et qu'ils ont décidé de mettre leurs biens à l'abri. Dis-lui qu'il devrait y penser. Mais ne lui demande pas s'il a des économies, il croira que tu veux l'épouser ! se moqua Laurent. Raconte-lui qu'on trouve parfois des valises avec des devises autour de la gare, que certains regrettent de les avoir apportées et les abandonnent. Il t'écoutera. Tu lui plais. Il faut surtout faire en sorte qu'il garde l'argent et éviter qu'on n'ouvre une enquête. Cela nous donnera un levier pour le faire chanter. Assure-toi qu'il cache les valises dans sa chambre.

— Laurent, je ne vais pas jouer les Mata-Hari, il ne manquait plus que ça ! Que je lui plaise n'est pas un avantage, au contraire.

— Mais non, je ne te demande pas ça, voyons, je te considère comme ma fille. Jamais je ne prostituerais un de mes enfants. Bavarde avec lui et engage la conversation sur le sujet.

— Je me débrouillerai, mais, s'il pose une main sur moi, je rends mon tablier et vous ne me reverrez jamais plus. »

Sans le lui dire, elle considéra que cette manœuvre de diversion pourrait aider Esteve. Si elle convainquait Gröber que ce dernier ignorait ce qu'il transportait, il serait peut-être libéré. Grâce à elle… Une idée qui la ravissait.

Elle se reprit. Elle était folle. Comment se faire des illusions avec un homme amoureux d'une autre femme ? Bien sûr, elle avait remarqué l'intérêt d'Esteve à son égard, mais c'était peut-être une simple curiosité. Même si, parfois, il semblait la dévorer des yeux. Son aventure avec l'épouse du gouverneur n'était peut-être qu'un passe-temps ou une amitié utile. Elle avait envie de le croire parce que Esteve était le baume qui adoucissait ses cicatrices. Grâce à lui, elle avait découvert une nouvelle Jana, plus vivante, plus enthousiaste, gaie, légère.

Jana pensa à Joséphine Baker, à Alma Mahler. On disait que ces femmes étaient capables de provoquer de grandes passions, que les hommes devenaient entre leurs mains des pantins qu'elles manipulaient. Elle les admirait, même si elle ne voulait pas d'un Esteve docile, soumis…

Elle ne souhaitait pas vivre une romance, elle désirait un compagnon, un allié auprès de qui se battre, un homme avec lequel elle pourrait être elle-même, se détendre sans penser à rien d'autre.

Laurent poursuivit, interrompant le cours de ses idées :

« Nous devons maintenant préparer la venue de Max Ernst. Il est l'ami d'un Aragonais, de Calanda pour être précis, qui s'appelle Buñuel, un réalisateur. Il jouait même un voleur dans l'un de ses films[1]. »

Profitant de la bonne humeur de Laurent après les derniers succès, Jana déclara :

« Dimanche, j'irai à la prison de la tour de l'Horloge. Nous devons tout faire pour le libérer, nous avons une dette envers lui. »

Dès que la phrase fut prononcée, elle se rendit compte de ce qu'elle révélait de ses pensées intimes.

« Tu ne m'écoutais donc pas ? protesta Laurent, indigné. Tu sais qu'il y a une chose qu'une espionne ne peut pas se permettre : c'est de tomber amoureuse. »

Jana ne répondit rien. Elle s'attendait à cette réaction depuis longtemps.

« Ne te déconcentre pas ! Pour que tout se passe bien, ta priorité, c'est Gröber. Il doit fermer les yeux sur cette affaire. Débrouille-toi comme tu peux.

— Je ne vois qu'un moyen : me jeter dans la gueule du loup. »

---

1. *L'Âge d'or*, 1930.

45

Les deux chapelains

Dimanche 1er août

Esteve avait promis à son jeune compagnon de cellule, condamné pour avoir chanté une chanson populaire réservée aux femmes, de l'emmener :

« Tu vas venir avec moi dans les montagnes. Je sais que tu es courageux. J'ai besoin de gens comme toi. Tu vas voir, tu seras plus libre que jamais, personne ne te jugera. »

Vers dix heures du matin, deux prêtres se présentèrent aux portes de la prison. Ils demandèrent à voir Esteve Durandarte. Les gardiens les accompagnèrent, puis les laissèrent seuls avec le détenu. Les deux curés portaient un uniforme militaire sous leur robe et retirèrent cette dernière dès qu'ils furent seuls avec les prisonniers. Esteve et son compagnon revêtirent les soutanes et sortirent ainsi déguisés en chapelains. Comme ils étaient escortés par Silvino et Arnaldo, personne ne les arrêta en chemin.

Une fois dehors, Esteve et son compagnon durent ralentir le pas car il leur était difficile de marcher les jambes entravées. Quand ils traversèrent la place principale, Esteve prit son compagnon par le coude et l'entraîna en direction d'une passante qui portait un panier à son bras.

« Regarde, c'est le petit Chaperon rouge qui va

voir sa Mère-Grand ! Ça, c'est une surprise ! s'exclama-t-il en riant. Ce qu'elle ne sait pas, c'est que Mère-Grand a échappé au loup.

— Je ne comprends pas, il n'y a pas de femmes dans cette prison ? s'étonna son jeune compagnon.

— Je sais, c'est moi sa grand-mère. »

Esteve s'arrêta devant Jana qui sursauta.

« Tu as peur des curés maintenant ? » se moqua-t-il.

Puis il fit les présentations :

« Mon amie inconditionnelle, Jana, de Saragosse, employée à l'hôtel de Canfranc et… »

Il s'aperçut qu'il ignorait le nom de son compagnon.

Jana les regardait bouche bée. Elle cherchait encore le moyen de faire libérer Esteve et il apparaissait devant elle, comme si, pour lui, les murs étaient en papier.

« Tu veux nous accompagner prendre un bon repas, arrosé d'un excellent vin de Barbastro ? Je crois que mon camarade en a bien besoin. On nous a à peine nourris alors que ce n'est même pas le carême.

— Esteve, pas de blasphème ! Mais… Comment as-tu fait ? »

Il lui raconta en chemin l'intervention « miraculeuse » d'Arnaldo et de Silvino. Ils s'installèrent autour d'une table près de la vitrine dans un café sur la place. Quand le serveur apparut, Esteve commanda d'un ton déterminé :

« Un Martini pour ma cousine, rouge, et pour nous, un vin maison.

— Je ne viendrai plus jamais te visiter en prison, le menaça Jana qui avait du mal à cacher sa joie de le revoir. Tu ne prends jamais rien au sérieux.

— C'était la dernière fois. Ils ne m'attraperont plus jamais. Je te le promets. »

Son compagnon de fuite gardait les yeux baissés. Il récupérait de la tachycardie dont il avait souffert en grimpant les marches raides de la tour depuis la cave jusqu'à la sortie. Il n'avait pas encore prononcé un mot, et son teint était pâle. Il n'osait pas intervenir dans ce qui ressemblait à une discussion familiale. Il préféra se réfugier dans le silence et profiter de la sensation d'être en bonne compagnie, attablé devant tous ces mets, et de fantasmer sur ce qu'il voyait s'esquisser devant lui. Il ignorait ce qui l'attendait, mais il avait au moins la certitude qu'il serait traité comme un égal. Il croisa les mains sur son ventre maigre et sourit. Jana remarqua qu'il avait une jolie bouche, une expression agréable, mais le trouva trop féminin comparé à Durandarte.

Ce dernier leva son verre pour inviter Jana à trinquer : « À la chance !

— Tu parles d'une chance ! »

Elle s'essuya les lèvres après avoir bu une gorgée puis reprit :

« Tu ne vas tout de même pas voyager habillé comme ça ?

— Tu m'as apporté de quoi me changer ?

— Je ne suis pas ta servante ni ta lingère ! Tiens, je ne sais même pas pourquoi je reste…

— Allez, mange un peu, tu es toute maigrichonne », se moqua gentiment Esteve.

Jana reprit son ton déterminé :

« Voilà ce qu'on va faire. Je connais un graveur ici, nous irons chez lui, je suis sûre qu'il vous prêtera des vêtements. Une fois à la gare, on ne se connaît plus. Vous n'aurez qu'à descendre à Villanúa, tu sauras bien retourner dans les montagnes.

— Comme il te plaira », acquiesça Esteve après avoir fini son verre de vin tandis que leur jeune ami les regardait tour à tour, sans comprendre quel lien de parenté unissait ces deux-là, qui avaient tout l'air d'un couple.

46

La femme sauvée par des ailes de dragon

Lundi 2 août

La nouvelle ne surprit personne, mais cela n'empêcha pas les commentaires d'aller bon train, car elle éveillait une curiosité malsaine. Dans toute la Jacétanie, doña Mimín était appréciée ; on avait pitié d'elle, quel supplice de vivre avec l'affreux Casanarbore, mais surtout on lui savait gré de son infatigable dévouement auprès des plus démunis qu'elle visitait en compagnie de sa fidèle servante Palmira. Elle secourait les détenus de Miranda, cherchait du travail aux veuves, intercédait en leurs noms auprès de membres du gouvernement franquiste qui signaient des lettres de recommandation. Lors de leurs déplacements, elle logeait toujours avec Palmira, car elle détestait dormir avec son mari. Elle était passée de l'indifférence au dégoût après ses derniers exploits qu'il appelait « goyesques », comme s'il s'agissait de plaisanteries. De la chambre mitoyenne qu'il occupait, en exil, Gervasio les écoutait parler des heures durant, l'oreille collée au mur. Palmira était sans nulle doute la meilleure amie de sa femme.

Une nuit à Madrid, alors qu'il rentrait tard au Ritz, il entendit s'élever dans la chambre de sa femme, qui jouxtait la sienne, des gémissements de plaisir. Comme il ne voulait pas frapper à la porte, ni la faire ouvrir de force par le personnel, il descendit au bar, avala quatre cognacs et mijota son châtiment. Elle allait voir, cette mijaurée qui se faisait passer pour une sainte ! Jamais elle ne lui ferait porter des cornes, plutôt la tuer ! La vengeance était un plat qui se mangeait froid, il attendit donc leur prochain séjour pour la mettre à exécution.

Pendant que son épouse montait dans sa chambre, le gouverneur s'entretint avec le directeur de l'hôtel qu'il avait fait mander. Quand Casanarbore lui expliqua ce qu'il souhaitait, le directeur fit venir un groom :

« Prévenez Mme Casanarbore, dites-lui de ne pas

défaire ses valises, que nous allons la déménager dans la suite présidentielle. »

Alors que son subordonné s'éloignait, le directeur se montra très sec avec le gouverneur :

« J'accepte parce que vous êtes un homme du régime, mais je vous demande la plus grande discrétion : si l'on apprend comment est agencée cette chambre, ce serait une catastrophe, la presse s'en emparerait tout de suite et, pour faire taire un tel scandale, je devrais rendre des faveurs tout le restant de ma vie. Mais vous savez comment est notre époque… et qui se loge ici. J'espère que vous vous comporterez comme un gentleman.

Doña Mimín occupa donc, pour la première fois, la *suite** présidentielle qui possédait une disposition particulière.

Le soir venu, Casanarbore prévint son épouse qu'il s'absentait pour un dîner entre militaires. Comme il s'y attendait, lorsqu'il rentra deux heures plus tard, il entendit les gémissements de sa femme. Il entra dans la chambre contiguë, monta sur une banquette et colla son œil sur une ouverture pratiquée dans le mur. La fente correspondait à un tableau de l'autre côté de la cloison, représentant une dame couverte d'une étole en hermine. Le trou avait été bien dissimulé derrière une gaze qui couvrait les yeux du personnage.

Il vit ainsi sa femme qu'il croyait si chaste, enlacée à… Palmira, leurs deux corps nus roulant sur le tapis. Sa femme n'avait jamais été aussi belle. La tête de sa compagne se glissa entre ses jambes et des cris de plaisir montèrent. Malgré ce que cette scène signifiait, elle lui plut tellement – il s'attendait à pire, un jeune gominé qui posséderait sa femme – qu'il ne put se retenir, il défit son pantalon et se mit à haleter et à gémir lui aussi.

Quand Jana entendit les premières rumeurs sur doña Mimín qui s'était enfuie avec sa femme de chambre, elle éprouva un profond sentiment de paix. Selon Montlum, c'était un dénouement naturel, né de la proximité entre ces deux femmes qui se moquaient de leurs différences sociales. Jana poussa un soupir de soulagement alors que tous ses soupçons se dissipaient. Elle s'en voulut d'avoir cru les mauvaises langues qui prétendaient, comme si elles avaient assisté à la scène cachées sous le lit de la femme du gouverneur, qu'Esteve était son amant. Cela lui servirait de leçon. Elle comprenait maintenant que ces commérages les arrangeaient tous les deux, Esteve parce qu'ils détournaient l'attention de ses véritables activités, et doña Mimín parce qu'ils lui servaient d'écran pour dissimuler ses véritables inclinations.

Malgré tout, il restait encore de nombreux obstacles entre Esteve et elle.

47

Une semaine de bonté

Mardi 3 août

Pour Max Ernst, qui bénéficia de l'intercession du comité de Fred Deyermond, le réseau de Canfranc fonctionna avec son efficacité habituelle. Alma Mahler qui, depuis l'Anschluss, logeait à Paris, arriva dans le nord de l'Aragon accompagnée de son mari, le poète et romancier Franz Werfel, de l'écrivain Heinrich Mann, frère de Thomas Mann, de son épouse, Nelly, et de leur neveu, Golo, ainsi que de Lion Feuchtwanger, auteur du *Juif Süss*, et de sa femme Marta. Ses livres avaient été brûlés par les nazis, sa maison pillée, saccagée, il fut déclaré ennemi public numéro un. L'aider signifiait s'exposer à une détention immédiate par la Gestapo. Mais on réussit à les conduire jusqu'à Pau puis, avec cinq guides, à leur faire traverser les Pyrénées à pied par un sentier muletier.

Quand Jana et Laurent retrouvèrent le groupe dans la forêt, tous paraissaient morts de peur, sauf Alma Mahler, qui avait pris le commandement. Cette femme très énergique possédait un regard intense et des gestes décidés imposant le respect. Jana sentit qu'elle se trouvait devant un mythe vivant. Les réfugiés dépendaient de tant de variables arbitraires à cette époque. Le pire était la délation de la part de ceux auxquels ils avaient fait confiance, sans savoir qu'il s'agissait d'agents de Vichy ou de la Gestapo. Leur seule certitude était qu'il n'y avait plus rien de rationnel, et cela les rendait vulnérables.

Ils étaient bouleversés par la compassion que plusieurs gardes-frontières, indignés par la convoitise de certains, leur avaient témoignée. Alma et Marta avaient fait le plein de cigarettes à Paris pour les offrir aux sentinelles lors des premiers contrôles. Et bon nombre d'entre eux avaient détourné les yeux côté français. Seuls deux hommes avaient agi pour les aider : un inspecteur de la gendarmerie qui s'était montré d'abord très hostile, mais avait fini par accepter leurs documents, pourtant d'une authenticité douteuse… et Laurent Juste, qui s'était occupé d'eux une fois qu'on les avait sortis des griffes de la police de Vichy.

Leur dernier guide les avait laissés dans un coin ombragé d'où ils pouvaient contempler la gare de Canfranc. Vue de cette hauteur, celle-ci paraissait encore plus imposante. Ce groupe d'intellectuels qui se découpait sur un arrière-fond vert et ocre, formé de fleurs champêtres et de cascades où ruisselait l'eau des cimes, composait un tableau aussi irréel qu'un *collage** de Max Ernst.

Le plus difficile restait à faire, descendre et entrer dans le val des Arañones quelques instants avant le départ du train. Laurent s'était déjà procuré les billets la veille.

Didier avait caché derrière une fontaine imposante recueillant l'eau de montagne un sac contenant des vêtements de rechange. Mais alors qu'ils s'habillaient, ils furent interrompus par un bruit de moteur. Laurent leur fit signe de s'accroupir derrière le muret entourant la fontaine.

Leurs craintes furent confirmées, il s'agissait bien d'une patrouille allemande. Les soldats s'arrêtèrent et s'approchèrent pour se désaltérer. Puis ils retirèrent quelques pierres descellées et dégagèrent une boîte métallique qu'ils posèrent sur le banc tout proche.

Après avoir enlevé leurs bottes, leurs chaussettes, puis glissé les pieds dans la vasque, sous le robinet ornemental en forme de lion, les deux hommes sortirent de la boîte un petit paquet ficelé avec une corde. L'un d'eux l'ouvrit en faisant attention à ne pas répandre la poudre blanche qu'il contenait. Pendant ce temps, l'autre sortait un paquet de Gauloises de sa poche. *Liberté toujours*, disait le slogan sur fond bleu. Chacun humecta la cigarette de sa langue, puis la fit rouler dans la cocaïne. L'odeur de goudron de ce tabac était très forte, Laurent craignit qu'elle ne fasse tousser un des réfugiés, mais il n'y eut aucun bruit. Les Allemands terminèrent leur pause, se rechaussèrent et remontèrent dans leur véhicule. Les fugitifs purent alors finir de se changer et fourrer leurs vieux vêtements dans le sac de toile qu'ils remirent dans sa cachette ; Didier s'en débarrasserait plus tard dans la chaudière de la locomotive.

Ils descendirent lentement vers la gare. Comme prévu, Arlette, qui arrivait du village, les rejoignit près du pont. En débarquant sur le quai, ils virent Gröber, dans son uniforme rutilant sur lequel se détachait son brassard avec la croix gammée rouge sur fond noir. Laurent se tourna alors vers Lion Feuchtwanger qui, malgré ses lunettes et son chapeau, risquait d'être reconnu :

« Entrez dans le hall et restez près du kiosque jusqu'au départ du train. Vous autres, vous m'accompagnez et vous me laissez parler. »

L'officier, plein de morgue, ne les quittait pas des yeux, comme s'il assistait à un spectacle, pendant que Laurent, tel un guide touristique, montrait les montagnes, le fort militaire du col des Voleurs érigé sur une falaise au-dessus de la frontière française. Gröber avança vers eux, le regard fixé sur Alma Mahler.

« Madame, nous nous connaissons ? demanda-t-il en castillan.

— Je vous présente mes sœurs, expliqua Laurent, leurs maris, mon neveu et ma belle-sœur.

— Elle me rappelle quelqu'un… insista l'officier sans quitter des yeux la Viennoise.

— Toutes les belles femmes se ressemblent, plaisanta Laurent.

— Soit. *Guten Morgen und gute Reise* », fit Gröber d'un air martial tout en cherchant à mettre un nom sur ce visage qui lui semblait familier.

Alors que le train s'apprêtait à quitter le quai, Feuchtwanger sortit du bâtiment des voyageurs et sauta dans un wagon avant de partir à la recherche de ses compagnons.

Une fois encore, le sifflement de la locomotive retentit comme un cri de victoire pour Jana. Ils avaient failli échouer, à cause d'un hasard malheureux. Laurent avait bien réagi en faisant passer les fugitifs pour des membres de sa famille bretonne. Même si Gröber s'était souvenu d'Alma, on aurait pu prétendre à une simple ressemblance et, jusqu'à preuve du contraire, cela ne constituait pas un délit.

Jana sourit sans se douter que de nouveaux événements allaient faire basculer l'été.

QUATRIÈME PARTIE

Août-septembre 1943

48

Le télégramme

Mardi 10 août

Le télégramme eut l'effet d'une bombe. Il arriva quand ils s'y attendaient le moins, que tout marchait comme sur des roulettes. Il disait de la façon la plus concise possible que M. Juste devait se rendre à l'hôpital Varsovie de Toulouse parce que ses résultats n'étaient pas bons. Bien entendu, le chef de douane n'avait effectué aucun examen médical et n'avait même jamais foulé le sol de ce lieu.

Jana, Montlum, Arlette et Didier, tous savaient ce que ces mots signifiaient. C'était le message qu'ils craignaient de recevoir depuis le début de leur mission.

« Ils nous tueront, Jana, tous, nous deux, mais aussi nos enfants, le petit Auguste, ma belle Solange, répétait Arlette, terrorisée. Et vous, qu'allez-vous devenir ?

— Du calme, Arlette, nous allons trouver une solution, comme toujours, la rassura Jana.

— C'est notre dernier jour ici, nous ne nous

reverrons plus jamais», balbutia Arlette entre deux sanglots, désespérée.

Jana était bouleversée, même si elle essayait de ne rien en montrer. Le télégramme les avertissait que la Gestapo avait découvert les activités illicites de Laurent et s'apprêtait à l'arrêter. Ce qui signifiait qu'ils allaient tous être déportés, disparaître dans le néant, mais qu'auparavant on leur ferait traverser les cercles de l'enfer.

Laurent se réfugia dans son bureau. Il avait commis une erreur de débutant et s'en voulait. Il n'avait pas peur pour lui, mais il ne se le pardonnerait jamais s'il arrivait quelque chose aux siens. Il ferma les yeux et demeura un bon moment la tête entre les mains, en se comprimant les tempes avec deux doigts comme pour presser son cerveau. Il pensa alors à Biel qu'il avait convaincu de refuser de collaborer avec l'ennemi. Le temps jouait contre lui. Il devait agir au plus vite, il n'avait plus de temps à perdre. Il avait moins de vingt-quatre heures pour mettre en place son plan d'urgence. Heureusement, deux jours auparavant, ils avaient pu faire sortir une vingtaine de personnes cachées dans le hangar. Le problème, ce n'étaient pas ces citoyens anonymes. Laurent savait que les S.S. devaient être furieux après avoir découvert que ceux qui comptaient tant pour eux, Feuchtwanger et son épouse, étaient hors de leur portée, à l'abri, sains et saufs. Cette évasion aurait aussi des répercussions sur Gröber, on considérerait que ce qu'ils appelaient l'«esprit de vacances» de Wagner avait déteint sur lui. Laurent songea que les fugitifs du Reich qu'ils sauvaient n'étaient ni plus ni moins courageux que lui, mais simplement poussés par le désespoir et l'envie de vivre. Il ne manquait ni de l'un ni de l'autre, alors il ne fallait pas se décourager.

Dans l'après-midi, Jana s'approcha de la maison des Français avec l'impression de se rendre à une veillée funèbre. En moins d'une minute, Laurent lui résuma son plan et la supplia de l'aider encore une fois.

« Ce sera la dernière, Jana, je te le promets.

— J'espère bien que non, répondit-elle en le serrant dans ses bras.

— Tu sais ce qu'il y a de plus beau dans la vie, Jana ? Avoir de vrais amis. L'amitié nous rend plus forts. Tu verras, tout se passera bien. »

Jana fut surprise qu'il conserve encore son assurance, ou qu'il ait assez d'énergie pour la feindre. Même Arlette paraissait plus calme, plus décidée, comme si elle avait versé toutes les larmes qu'elle devait verser.

« Tu sais quoi ? On va essayer, puisque de toute façon on n'a plus rien à perdre, dit-elle à Jana d'un ton impétueux.

— Nous en avons sauvé d'autres, Arlette, et maintenant c'est votre tour d'être mis à l'abri. Nous n'allons pas nous laisser attraper comme des lapins dans le terrier. Tout se passera bien, tu verras. Ton mari a tout planifié et tu sais combien il est méticuleux. »

Arlette avait conscience que Jana montrait une

assurance qu'elle n'éprouvait pas, que rien n'allait être aussi facile, mais elle voulait la croire. Dans un coin du salon se trouvait le petit Auguste, âgé de sept ans, quelques mois de moins que Sieglinde. Jana ne l'avait jamais vu aussi silencieux.

Solange entra alors pour prendre son goûter. Arlette ne pouvant s'entendre dire à voix haute et encore moins à sa fille ce qui occupait ses pensées, elle avait donc demandé à Jana de lui parler.

« Solange, ma chérie, tes parents vont partir en voyage et tu les rejoindras après-demain. Comme je dois travailler à l'hôtel, tu resteras ici à la maison. Je passerai te voir et, si tu as besoin de moi, tu viendras me chercher. Peu importe l'heure.

— Mais pourquoi ? Que se passe-t-il ? questionna Solange.

— C'est un secret, je ne peux rien te dire pour l'instant. Tu ne dois en parler à personne, promets-le-moi, et toi aussi, Auguste.

— Ils vont où ?

— Voir ta sœur à Madrid. Tu les retrouveras plus tard. Et si on te pose des questions, tu diras que tu ne sais rien. »

Les Juste ne pouvaient s'enfuir en pleine nuit. Trop repérables, on ne tarderait pas à les prendre en chasse. Il fallait absolument éviter tout soupçon. Solange resterait donc à Canfranc. Laurent et Arlette quitteraient le village vers seize heures, avec Auguste, comme s'ils allaient se promener. Didier les attendrait dans le tunnel du Somport. Ils devraient alors parcourir toute la longueur du tunnel, soit huit kilomètres, en moins de deux heures car, à dix-huit heures trente précises, le train de Valence entrerait en gare, et ils devaient à tout prix être sortis du tunnel à ce moment. Laurent s'était mis d'accord avec son ami Biel, ce dernier les attendrait de l'autre côté pour les conduire en voiture jusqu'à Saragosse.

Jana pensa à Esteve, qui se montrait désormais plus prudent et n'était pas descendu au village depuis longtemps. Ce qui ne l'empêchait pas d'être au courant de tout. Le matin même, il s'était débrouillé pour prévenir Laurent qu'on enquêtait sur eux sans se douter que les événements seraient si précipités. Elle devait lui parler. Elle eut même envie de partir se cacher dans la montagne, mais sa disparition aurait éveillé les soupçons. Au cours du dernier mois, elle ne l'avait vu que dans ses rêves ; ceux-ci étaient chaque fois plus torrides, comme si ce qu'elle avait appris sur l'épouse du gouverneur l'avait complètement désinhibée. Au réveil, il n'y avait rien, ni branche de romarin ni traces de pas.

49

Marques d'eau

Pour son dernier après-midi à Canfranc, Laurent fit preuve d'une activité intense qu'il dissimula au mieux afin de ne pas éveiller les soupçons. Il ne put s'empêcher d'énumérer tout ce qu'il avait accompli depuis son arrivée : les réfugiés juifs qu'il avait aidés à passer en zone libre, les documents transmis au consulat britannique de Saint-Sébastien et à Madrid, documents qui arrivaient ensuite à Londres par la valise diplomatique grâce à son ami Samuel Hoare ; Laurent admirait celui-ci pour la manière dont il avait fustigé le gouvernement espagnol dans un mémorandum, après une de leurs rencontres. Il y dénonçait le régime de Franco et sa manière de traiter les réfugiés. Il rappelait la convention de La Haye selon laquelle les prisonniers de guerre devaient être libérés en arrivant sur le territoire espagnol, puisque ce pays n'était pas entré en guerre. Le gouvernement soutenait qu'il tolérait leur présence et leur assignait une résidence, comme c'était son devoir. Ce qu'il ne disait pas, en revanche, c'était qu'il s'agissait du camp de Miranda de Ebro. Laurent se remémora aussi les cartes qu'il avait dessinées à partir de coupures de journaux, de vieilles revues militaires, d'atlas, des microfilms cachés dans des flacons d'antibiotiques, des faux papiers fabriqués par Jana. Tout ce qu'il avait été possible de faire, ils l'avaient accompli.

Comme il n'osait pas quitter la gare avec un paquet sous le bras, il chargea un des employés de la poste espagnole de déposer un carton à son nom à l'arrêt du bus conduisant à Villanúa. Il sortit quelques minutes plus tard, descendit à l'arrêt et prit le paquet. Puis il s'avança jusqu'au parapet, vérifia qu'il était seul, et le jeta dans le fleuve. Ce colis contenait la machine mécanographique sur laquelle il avait rédigé tant de rapports confidentiels. Elle sombra dans un tourbillon de bulles.

Il dirigea ensuite ses pas vers le village. Il ne pouvait partir sans passer par La Serena. Tricio devina à son expression ce qui se tramait, mais ils entamèrent une conversation à bâtons rompus comme si de rien n'était :

« Comment va le blé cette année ? Tu en vois passer beaucoup de tonnes ? C'est ça l'important, Laurent, même si on dit que l'homme ne vit pas seulement de pain, plaisanta-t-il en lui adressant un clin d'œil.

— Sers-moi une eau-de-vie. En septembre, nous aurons deux nouveaux professeurs.

— Ah, vous êtes des malins, vous voulez nous conquérir, faire de nous des Français ! Je te préviens, c'est peine perdue, on est des Aragonais indécrottables !

— Avec un peu de patience, on finira par y arriver.

— Tu vois ? C'est ce que je disais.

— Pilar est là ?

— Oui, tu peux y aller. »

Laurent entra dans la cuisine où un merveilleux fumet l'accueillit.

« Tiens, emporte ça pour mon amie Arlette et dis-lui que je ne la vois pas assez souvent. »

Elle lui tendit un plat couvert d'un napperon.

« Merci, Pilar », se contenta de répondre Laurent

qui savait que c'était le dernier cadeau qu'elle leur faisait. Il ne pouvait rien révéler à cette femme généreuse, aimable, qui se mit à chantonner sans se douter du danger qui menaçait cette famille française qu'elle aimait tant.

50

Le pont

Laurent voulait faire ses adieux à Esteve. Il ne pouvait pas quitter Canfranc sans le serrer dans ses bras. Il le fit appeler par des membres de son réseau. Le contrebandier Esteve avait gagné des galons à l'intérieur du réseau. Il participait chaque jour un peu plus à ses activités. Il ne s'occupait pas seulement des réfugiés pendant que Laurent simulait des coupures de courant, il servait également de messager, de contact avec certains Marseillais et Toulousains, et leur avait obtenu des marchandises rares. Durandarte regrettait de ne pas voir plus souvent Laurent qu'il considérait comme un homme loyal, droit, un bon père et un bon époux. Mais l'amitié entre un bandit qui narguait la police pour se consacrer à des trafics illicites et un chef de douane qui œuvrait pour que les règles soient respectées aurait paru suspecte.

Ils se retrouvèrent sur le pont. Ils avaient beaucoup

à se raconter, mais ils auraient bien le temps, quand tout serait fini. Le Breton, qui avait une dizaine d'années de plus qu'Esteve, se contenta de déclarer :

« J'ai reçu le télégramme. »

Le contrebandier n'eut pas besoin de plus d'explications. À force de penser à ceux que les nazis persécutaient, expulsaient de chez eux, jetaient sur les routes, spoliaient, humiliaient, ils avaient fini par oublier les risques que Gröber présentait.

Ce qui peinait le plus Laurent, ce n'était pas d'avoir été découvert, mais d'exposer Arlette et leurs enfants. Son aînée s'en sortirait. Pour les autres, il avait le sentiment dévastateur de les avoir sacrifiés.

« J'aimerais que tu t'occupes de Jana, lui dit-il. Elle est très seule et, sans nous, elle va être très triste. »

Puis il lui parla de Didier pour lequel il ne s'inquiétait pas car il avait un bon alibi, on ne pourrait rien prouver contre lui, et d'Étienne Guinart qui était à l'abri à Londres, même si cela faisait des semaines qu'on n'avait plus aucune nouvelle de lui. En entendant ce nom, Esteve sourit. De tous, Étienne et lui étaient les mieux préparés, capables d'affronter n'importe quelle épreuve.

Il fut reconnaissant à Laurent de lui confier Jana. Cela signifiait qu'il le jugeait digne de cette jeune femme que le chef de douane considérait comme sa propre fille.

Esteve serra Laurent dans ses bras, puis sortit de la poche de sa chemise une feuille qui, comme le brin de romarin, ne le quittait jamais. C'était un message que Laurent lui avait écrit au début de leur amitié.

Il y rédigeait à la fin: «On nous a accordé une seule vie, mais avec elle nous pouvons en sauver beaucoup d'autres. Ne l'oublie jamais.»

«Tu l'as toujours… s'étonna Laurent, ému.

— Prends-la, tu me la rendras quand nous nous reverrons.»

Ils se trouvaient sur ce pont au-dessus du fleuve Aragon, qui comptait beaucoup pour Esteve et symbolisait sa vie des deux côtés de la frontière.

«Et une dernière chose, quand tout ce cauchemar sera terminé, nous nous retrouverons à cette adresse.»

Esteve lui tendit une feuille arrachée à un calepin sur laquelle deux lignes figuraient. Laurent la prit sans s'attarder sur ce qui était écrit. Ceux qui œuvraient pour les Alliés disposaient de nombreux lieux secrets pour se réunir, il s'agissait de l'un d'eux. Ce qui comptait le plus, c'était que le monde recouvre la raison, que des jours meilleurs arrivent, pour pouvoir honorer ce vœu de se retrouver – peu importe le lieu.

Laurent Juste ignorait également où se cachait Durandarte quand il faisait trop sombre pour regagner les montagnes. Mais il était certain qu'il passerait cette nuit au village et que, le lendemain, il tiendrait sa promesse et pallierait leur absence auprès de Jana.

Comme souvent, la présence d'une patrouille allemande mit fin à leur rencontre.

51

Sous l'ombre de l'aigle de saint Jean

Mercredi 11 août

Cinq minutes après être sortis de leur domicile, Laurent, Arlette et Jana virent s'ouvrir devant eux la gueule sombre du tunnel du Somport. Elle ressemblait à l'entrée d'une forteresse avec ses deux pilastres surmontés de chapiteaux ; il ne lui manquait que le pont-levis et les douves. Elle était flanquée de deux pylônes à haute tension.

Sur la partie haute du mur, deux lions rampants encadraient l'aigle de l'écu couronné d'un collier. Le rapace semblait porter en son ventre une tour surmontant un rempart, un autre lion, des barres verticales rouges et jaunes et une bordure comme au crochet. Il s'appuyait, comme s'il s'agissait des béquilles d'un oiseau blessé, sur les colonnes d'Hercule. Sous les plumes de sa queue, les emblèmes des Rois catholiques, l'arc et les flèches.

« Un oiseau de pierre, dit Auguste, il se repose. »

Ni Arlette ni Laurent ne purent articuler un mot, si bien que ce fut Didier qui se chargea de distraire l'enfant.

« Nous allons entrer dans la montagne, tu verras, et ensuite nous réapparaîtrons dans un autre endroit, déclara-t-il pour donner à tout cela un air d'aventure.

— Où ? Chez ma grand-mère ? Et on mettra combien de temps ? »

L'enfant faisait allusion aux voyages que la famille effectuait pour arriver en Bretagne.

Didier fit tourner le robinet de la lampe à carbure et le garçonnet fut surpris de toute cette lumière.

« Tu veux que je te raconte une histoire ?

— Oh oui ! » dit Auguste avec un enthousiasme qui prouvait que, malgré tout le temps passé à écouter sur son cheval de bois, il ne comprenait pas tout ce qui se passait.

« Il était une fois un fermier qui trouva un œuf dans un bois. Il l'emporta chez lui pour qu'une poule le couve et un très vilain poussin noir en sortit, bien plus grand que ses congénères. Un soir de grande chaleur, un incendie se déclara dans la grange. Le fermier n'y était pas, sa femme était aux champs et, quand elle vit la fumée, c'était trop tard pour en sortir son fils de quelques mois. Les étincelles étaient tombées sur la maison, c'était comme un brasier gigantesque.

— Et le bébé a été brûlé ? »

Auguste était pressé de connaître la fin.

« Non, parce que le vilain poulet qui était si grand déplia ses ailes, se glissa dans le conduit de la cheminée et sortit l'enfant du berceau. Les parents pleurèrent beaucoup en entrant parmi les décombres, rien ne pouvait les consoler parce qu'ils avaient perdu leur fils.

— Mais il était vivant, l'oiseau l'avait sauvé, rappela Augustre comme si Didier avait oublié.

— Ils entendirent des pleurs dans le poulailler et s'y précipitèrent et là, entouré de poules, se trouvait le bébé. L'oiseau était en réalité un aigle. Imagine la joie des parents. L'aigle s'était rendu compte qu'il pouvait voler, mais avait préféré vivre comme les autres en attendant le moment où il aurait besoin de ses ailes. »

Auguste applaudit et s'amusa de l'écho que lui renvoyèrent les murs. Arlette et Laurent esquissèrent un sourire. Ils espéraient qu'à la sortie, ils trouveraient la voiture de Biel. Sinon, ils ne savaient pas comment ils pourraient rejoindre Saragosse.

Laurent avait appris la veille que les agents de la Gestapo chargés de son arrestation devaient arriver par le train de 10 heures. Il escomptait être hors d'atteinte d'ici là.

Biel les attendait, appuyé contre la portière de son Adler Trumpf Junior de 1939, quand il entendit un bruit de moteur et vit approcher une patrouille allemande. Deux soldats en sortirent.

« *Frontantrieb*, fit le premier en admirant la traction avant.

— Oui, on dit qu'elles tiennent mieux la route. Porsche a dessiné la suspension. On n'en fait plus de ce modèle-là, c'est dommage, répondit Biel tout en se demandant comment il allait pouvoir expliquer sa présence dans le coin. C'est une marque allemande, *Deutsch*, comme vous, très résistante. »

Son rendez-vous avec les Juste était à dix-huit heures vingt, dans dix minutes. S'ils émergeaient à cet instant, ils risquaient de le prendre pour un traître, de croire qu'il les avait dénoncés, et il ne pourrait pas les convaincre du contraire. Les apparences étaient contre lui, surtout après la conversation qu'ils avaient eue à La Serena.

Il ne savait pas non plus comment se débarrasser de ces soldats. Ils lui offrirent une cigarette qu'il ne put refuser alors qu'elles étaient rationnées en raison de la loi antitabac du Reich. Nerveux, il toussa fortement en inhalant la fumée.

Biel se décomposait, il sentait la sueur lui couler dans le dos et son pouls s'accélérer. Il crut entendre des bruits dans le tunnel alors qu'un des soldats montrait un oiseau à son camarade. Il eut peur qu'Auguste ne surgisse en courant, heureux de voir le bout du tunnel. Enfin, un des soldats consulta sa montre et poussa un cri. Il se précipita vers la voiture en appelant son camarade. Ils démarrèrent en trombe, laissant Biel qui sortit son mouchoir et se tamponna le front. Dès qu'ils eurent disparu, il courut vers le tunnel. Les Juste étaient collés contre la paroi à moins de vingt mètres de la sortie. Didier, qui s'était avancé, l'avait vu discuter avec les Allemands.

Auguste poussa des cris de joie en découvrant la Adler.

« Allez, allez, dépêchez-vous ! » cria-t-il, ravi de monter dans cette automobile. Il ne se calma qu'une fois installé à l'arrière. Biel et Laurent s'embrassèrent. Le chef de douane se moqua de son ami qui se remettait mal de ses émotions.

« Dire que tu voulais être espion ! »

Arlette contemplait le paysage comme pour le

mémoriser. Puis Didier leur fit ses adieux. Ils partirent, Biel au volant, le visage baigné de larmes de soulagement.

52

Chez le docteur Mallén

Ils arrivèrent à Saragosse chez le docteur Mallén qui s'apprêtait à dîner en famille. Leurs retrouvailles furent pleines de joie, comme s'il s'agissait d'une simple visite entre amis.

« Laurent, j'ai trouvé un taxi. Il viendra vous chercher demain matin, à quatre heures, annonça le docteur avant de prendre des nouvelles de Jana pour laquelle il avait beaucoup d'affection.

— Comment va-t-elle ? J'espère qu'un jour, elle pourra reprendre des études et venir travailler dans notre laboratoire de l'hôpital universitaire. Je sais qu'elle vous a été très utile à Canfranc. La pauvre, elle n'a vraiment pas eu de chance dans la vie, d'abord ses parents et ensuite son mari. Elle n'est restée que quatre ans avec lui. Quel sale type, et pourtant elle le connaissait. Vous saviez que c'était son cousin ?

— Nous ne parlions jamais d'affaires privées, mais peut-être toi, Arlette ? »

Celle-ci secoua la tête, éberluée. C'était la première

fois qu'elle entendait parler du mariage de Jana. Elle se demanda pourquoi son amie ne lui avait rien dit.

« Quoi qu'il en soit, reprit le médecin, imagine le couloir que nous avons établi d'ici : on nous envoie les tuberculeux et, grâce aux réseaux de la Résistance, des sulfamides et des streptomycines pour eux. En échange, nous leur faisons parvenir des antibiotiques, des gazes et du chloroforme pour la maternité d'Elne. Nous réparons ainsi à notre façon le mal que certains font. Mais je n'ai pas très envie de penser à ce qu'il se passe dans un hôpital militaire, et encore moins à l'heure du dîner. Et pourtant je suis médecin ! »

Puis il changea de sujet :

« Toi, tu as l'air en forme, Laurent. Et dis-moi, comment vont Solange et Maude ? Je vois qu'Auguste est déjà un petit homme.

— Solange arrivera demain, elle est restée à Canfranc pour qu'on ne se doute pas de notre départ. Elle devrait être là à l'heure du déjeuner. »

Auguste éclata brusquement en sanglots ; cette fois, il semblait bien avoir tout compris, mais le petit des Mallén lui proposa de venir jouer avec lui avec son train électrique. Arlette s'adressa au couple :

« J'aimerais vous réclamer un service. Pourriez-vous appeler demain à La Serena ? Vous demanderez Pilar et lui direz que nous sommes partis à Madrid. Elle se chargera de transmettre le message à Jana qui doit s'inquiéter… »

La voix d'Arlette se brisa, puis elle se reprit et ajouta d'un ton plus assuré :

« Mais nous serons bientôt tous réunis, j'en suis sûre. »

Jeudi 12 août

Le docteur descendit avec eux pour faire ses adieux. Laurent lui remit une serviette en cuir.

« Qu'est-ce que c'est ? » dit le médecin, puis, après avoir jeté un regard à l'intérieur : « Je ne pourrai accepter, ce sont des milliers de livres !

— Tu n'es pas obligé de les garder, répondit Laurent en souriant. Tu peux les utiliser pour acheter des médicaments, financer des lits d'hôpital, ou pour embaucher des infirmières. Tu sais bien de quelle façon je les emploierais. Les ennemis de Pétain nous paient très bien, mais évidemment ce n'est pas la raison de notre engagement. Du moins pas seulement. » Et ils se mirent à rire tous les deux.

C'était l'image que le docteur Mallén voulait garder de son ami. Ils ne se fréquentaient pas beaucoup, en tout cas pas autant qu'ils l'auraient souhaité, juste pour quelques jours pendant les vacances, mais ils s'appréciaient énormément. Le vœu le plus cher du docteur Mallén était donc que le sort lui permette de profiter de la compagnie de son ami plus tard, quand tout cela serait fini.

Ce même jour, Solange devait faire semblant de se rendre au collège français comme tous les matins. Jana était restée avec elle, elle la trouvait trop jeune pour passer une nuit seule. L'une et l'autre avaient peu dormi, mais après le petit déjeuner la jeune femme avait rappelé à sa protégée ce qu'elle devait faire :

« Tu vas tranquillement en cours et, au milieu de la matinée, tu dis à ton professeur que tu ne te sens pas bien et tu demandes la permission de rentrer chez toi. À la place, tu iras à la gare et tu prendras le train pour Saragosse. Tu vois, ce n'est pas compliqué. »

Une fois Solange partie, Jana se rendit à l'hôtel, enfila son uniforme et descendit préparer les petits déjeuners. Elle avait prévenu Montlum qu'elle se chargerait de la distribution des pâtisseries, ça lui fournirait un prétexte pour sortir et surveiller Solange.

Elle s'apprêtait à se rendre au village quand, en traversant le hall, elle s'arrêta, horrifiée : Gröber tenait Solange par le bras et la secouait comme un possédé. Jana crut un instant qu'ils avaient intercepté les Juste. Trois agents de la Gestapo accompagnaient l'officier. Elle s'approcha.

« Regarde-moi ! criait Gröber. Où sont tes parents ? Réponds vite avant que je perde patience. »

Jana regretta son plan et s'en voulut d'avoir laissé Solange quitter l'école seule au lieu d'aller la chercher sous un prétexte quelconque. Mais il était trop tard, on ne pouvait plus arrêter Gröber qui menaçait la jeune fille :

« Si tu continues à te taire, c'est la mort qui t'attend. Je te conseille de prier si tu sais ce que ça veut dire... »

Solange, les larmes aux yeux, ne cédait pas. Il lui tordit le bras. Elle retint un cri de douleur. Alors Jana s'interposa :

« Lâchez-la. »

Elle se fraya un passage au milieu du petit attroupement qui s'était formé et lança des regards furieux aux gardes civils et aux gendarmes. Au moins, ces derniers auraient dû réagir puisque Solange était française, mais personne ne bougea.

« Fiche le camp, poupée, l'invectiva l'officier allemand sur un ton menaçant. Retourne frotter ton parquet ! »

Il la repoussa d'un coup sec. Jana perdit l'équilibre et manqua tomber, mais elle fut rattrapée par deux bras solides. Elle se retourna. Esteve lui sourit avant de s'adresser à l'officier d'un ton faussement conciliateur :

« Allons, laissez-la, elle n'a rien fait, c'est une gamine, elle n'est pas de taille... »

Il prononça ces mots d'un ton moqueur en laissant entendre que Gröber était un lâche. Il parvint ainsi à détourner son attention.

« Misérable ! Comment oses-tu ?

— Si les choses ne se passent pas bien pour vous, nous n'y sommes pour rien. Laissez-la ou vous aurez affaire à moi.

— Tu crois que tu peux me donner des ordres ? »

Gröber voulut l'écarter de son chemin, mais Esteve ne bougea pas d'un pouce.

« Tu n'es qu'un chien immonde ! » hurla Gröber qui ne se contrôlait plus.

Solange en profita pour s'enfuir. Jana la suivit.

« Tu ne sais pas ce que tu viens de faire, malheureux. Tu vas regretter d'être né. »

L'officier ne voulut pas se ridiculiser en courant derrière l'enfant. Les ordres étaient clairs. Il devait arrêter Laurent Juste et le transférer à Berlin.

Il fit appeler les employés de la douane et les aligna devant la façade pour les interroger l'un après l'autre. Personne n'avait vu le chef de douane depuis la veille. Gröber ne pouvait supporter une défaite supplémentaire, ni la honte de savoir que la fuite de Juste figurerait dans son rapport, alors qu'il l'avait eu sous la main pendant tout ce temps. Il avait failli, lui, le bras droit du commandant de Buchenwald arrivé à Canfranc en espérant une ascension fulgurante et qui risquait maintenant de perdre ses galons. Il flanqua des coups de pied rageurs sur la Renault Vivaquatre réquisitionnée par les Allemands pour en faire la voiture du commando de la Wehrmacht. Il frappa sur la tôle en laissant les traces de ses poings.

Pendant ce temps, Esteve avait rattrapé Solange et la conduisait à cheval jusqu'à la gare de Jaca. Il attendit de la voir monter dans le train pour Saragosse avant de repartir et de s'assurer que Jana allait bien.

La famille de Laurent arriva à Madrid en même temps que Solange chez ses amis de Saragosse. Ils s'installèrent dans un appartement de la rue Valverde que leur fournit l'ambassade britannique. Il avait suffi que Samuel Hoare soit informé de leur arrivée pour qu'il leur trouve ce logement. La famille était presque au complet ce soir-là, car Arlette était allée chercher Maude au lycée.

Le lendemain matin, Laurent avait disparu. Il leur

avait laissé sur un plateau des churros, du chocolat chaud et une lettre :

Mes chéris,

Je n'ai pas eu le courage de vous dire adieu. J'espère que vous me le pardonnerez. Je vous ai regardés dormir avant de partir et vous êtes la plus belle chose qui existe en ce monde. Je vous laisse entre de bonnes mains. La secrétaire de l'ambassadeur sait tout de notre situation, n'hésitez pas à lui demander de l'aide. Soyez patients, la guerre se terminera bientôt et nous nous retrouverons tous les cinq. Vous devez être forts, plus que jamais. J'ai confiance en vous. Ce ne sera plus long. À bientôt.

Votre mari et père,

Laurent.

Bouleversée, Arlette dut s'appuyer conte le mur. Sa fille lui caressa le bras.

« Maman, ne pleure pas, Auguste va t'entendre. Papa a eu raison. Il devait fuir. Si nous restons cachés ici, il ne nous arrivera rien. Nous sommes à l'abri. Je n'irai pas au lycée. Demain, Solange arrivera. On va se débrouiller, tu verras.

— Non, tu dois continuer tes études. Ton père est parti pour le front, je le connais, il voulait déjà lutter aux côtés du général de Gaulle. Il s'était porté volontaire et on l'a envoyé à Canfranc en lui disant qu'il y serait plus utile. Mais regarde le prix qu'il faut payer. Il est encore réserviste malgré son âge. En plus, ils mobilisent tout le monde.

— La guerre sera bientôt finie. Il faut garder

espoir. Et penser au petit Auguste, il ne doit se douter de rien. »

53

Une vision

Vendredi 13 août

Jana eut du mal à sourire aux clients et à se montrer aimable. Depuis le départ de la famille Juste, elle n'était plus qu'une boule de nerfs. Le pire, c'était de servir ces gestapistes envoyés pour arrêter Laurent, qui occupaient une table dans un coin, insouciants, comme si la vie de cet homme et de sa famille ne valait rien. Elle avait envie de leur cracher à la figure mais dut leur apporter leurs cafés. En la voyant, Gröber s'exclama :

« *Frau Belerma, eine meiner Lieblingslandschaften !* Un de mes paysages favoris ! »

Ses compagnons éclatèrent de rire.

Quand cette horrible journée se termina enfin, elle monta dans sa chambre – elle s'était débarrassée de tout ce qui pouvait la compromettre – et se laissa tomber sur son lit tout habillée. Elle relut quelques pages du *Comte de Monte-Cristo* en espérant se changer les idées.

Et puis, continua Faria, depuis tantôt douze ans que

je suis en prison, j'ai repassé dans mon esprit toutes les évasions célèbres. Je n'ai vu réussir que rarement les évasions. Les évasions heureuses, les évasions couronnées d'un plein succès, sont les évasions méditées avec soin et lentement préparées ; c'est ainsi que le duc de Beaufort s'est échappé du château de Vincennes ; l'abbé Dubuquoi du Fort-l'Évêque, et Latude de la Bastille. Il y a encore celles que le hasard peut offrir : celles-là sont les meilleures ; attendons une occasion, croyez-moi, et si cette occasion se présente, profitons-en.

— Vous avez pu attendre, vous, dit Dantès en soupirant ; ce long travail vous faisait une occupation de tous les instants, et quand vous n'aviez pas votre travail pour vous distraire, vous aviez vos espérances pour vous consoler.

Cette histoire la divertissait, mais, dès qu'elle reprenait sa lecture, elle ne pouvait s'empêcher de penser que ce livre ressemblait à s'y méprendre à ce qu'elle vivait chaque instant…

Samedi 14 août

Trois jours après la fuite de ses amis, Jana alla chercher au kiosque les journaux du soir pour les clients de l'hôtel. Elle allait remonter quand un tout jeune facteur l'intercepta au pied de l'escalier :

« Un paquet est arrivé pour vous, c'est sûrement un livre », dit-il avec un grand sourire. Cela l'amusait peut-être de voir qu'elle recevait toujours la même chose.

Elle signa le reçu, déposa les journaux et emporta

le colis dans sa chambre. Elle le considéra d'un air découragé, sans l'ouvrir. Allongée sur son lit, elle songea que tous ses espoirs étaient vains. Ce n'était qu'une question de temps avant qu'on ne vienne l'arrêter à son tour. Elle pensa à Sieglinde, à Dagmar, à toutes ces familles disloquées, aux enfants qui accompagnaient les voyageurs déguisés en religieuses, infirmières et curés. Peu importait comment elle se sentait, elle se devait aux autres, à tous ceux qu'elle pouvait encore sauver. Alors elle se redressa, alla chercher son cahier de codes et défit le paquet. Le premier livre était *La de los tristes destinos*, un des *Épisodes nationaux*[1] consacrés à la reine Isabelle II. Le déchiffrage lui occuperait l'esprit. Elle tâta la couverture du livre qui lui paraissait bien épaisse, découpa la tranche et glissa la main à l'intérieur. Elle y découvrit toute une liasse de sauf-conduits, qui allaient permettre dc secourir de nombreuses familles. Des larmes de joie perlèrent à ses yeux. Dans son euphorie, elle aurait voulu courir les montrer à Laurent. Mais il n'était plus là. Cette fois, elle devait se débrouiller seule.

Même si le chef de douane lui avait demandé de suspendre toutes ses activités, de détruire toutes les preuves qui pourraient la compromettre, Jana décida qu'elle était allée trop loin pour s'arrêter. Elle ne pouvait gâcher ces dizaines de sauf-conduits.

Elle décrirait la nouvelle situation à Étienne

1. Série de quarante-six romans historiques sur l'Espagne dont l'intrigue se situe entre 1805 et 1880, écrits par Benito Pérez Galdós entre 1872 et 1912.

Guinart dans un message codé que Didier communiquerait au machiniste, qui lui-même le transmettrait au dentiste de Laurent à Pau. Elle lui proposerait de prendre le commandement des opérations à Canfranc, d'aller le voir à Toulouse s'il le fallait et, surtout, elle irait chercher Esteve. Elle se rassura en se disant que Didier, Montlum et elle étaient de simples employés, que les Allemands n'avaient aucune preuve contre eux. *Ils ne savent rien*, se dit-elle comme pour conjurer le mauvais sort.

À dix heures du soir, elle entendit frapper doucement à sa porte. Elle s'approcha et crut discerner de l'autre côté la voix de Montlum. Elle se sentait en confiance avec lui depuis qu'ils avaient passé des après-midi entiers ensemble à échanger des confidences – elle avait même goûté à ses cigarettes. Elle ouvrit donc sans hésiter.

« Je peux entrer ? chuchota Esteve qui paraissait pressé.

— Oui, oui, bien sûr », répondit-elle, déconcertée.

Elle jeta un coup d'œil à sa chambre et vérifia que rien ne traînait. Elle ne comprenait pas ce qu'il faisait ici et avait l'impression d'être dans un de ses rêves. Il portait une chemise blanche comme toujours, mais elle le sentit gêné pour une fois, alors qu'il tripotait son chapeau sans savoir quoi en faire. Il finit par le poser sur la table de chevet à côté du roman d'Alexandre Dumas.

« J'aime beaucoup ce livre », dit-il en le soulevant comme un trophée.

Jana avait du mal à l'imaginer plongé dans une lecture, mais elle se dit qu'elle avait des préjugés sur lui, qu'elle avait trop écouté les rumeurs qui circulaient à son sujet. Puisqu'il était apparu comme si elle l'avait invoqué, et malgré le fait qu'elle le sentait très pressé, elle voulait profiter de sa présence pour lui communiquer sa décision. Mais d'abord il avait quelque chose d'important à lui dire :

« J'ai un message de la part de Pilar. »

Il la fixait comme s'il voulait voir à travers elle – ou sa chemise de nuit, assez transparente.

« Elle m'a dit, parce que nous n'étions pas seuls : "La vierge de la Paloma[1] est la préférée des lavandières et la nôtre, celle de tous les autres."

— Ce qui signifie qu'ils sont bien arrivés ! »

Jana sourit, soulagée. Puis elle rougit en voyant Esteve poser les yeux sur son lit. Elle ne savait comment se comporter. Elle se sentait étrange. Elle ne put s'empêcher de le dévisager, s'attardant sur ses lèvres avant de détourner les yeux, confuse.

« Je vais te laisser. Je ne veux pas qu'on me voie ici, je sais que Gröber n'est pas loin. »

La chambre de Jana, comme toutes celles de ses camarades, se trouvait pourtant dans un couloir réservé au personnel, séparé par une porte indiquant « Accès privé ».

« Je tenais à te prévenir au plus vite pour t'éviter une autre nuit d'angoisse. »

Incapable de dissimuler son désir, il posait les

---

1. Patronne de la ville de Madrid.

yeux tour à tour sur le lit et sur elle, vêtue si légèrement que ses formes se dessinaient sous le tissu éclairé par le réverbère extérieur. Sa poitrine frémissait, comme lorsqu'il l'avait épiée, endormie. Il aurait voulu la prendre dans ses bras et…

« Merci », lui dit Jana, certaine qu'il allait repartir.

Mais il ne fit pas un geste.

Elle frissonna sous son regard insistant. Elle comprit qu'à cet instant, pour eux deux, la guerre n'existait plus, ni la Résistance, ni les réfugiés, ni les sauf-conduits, ni les trains pour Lisbonne. Qu'ils n'étaient plus qu'un homme et une femme, dans une bulle à l'écart du monde…

Elle reprit ses esprits la première et déclara :

« Je voulais te proposer que nous poursuivions nos activités. Nous avons Didier, Montlum et notre contact à Londres (elle ne jugea pas opportun de nommer Étienne Guinart). J'aimerais que tu préviennes Didier qui se débrouillera pour transmettre le message à Pau. Nous nous réunirons discrètement pour nous organiser. Nous ne pouvons pas nous arrêter maintenant, tu comprends ? »

Esteve recula, déconcerté par la réaction de Jana. Décidément, elle n'avait peur de rien. Il pensait la trouver en larmes, et elle se montrait prête à continuer la lutte. Cette femme possédait les deux qualités qui comptaient le plus à ses yeux : le courage et la sincérité. Elle ne trichait pas. Il se sentait de plus en plus attiré par elle.

« Où penses-tu dormir ce soir ? lui demanda Jana

tout en s'étonnant de sa question qui pouvait être interprétée comme une invitation.

— Chez les parents de Valentina. Depuis que je leur ai ramené leur fille, ils me sont très reconnaissants et me logent chaque fois que je dois rester au village.

— Alors, bonne nuit, et merci de m'avoir prévenue si vite », lui dit-elle en souriant.

Malgré toute la prudence dont Esteve avait fait preuve, Gröber, qui avait laissé entrouverte la porte de la salle de réunion, le vit passer dans le couloir menant aux chambres de service. L'officier eut un rictus glacial. Il était à deux doigts de compléter le puzzle en dépit de ses échecs antérieurs. Il songea que la façon dont on finissait était plus importante que celle dont on commençait.

54

Éclat

Dimanche 15 août

Le lendemain, Jana transmit ses instructions à Montlum. Elle avait estimé l'heure à laquelle il distribuait le pain et l'invita dans sa chambre dès qu'elle l'aperçut. Elle l'informa de sa décision et, comme elle l'espérait, il fut d'accord avec elle parce qu'ils n'avaient pas d'autre choix.

« Tu as beaucoup appris ces six derniers mois, reconnut Montlum.

— Avant de venir à Canfranc, je savais déjà des choses, tu sais, lui répondit Jana. Mon père m'a élevée comme si j'étais un garçon et je lui en suis reconnaissante. Cela m'a beaucoup servi, notamment pour fuir une situation dont je ne voulais pas après leur mort. Mon mariage entre autres.

— Tu es mariée ? s'étonna Montlum, qui savait qu'en Espagne les liens du mariage étaient indissolubles même si les époux vivaient séparément.

— Oui, répondit-elle avec beaucoup d'insouciance avant d'ajouter d'un ton moqueur : Beaucoup de gens le sont, ce n'est pas illégal. »

Puis elle poursuivit, plus sérieuse :

« Dans mon cas, ça a été une erreur. Je ne cherche pas à me justifier, mais j'étais désorientée après la mort de mes parents, totalement bouleversée.

— Ce n'est guère surprenant.

— Mon oncle paternel m'avait invitée chez lui. J'aurais préféré rester seule dans l'appartement dans lequel j'avais toujours vécu, mais ils ont insisté, sa femme et lui, pour que je m'installe chez eux durant les premières semaines qui ont suivi les funérailles. Ils avaient peur que je ne commette une bêtise. La bêtise, je l'ai faite précisément en épousant leur fils.

— Ah, c'est lui l'heureux élu ! s'exclama Montlum qui ne manquait jamais une occasion de flatter Jana.

— Heureux ? Je ne sais pas… Mais je te garantis que, moi, j'ai été très malheureuse.

— Que s'est-il passé ?

— Il était très bizarre. Au début, il se montrait tendre… Oh, mais je parle trop ! On m'attend sûrement au buffet. Et puis tout ça, c'est du passé. Ça n'a aucune importance… Nous devons rester concentrés. Je me demande d'ailleurs ce que fait Laurent.

— J'ai ma petite idée, parce que nous en avions souvent parlé. Je pense qu'il va essayer de rejoindre de Gaulle en Algérie où il a réuni le Comité français de libération nationale. Son rêve est d'entrer en vainqueur à Paris. »

Celui de Laurent aussi, songea Jana. Elle allait faire tout son possible pour y participer à sa manière.

Ils se quittèrent sur ces mots. Montlum sortit par la porte de service, comme l'avait fait Esteve la veille au soir. Mais Gröber, qui semblait monter la garde dans ses appartements, l'aperçut et, contrairement à la fois précédente, sortit. Sans même le saluer, il l'obligea à s'arrêter.

« D'où venez-vous ?

— J'apportais une commande, répondit Montlum.

— Demandez à votre amie, *Frau* Belerma, si moi aussi elle m'accepterait comme client ou si elle a son quota. »

Montlum reçut cette insulte comme un coup de poing à l'estomac, mais ne voulut pas se laisser emporter par la colère et se contenta de déclarer :

« Ce n'est pas ce que vous croyez.

— Alors, que dois-je croire ? Que faites-vous ici ? Vous ne voulez pas répondre ? Il faut que je trouve tout seul ? Je vous préviens, ce sera pire, bien pire. »

Sans tenir compte de la menace, Montlum pivota sur ses talons et partit sans un mot tandis que Gröber le regardait s'éloigner.

55

Salle des machines

Lundi 16 août

Les pensées de Laurent Juste, depuis le Sud, depuis son périple entre Séville et Cadix, ne cessaient d'aller vers Canfranc, surtout pendant les pires moments. Il vécut des journées assez mouvementées, il dut même voler un véhicule pour couvrir une partie de ce dernier trajet jusqu'à l'Andalousie. Ensuite, bien sûr, il laissa un mot sur le pare-brise indiquant où il se trouvait quand il avait emprunté la voiture pour que la police sache son origine et la rende au plus vite à son propriétaire. Sous le compteur kilométrique, suspendu au levier de vitesse, il laissa une enveloppe pour payer le triple du plein d'essence.

Dans le port d'Algésiras, il obtint une cabine, non

parce qu'il était plus commode pour lui de voyager ainsi, mais parce que c'était le moyen de rester caché durant le temps de la traversée ; si au contraire il se promenait sur le pont, descendait les escaliers et parcourait les couloirs, il devrait se montrer, parler avec les autres voyageurs et l'équipage, mentir en somme. Ainsi, il devait seulement attendre que le bateau appareille en passant inaperçu. Gibraltar se trouvait juste en face.

Il lui semblait que, dans sa vie, les moments de plus grande tension se concentraient toujours au départ d'un moyen de transport. À Canfranc, il s'agissait du départ imminent d'un train. Ici, c'était celui du bateau. Au dernier moment, deux gardes allemands montèrent à bord, et il se revit dans la gare des Pyrénées. Ils regardèrent d'un côté et de l'autre, la mer les intéressait au cas où un passager clandestin se jetait à l'eau en les voyant. Ils avançaient sur le pont, de sorte que Juste n'avait pas le temps de se cacher, il devait passer à côté d'eux. Et il décida qu'il le ferait avec un déguisement improvisé qui serait le plus répugnant possible. Pour se transformer, il n'avait que trois secondes et il en profita : d'abord il se couvrit le visage de charbon, puis il déboutonna sa chemise et se mit à chanter à tue-tête. Il avança alors vers les gardes en vacillant entre le mur et le bastingage. Les deux soldats s'imaginèrent qu'il était un mécanicien ivre et s'écartèrent pour le laisser passer. L'un des deux dit à son compagnon :

« *Dem ist schon schlecht.*

— *Und das schon vor dem Reiseanfang*[1] *!* » répliqua l'autre.

Le littoral entre les deux villes, Algésiras et Gibraltar, était un guêpier, une frange compliquée à traverser. Près du bateau se trouvait l'Olterra, au drapeau italien, où Juste savait qu'on avait installé une base d'assaut et un observatoire pour toute la zone. Il y avait également la surveillance espagnole et les agents britanniques et tout le monde pouvait arrêter ceux qui passaient par là pour les interroger. Les sous-marins ne manquaient pas non plus avec des hommes-grenouilles dont la mission était d'atteindre Alger pour attaquer les bateaux dans la rade. Ils avaient déjà coulé de nombreux navires chargés de plusieurs tonnes de chrome, élément vital pour la production de tanks et d'avions qui n'atteignirent jamais leur destination en Grande-Bretagne. Beaucoup de choses qu'il avait lues dans les documents que passait la Résistance au consulat britannique se trouvaient devant ses yeux.

De Gibraltar, cette enclave sur son rocher, Juste s'envola pour Oran puis Alger. C'était sans aucun doute l'une des zones les plus brûlantes, le théâtre de manœuvres défensives en faveur de Mussolini et de la préparation d'attaques continuelles contre le fascisme. Il semblait que le destin de Laurent était de se trouver toujours au centre du tourbillon, dans l'œil du cyclone.

---

1. « Il a déjà mal au cœur. — Avant même de partir ! »

56

Théâtre d'Orient

En sortant de l'aéroport militaire Boufarik, Laurent Juste vit des orangers, comme un reflet des côtes levantines. La capitale était entourée de vastes plaines, de forêts, de marais et de montagnes. Dans un bar près du théâtre, il s'arrêta pour boire un Orangina qui avait pour lui le goût du paradis. C'était comme si le soleil entrait en lui – mais pour laisser place ensuite à la pluie. Il caressait la forme arrondie de la bouteille qui ressemblait à un flacon de laboratoire, et la leva pour regarder à travers le liquide. Quelle serait la couleur qu'adopterait son avenir ?

Puis il gagna les quartiers qui lui avaient été assignés. Il s'allongea pendant quelques minutes sur le lit étroit, sous le ventilateur. Il était bouleversé et, entre le moment où il avait quitté son bureau et celui où il était arrivé ici, il lui semblait avoir traversé des années. Il voulait rejoindre les troupes au plus vite, mais pour le moment il était seul et anxieux.

Il prit une douche et se changea avant d'aller se présenter devant René Massigli, commissaire aux Affaires étrangères du Comité français de libération nationale, pour se mettre à ses ordres. Il le retrouva dans le café de l'hôtel Saint-Georges, créé en 1889 dans un ancien palais mauresque. Massigli considéra avec une certaine méfiance ce fonctionnaire bien différent des militaires qui l'entouraient, en s'adressant à lui avec affabilité, mais non sans une certaine distance et ironie.

« Vous êtes un véritable patriote, Juste. »

Laurent se tut, se contentant de regarder les palmiers qui entouraient la terrasse de l'hôtel Saint-Georges et qui semblaient avoir été transplantés du jardin botanique en face. « Vous nous seriez très utile en Italie. »

Massigli se pencha en posant la main sur un journal qui se trouvait sur la table. Avec cette proposition, il faisait d'une pierre deux coups, il se l'ôtait des pattes et le mettait à l'épreuve.

« Si les Anglais et les Américains se mettent d'accord, nous allons pouvoir bouger là-bas dans les jours qui viennent. C'est une opération délicate, mais je suis certain que vous saurez comment faire, vous nous avez déjà prouvé vos talents. »

Le commissaire savait que si Juste s'en tirait vivant, il serait capable de tout.

« Quand dois-je partir ? » se contenta de répondre Laurent, sans laisser paraître l'inquiétude que cette destination provoquait en lui. L'heure de son départ était tout ce qu'il lui fallait savoir.

Malgré toutes ces péripéties, Laurent réussit à garder le contact avec sa famille. Il apprit que Solange était bien arrivée à Saragosse, même si les nazis l'avaient poursuivie jusque-là ; il savait que c'était le risque en la laissant à Canfranc pour dissimuler leur fuite, mais cette nouvelle confirmait qu'ils avaient frôlé le pire et il en eut des sueurs froides. Dans une lettre que lui avait écrite sa femme et qui lui avait été transmise par les services secrets, elle lui raconta que sa fille n'avait pas réussi à semer les sbires de Gröber qui, le lendemain de son arrivée, s'étaient présentés chez le docteur Mallén. Ce dernier avait dû prétendre que la jeune fille était atteinte d'une maladie très contagieuse et qu'il l'hébergeait par amitié pour ses parents, qu'ils pouvaient l'interroger s'ils voulaient, à leurs risques et périls. Les officiers n'osèrent pas pénétrer dans la chambre de la jeune fille et partirent. Mallén, conscient qu'ils pouvaient revenir à tout moment, prit l'avertissement au sérieux et conduisit la famille immédiatement à la gare afin qu'ils poursuivent leur voyage jusqu'à Madrid.

57

Bonne aventure

Gare de Canfranc, vendredi 27 août

Jana, qui avait reçu un avis de passage, se rendit au bureau de poste où l'attendait un colis. Elle l'ouvrit sur place, il s'agissait de quatre romans, trois appartenaient aux *Épisodes nationaux* de

Galdós : *Saragosse*, *Mémoires d'un courtisan*, *Trafalgar*, et le quatrième, *Les Panthères d'Alger*, était d'un certain Emilio Salgari. Elle n'eut besoin de l'aide de personne pour comprendre le sens de cet envoi. Les lieux marquaient les étapes successives de l'itinéraire de Laurent. Comme l'avait prédit Montlum, s'il s'était rendu là-bas, c'était bien pour participer au combat. Aussi, pour cette raison, elle ne pouvait se dire qu'il était sain et sauf ; le risque qu'on le tue devenait à partir de maintenant quelque chose de quotidien.

Sur le paquet figurait le tampon de la librairie Rubinos de Madrid, calle Alcalá 98. Elle adressa une lettre de remerciement à ses propriétaires qui, elle le savait, la feraient parvenir à l'expéditeur du colis, sans aucun doute une Française. Si celle-ci lui répondait, elles pourraient utiliser ce moyen pour correspondre en attendant d'en trouver un autre.

Jana retourna à l'hôtel. Elle montait dans sa chambre pour y ranger les livres quand la porte de Gröber s'ouvrit. L'officier en sortit, vêtu comme toujours d'un uniforme impeccable et de bottes parfaitement cirées.

« *Frau* Belerma, je veux que vous préveniez le violoniste. »

Jana savait qu'il voulait parler de Montlum et que lui aussi, comme elle l'avait vu sur la photo dans sa chambre, jouait de cet instrument. Elle frissonna en se remémorant les yeux dans leur urne de cristal.

« Oui, monsieur.

— Je compte fêter le départ de mes compagnons qui retournent à Berlin. J'aimerais qu'il joue pour nous. »

Il devait s'agir des gestapistes venus arrêter Laurent Juste.

« Je ne sais pas s'il pourra. Son travail à la boulangerie l'occupe beaucoup.

— Allons, *Frau* Belerma, ce ne sera pas long. Nous faisons beaucoup pour vous, faites-en autant pour nous. »

En dévisageant le major, Jana remarqua des plis sur son uniforme et un bouton qui pendait. Sa voix sonnait faux, comme s'il lui était de plus en plus difficile de garder le contrôle. Visiblement, son orgueil était blessé, ce qui rendait cet homme instable encore plus dangereux.

Tandis que Gröber planifiait sa vengeance, le coup de maître grâce auquel il comptait impressionner ses supérieurs, Jana réorganisait le réseau.

Elle fit parvenir à Étienne Guinart toutes les données concernant la nouvelle situation. Elle se sentait pleine d'énergie, comme si elle avait accumulé des réserves. Il y avait une raison à cela : à ce moment, peut-être le plus inopportun, elle n'avait plus peur. Elle ne savait pas si elle était imprudente, inconsciente ou si les spéculations sur la fin de la guerre la rendaient plus optimiste, plus libre. Les Allemands étaient aux abois, ils avaient ouvert trop de fronts, livrant la bataille de Smolensk en même temps que celle du Dniepr. L'armée d'Hitler subissait des pertes importantes et s'éloignait de la conquête de Moscou. Ils n'avaient plus les moyens de surveiller Canfranc à la loupe. Pourtant, Didier se montra sceptique et proposa à Jana d'attendre.

« Nous avons tenu jusqu'à maintenant, ne prenons pas de risques inutiles. Tant va la cruche à l'eau qu'à la fin elle se brise. Jusque-là, nous avons eu beaucoup de chance, mais je me méfie de ce Gröber.

— Ils ont encore besoin de nous et je suis capable de déchiffrer tous les messages, comme si j'avais développé un sixième sens. Je ne me suis jamais sentie aussi bien, et je ne pourrais pas m'arrêter, même si je le souhaitais. »

Jana voulut terminer la conversation au plus vite. C'était une chose que Didier s'efforce de lui remettre les pieds sur terre, une autre qu'il essaye de la décourager.

« Si tu veux abandonner, je comprendrai. Montlum, Esteve et moi, on continue. Je ne veux pas renoncer à me battre, jamais, sinon je perdrais toute raison de vivre. »

58

Langues-de-chat

Samedi 28 août

Jana avait besoin de contacter Esteve et de lui communiquer les prochaines étapes de son plan. Après avoir hésité, elle songea que le meilleur moyen serait de se présenter chez Valentina, puisqu'il lui avait dit qu'il y logeait parfois. Même si celle-ci avait repris son travail à l'hôtel ainsi que ses cours, Jana préférait voir son apprentie au village, loin du regard ou des oreilles de leurs collègues. En l'apercevant par la fenêtre, la jeune fille se précipita pour lui ouvrir.

« Tu m'accompagnes ? Je dois faire une course », lui dit Jana.

Elles s'éloignèrent de quelques pas. Valentina s'écria :

« Jana, tu sais, c'est bizarre, quand je pense au vieux Voltor, j'ai l'impression que c'est arrivé à quelqu'un d'autre que moi...

— L'esprit est sage. Il gomme tout ce qui ne lui convient pas. C'est bon signe, cela veut dire que tu ne gardes que ce qui est bon.

— Je me souviens surtout de mon sauvetage... Tu savais qu'Esteve est devenu très ami avec mes parents ? Parfois, il reste dormir chez nous. J'ai de la chance, pas vrai ?

— Oui.

— Il est merveilleux. Sans lui, je serais morte de faim, tu sais. Je lui dois la vie. Tu sais quel âge il a ? Trente-cinq ans.

— Il a peut-être une fille de ton âge.

— Il n'est pas marié.

— Cela ne veut rien dire.

— Il dit qu'il est marié avec la liberté et qu'elle est très exigeante... Quand il a le temps, il m'apprend le français. Comme ça, je pourrai aller dans l'autre collège. Il m'apporte des cadeaux, des robes, des livres. Il est très généreux, Jana.

— Je ne l'ai pas vu depuis plusieurs jours... Tu sais où il se trouve ?

— Mon père connaît des gars du maquis et ils lui ont dit qu'on l'avait vu du côté de Toulouse. »

Jana était certaine que s'il y était, c'était pour organiser les expéditions, réunir les informations et donner des directives aux groupes qui devaient traverser les Pyrénées.

« Viens, on va acheter des biscuits, des langues-de-chat ça te dirait ? » proposa Jana pour remercier Valentina de ces nouvelles.

59

Fervent

Jana dut transmettre à Montlum les ordres de Gröber, mais elle lui parla d'abord de Durandarte. Ils s'étaient retrouvés au fournil à pain.

« Montlum, tu imagines, il est parti à Toulouse !

— Tu dis ça comme s'il s'agissait de la Russie ! se moqua Montlum tout en balayant le sol avec lenteur.

— C'est quand même à trois cents kilomètres d'ici. Il aurait pu nous prévenir.

— S'il ne l'a pas fait, c'est qu'il a ses raisons. Tu sais bien que pour ses chevaux il est allé jusqu'à Marseille.

— Il est venu me dire qu'Arlette et Laurent allaient bien. Il aurait pu me parler de son voyage… »

Comme si l'association était inévitable, Montlum s'exclama :

« Tu connais la dernière ? Notre cher gouverneur accuse son épouse de vol ! Il ne s'agit pas d'argent. Elle lui aurait dérobé des photos pour se protéger de ses représailles. Il est complètement idiot, si elle décide de les rendre publiques, il pourrait le regretter amèrement… D'ailleurs, toi, ton mari ne t'a jamais fait rechercher ?

— Je crois que ça l'arrangeait que je disparaisse. Je ne lui en veux pas à ce pauvre Paulino. » C'était la première fois qu'elle prononçait son nom à Canfranc. « Il est particulier, mais ce n'est pas un mauvais bougre. Je suis coupable, je n'aurais jamais dû accepter sa demande en mariage. Au début, il s'est montré très tendre, puis, une fois que nous étions mariés, il a commencé à remplir l'appartement de statuettes religieuses, de chapelets. Lui-même portait un scapulaire de dévotion. Il faisait brûler des cierges toute la journée.

— C'est ce qu'on appelle un homme pieux, quoi ! plaisanta Montlum.

— Ce n'est pas tout. Chaque après-midi, sans exception, sa mère venait avec trois amies réciter son rosaire chez nous. Vingt Mystères, vingt Pater Noster, dix Ave Maria et un Gloria. Tu n'imagines pas ! Je te passe les neuvaines et tout le reste…

— Bon, il y a pire…

— Attends ! Notre voyage de noces ? En Terre sainte, bien sûr. Et je suis revenue vierge parce qu'il était interdit d'y commettre des actes impurs. Nous sommes allés aussi au Vatican. Montlum, tu n'as pas idée du bien que m'a fait Canfranc. Mais je m'en veux. Ils étaient comme ça et je le savais. C'était ça ma vie, des processions, des pèlerinages, visiter des malades, assister à des communions, des baptêmes, jeûner pendant le Carême, faire la charité, pourvoir aux besoins des religieuses dans les couvents…

— Et te voilà amoureuse d'un contrebandier ! » se moqua Montlum, appuyé sur son balai.

Jana voulut répondre, mais ne trouva pas de mots et reprit comme s'il n'avait rien dit :

« Paulino, qui a le même âge que moi, s'habillait comme un vieux ou un séminariste. Il refusait que je porte des robes plus courtes que celles de sa mère et la première chose qu'il m'a offerte, c'est un châle en crochet noir. La nuit, il mettait une chemise de nuit plus longue que la mienne, m'embrassait sur le front, et éteignait la lampe de chevet aux motifs religieux, comme tous nos meubles, vaisselle, serviettes, nappes. C'est ça mon passé.

— Non, Jana, tes parents n'étaient pas ainsi, c'est juste que ces quelques années ont éclipsé pour toi tout ce qui s'était passé avant. Depuis que je t'ai rencontrée, je trouve que tu vas de mieux en mieux. Tu reviens de si loin que maintenant tu as peur de basculer dans l'autre extrême. N'est-ce pas ?

— Heureusement que je t'ai comme conseiller sentimental. C'est exactement ça. »

Jana arrêta là sa confession. Elle n'allait pas lui raconter qu'il lui en coûtait chaque fois plus de se retenir devant Durandarte. Elle lui demanda toutefois ce qu'il fallait faire.

« Pour l'instant, rien.

— Rien. »

Jana répéta ce mot comme s'il englobait également son contraire, *tout*.

« Bien sûr, il faut avoir de la patience. »

C'était le conseil d'un homme avisé. Jana connaissait le bon sens de Montlum. Il ajouta alors :

« Je peux t'aider à la fin de la guerre, pour le moment, il nous reste beaucoup à faire. » Comme pour appuyer son propos, il continua à laver le sol du moulin.

« J'ai l'impression que c'est mon destin, le deuil

perpétuel, l'attente, reprit Jana. Tout ceci est provisoire. Quand ce sera fini, je redeviendrai comme avant, j'aurai la tête basse, la mine affligée. »

Malgré ces paroles lugubres, on voyait qu'elle n'avait aucune intention de le faire.

« Tu verras, quand la guerre sera finie, je t'emmènerai à Paris, lui promit son ami d'un air sérieux, pas seulement pour lui remonter le moral. Bon nombre de ceux que tu vois sur les quais et dans le vestibule vont et viennent de là-bas. Il suffit de monter dans le train et de voir le paysage de l'intérieur des wagons et non du dehors, comme nous. Mais il faut attendre, ce n'est pas encore le moment, Paris est toujours entre les mains de l'occupant, mais il ne le sera plus bien longtemps.

Elle le serra dans ses bras. Il lui restait un dernier sujet à aborder, le plus difficile :

« Montlum, Gröber a exigé que tu joues pour lui.

— Il n'en est pas question. Jamais. C'est précisément pour ne pas faire ça que je suis venu en Aragon, et voilà que ça me rattrape. Cela me pèse déjà de les voir manger le pain que je fabrique.

— Il veut que tu donnes un récital pour le départ de ses compagnons.

— Tu me demandes de jouer pour la Gestapo ?

— Pas moi, Gröber. On ne peut pas refuser. Ce serait pire pour nous. Je regrette, nous devons jouer le jeu comme Laurent.

— Jusqu'à ce qu'ils nous arrêtent nous aussi, c'est ça ? Tu crois que je ne tremblerai pas ? Je ne suis pas de l'étoffe des héros, moi.

— Trois morceaux, c'est tout.

— Je choisirai un requiem. »

Jana lui caressa la joue en se disant que son ami valait mille fois mieux qu'un héros. Puis elle sortit. Montlum se présenterait au rendez-vous. C'était un mauvais moment à passer, mais elle n'osait pas contredire Gröber. Et pendant qu'ils seraient ainsi distraits, ce serait le moment que devraient choisir Didier et Durandarte pour faire passer des valises avec les pièces d'un radiotransmetteur.

60

On ne s'ennuie pas à Canfranc

Dimanche 29 août

Quand ils apprirent que leur ami était de retour de Toulouse, ils fixèrent un rendez-vous à seize heures dans la partie basse du sentier des Mélancoliques, derrière le dépôt des locomotives. Jana attendait Esteve, inquiète. Elle avait peur de perdre ses moyens devant lui, que la conviction qui l'animait quand elle avait parlé de sa décision ne flanche. Elle regarda autour d'elle. Ils avaient choisi cet endroit parce qu'aucun véhicule militaire ne pouvait passer sur ce sentier étroit flanqué de buissons épineux et de broussailles. Ils se trouvaient près d'un ruisseau. Le murmure de l'eau et la fraîcheur étaient très agréables.

Montlum était le seul à savoir ce qu'elle ressentait pour Esteve. Elle ignorait si, face à lui, elle parviendrait à cacher ses sentiments. Elle essaya d'imaginer leur vie, une fois ce film d'horreur terminé. Elle se dit que ce but, vivre sans peur, était une raison de plus pour s'impliquer dans la Résistance. Bien sûr, elle ignorait tout des sentiments d'Esteve. Elle avait senti son désir, mais se rappela qu'ils étaient dans sa chambre, elle vêtue d'une simple chemise de nuit. Cela ne signifiait rien. Elle ne devait pas se faire d'illusions. Il était marié à la liberté.

Pourtant, dès qu'il apparut, elle eut l'impression que tout autour d'elle s'animait de couleurs plus vives.

« Je t'apporte une carte de Toulouse », lui dit-il en arrivant.

Il lui tendit une enveloppe, geste qui la désignait comme étant digne de prendre la succession, provisoire, espéraient-ils, de Laurent.

« J'ai appris que Gröber doit partir demain pour Paris et qu'il ne reviendra pas avant une semaine. Nous devons nous organiser pour faire passer un maximum de personnes pendant son absence, dit Jana. Cette fois, des réfugiés arrivent par le train et à pied. Nous devons redoubler d'efforts. »

Montlum et Didier la regardèrent d'un air très sérieux et Esteve avec un sourire tendre et fier, tel un père qui s'aperçoit que sa fille a grandi, qu'elle est capable de se débrouiller seule et même de faire mieux que ce que ses parents avaient anticipé. Ce qu'elle interpréta comme une forme de condescendance la gêna, mais elle poursuivit :

« Nous reprendrons le dispositif antérieur : Esteve, tu rassembleras les réfugiés à Pau où ils prendront le train. Didier, tu les feras descendre sur le quai pour les cacher dans l'entrepôt ; cette fois, Montlum, tu te chargeras de couper le courant ; Valentina distraira les gardes. Moi, je vous attendrai dans le vestibule et je les conduirai à la chambre secrète. »

Esteve ne put s'empêcher de penser que dans les montagnes, c'était lui qui donnait les ordres à Arnaldo et à Silvino mais qu'ici, dans la vallée, c'était elle qui remplissait ce rôle.

« Dès que nous aurons une date, nous te la communiquerons », dit Didier.

Il lui incombait de trouver le jour le plus propice en fonction du trafic ferroviaire et du flux de voyageurs et de les prévenir de n'importe quelle contingence.

La réunion de travail était terminée. Pour conclure sur une note plus gaie ou pour prouver que leur amitié leur permettait de partager d'autres choses, Montlum et Didier leur montrèrent certaines photos que doña Mimín avait volées, sans révéler comment ils se les étaient procurées. Sur ces clichés érotiques aux poses provocantes, créant des scènes fabuleuses qui racontaient toute une histoire à travers les nus, un seul détail faisait tache : Gervasio apparaissait dans chacun, et il n'était pas à la hauteur. Pas seulement à cause de sa stature chétive, mais parce que la présence systématique d'un être aussi maigrichon et flasque annihilait toute idée de volupté et rendait les tableaux presque comiques.

Esteve les observa avec attention. Jana s'écarta comme pour éviter qu'il ne lise dans ses pensées alors qu'elle l'imaginait à la place du gouverneur, une femme de dos devant lui, sous lui, au-dessus, sur une chaise, une balançoire, au cirque. Dans ces photos, seules les femmes étaient nues ; les hommes, car il y en avait plusieurs, étaient à peine déshabillés, certains ayant même gardé leur chapeau. Elle imagina qu'elle dévêtait Esteve, lui dénouait les cheveux, se jetait dans ses bras comme pour se fondre dans son corps et sentait son sexe dur contre elle... Et rougit. Elle était incapable de contenir ces rêveries sacrilèges qui semblaient être une vengeance à l'égard de sa vie antérieure.

« On ne s'ennuie pas à Canfranc, n'est-ce pas, Esteve ? plaisanta Montlum. Pourtant, Jana nous dit qu'elle n'y restera pas longtemps. Je lui ai proposé de venir en France avec moi quand le pays sera libéré. En fin de compte, elle n'a aucune attache ici... »

On devinait les sous-entendus de cet homme rusé qui préparait le terrain comme un agriculteur expérimenté avant les semailles.

Jana s'amusa de la scène. Elle regarda Esteve du coin de l'œil pour observer sa réaction. Il n'en montra aucune.

« Est-ce que c'est vrai que tu connais Laurent

depuis la guerre de 14 ? demanda Esteve au Français comme si la remarque de Montlum ne l'intéressait pas le moins du monde.

— Oui, nous nous sommes engagés dans cette guerre pour faire quelque chose d'utile parce que nous avions tous les deux des remords de nous être tant amusés dans une situation aussi tragique. Notre ami est un saint moderne, ainsi que j'ai eu l'occasion de m'en rendre compte plusieurs fois... Faisant toujours passer les autres avant lui, sans les connaître, se consacrant à en sauver le plus grand nombre possible, sinon il ne dort pas, ne mange pas. »

Jana intervint :

« À propos de la famille Juste : Arlette et ses enfants vont bien. Ils occupent un appartement que leur prête l'ambassade britannique, calle Valverde. Quant à Laurent, il est passé à Alger d'où on l'a envoyé en Italie, où il a participé à la campagne d'Italie. »

Esteve ne cessait d'admirer Jana malgré l'indifférence qu'il manifestait. Il prit la parole à son tour :

« Ce n'est que des années après la fin de la guerre que l'on comprendra l'importance de ce qui se passe ici à Canfranc. Didier, Montlum, *Madame**...

— *Mademoiselle** », le corrigea Jana qui se demanda s'il était informé de son mariage.

C'était possible. Tous ceux qui travaillaient dans le renseignement finissaient par être au courant de tout.

« Je devrai partir en octobre avant que la neige ne tombe et ne m'oblige à hiberner. La guerre m'a certainement transformé, mais pas en ours», plaisanta-t-il.

Jana fut surprise et choquée en apprenant que bientôt elle ne le verrait plus. Elle décida de profiter du temps qu'il leur restait sans trop dévoiler ses intentions. Elle se promit de se débrouiller pour le rencontrer seul. En temps de guerre, les relations étaient différentes, on vivait au jour le jour parce que l'avenir était on ne peut plus incertain. Ce fut cela qui la décida. Elle irait pique-niquer avec lui pour un adieu. Sur ce, elle décréta qu'il était temps de se séparer.

«Il est tard, je dois rentrer travailler», annonça-t-elle.

Le groupe se dispersa rapidement. Elle traversa le pont et regarda le bâtiment des voyageurs. Elle se sentait forte, sûre d'elle, puis s'aperçut que dans quelques heures, Montlum et elle se trouveraient en face de Gröber et de ses sbires… Elle se dépêcha, plus inquiète, vers l'hôtel qui paraissait assoupi, baignant dans le silence.

Gröber s'apprêtait à déguster une coupe de champagne en compagnie des trois agents de la Gestapo auxquels il servait d'amphitryon de mauvaise grâce. Il était furieux après la fuite de la famille Juste, mais ne laissait rien transparaître. Jana, qui avait repris son service à dix-neuf heures, vit en entrant dans la salle à manger les quatre hommes assis autour de la table qu'occupait toujours le major au petit déjeuner. Celle-ci se trouvait près de la fenêtre entourée de fougères, à laquelle était suspendue une cage avec une perdrix blanche qui survivait malgré la fumée de tabac. Manifestement, les nazis étaient là depuis plusieurs heures déjà. Montlum, qui interprétait une sonate pour violon de Schubert, les avait retrouvés dans la même position à son retour après avoir demandé la permission de s'absenter pour finir son travail à la boulangerie. Ils semblaient vouloir attendre le départ du train ici. Montlum requit une nouvelle pause après la chaconne en *ré* mineur de Bach pour aller prendre un café en cuisine. Il avait choisi son répertoire de compositeurs allemands – dont aucun n'était de confession juive – avec soin.

Montlum retrouva Jana, morte de fatigue. Les quatre hommes étaient les seuls clients, et ils refusaient de partir malgré le couvre-feu. Elle ne pouvait pas les mettre dehors, ils savaient bien qu'ils étaient les maîtres des lieux…

Il s'assit à côté d'elle et lui caressa l'épaule. Elle lui proposa de lui préparer un en-cas, mais il déclina, lui demandant juste une tasse de café.

«Jouer devant cette bande d'arriérés, c'est un vrai supplice ! Si tu les entendais ! Et ce Gröber, c'est vrai que c'est un musicien frustré. Il ne m'a pas laissé jouer une seule note en paix, il n'arrêtait pas de commenter le tempo, l'harmonie… Mais bon, c'est bientôt fini.

— Au moins, il te parlait de violon. Imagine ce que c'est de les servir et de les entendre faire des remarques sur ta poitrine ! Alors qu'il sait que je comprends tout.»

Montlum but une gorgée de café.

« *Frau* Belerma ! » l'appela-t-on de la salle à manger.

Elle sortit de la cuisine et se planta devant la table des quatre Allemands, avachis sur leurs chaises. Gröber était le seul à se tenir droit. Les autres ne cachèrent ni leurs regards lubriques ni leurs gestes grossiers.

« Demandez qu'on descende nos bagages, *Frau* Belerma. »

Jana envoya chercher les valises. À son retour, Gröber se leva avec autorité.

« Qu'on les dépose sur le quai. Vous, dit-il en s'adressant à Montlum, vous nous accompagnez.

— Moi ? Mais où ? » Montlum s'agrippa à son violon.

Jana, atterrée, observait la scène du comptoir où elle se trouvait sans pouvoir faire un geste.

« Les questions, c'est nous qui vous les poserons. Allez, avancez, pas de temps à perdre avec des adieux éplorés. »

Ils poussèrent le violoniste.

Jana savait qu'elle n'avait pas une seconde à perdre et courut chercher le capitaine Wagner et Dorian Lander, le carabinier. Tous deux lui dirent qu'ils ne pouvaient rien faire, l'un parce que Gröber était son supérieur, l'autre parce que Montlum se trouvait en territoire occupé.

À son retour, le train était déjà à quai, prêt à partir vers le nord.

« Montez ! lança Gröber à Montlum.

— Mais je dois aller chercher ma valise. Je ne peux pas partir comme ça. »

Gröber fit un signe à l'un de ses acolytes qui sortit une paire de menottes de sa poche et les referma sur les poignets du violoniste.

Jana, en larmes, tremblant de tout son corps, courut à la fenêtre et colla son visage contre la vitre. Elle vit alors Montlum, dans le wagon en face d'elle. Elle pria pour qu'Esteve apparaisse et arrête le convoi qui emmenait leur ami vers les ténèbres. Montlum lui sourit comme si tout allait bien et qu'il venait d'arriver, qu'il allait descendre du train et l'étreindre. Il leva ses mains menottées et frappa sur la vitre. Alors l'un des gardes s'approcha par-derrière et lui cogna la tête contre le verre sur lequel coulèrent deux filets de sang. Les sanglots de Jana redoublèrent et elle se laissa glisser à terre entre le mur et la table, sous la fougère et la cage de la perdrix blanche.

Lundi 30 août

Réveillée par le soleil, Jana ouvrit les yeux avec un affreux mal de crâne. Elle crut qu'elle avait fait un cauchemar puis se souvint : le champagne, les notes du violon aussi perçantes que cette lumière crue, la Gestapo qui avait emmené Montlum, le train, le sang… Elle se redressa dans son lit, sauta à terre, s'habilla et descendit l'escalier à toute vitesse. Carmen, sa camarade, s'approcha d'elle.

« Jana, comment te sens-tu ? On t'a trouvée

évanouie dans la salle de restaurant. Les serveurs t'ont aidée à monter dans ta chambre. Ils voulaient appeler le médecin, mais tu as ouvert les yeux et tu as dit que tu voulais dormir. Que s'est-il passé ? Tu es tombée ? »

Jana lui raconta brièvement qu'on avait arrêté Montlum, avant de courir à la boulangerie du village prévenir son propriétaire.

« Je ne vois pas de qui tu parles », lui répondit froidement ce dernier alors que les clients qui faisaient la queue se tournaient vers elle.

Il avait peur, comme tout le monde ou presque. Il pouvait toujours prétexter que s'il avait donné du travail à Montlum, c'était parce que le chef de douane lui avait demandé ce service. Même s'il avait appris à l'apprécier, à partir du moment où on l'avait arrêté, il ne voulait plus rien savoir de lui, ni de ses activités subversives. Les Allemands pourraient croire qu'il était complice. Comme Montlum travaillait de nuit, les clients ne le connaissaient pas, rares étaient ceux qui l'avaient croisé.

Jana ne voulait pas passer à La Serena, affronter les clients indifférents. Elle ne savait pas où se trouvait Didier. Elle songea à laisser un message à Esteve chez les parents de Valentina, mais quand l'aurait-il ? Elle se sentait très seule tandis qu'elle retournait à l'hôtel, le corps lourd, les épaules basses, orpheline pour la seconde fois de sa vie.

61

Des nouvelles pour Dagmar

Vendredi 3 septembre

Quand elle déchiffra le message codé, Jana comprit qu'elle devait prendre le premier train pour Saragosse. Elle demanda un jour de congé en prétextant qu'elle devait s'occuper d'affaires concernant son appartement. Elle travaillait si bien qu'on le lui accorda sans sourciller. Ce qu'elle ne dit pas au directeur de l'hôtel, c'était qu'elle irait en plus à l'hôpital universitaire pour voir comment tout fonctionnait et vérifier si elle connaissait certains des admis pour tuberculose.

Elle détenait une information très importante à transmettre à Dagmar, une première vraie lueur d'espoir au milieu des ténèbres. Elle avait réussi à dissuader cette dernière d'accompagner le photographe Robert Müller dans un de ses déplacements à Miranda, cette antichambre de l'enfer. Et elle était désormais en mesure de récompenser cette attente. Selon le message qu'elle avait reçu, on avait trouvé un intermédiaire qui avait promis de leur donner des nouvelles de son mari. Mais ce n'était pas tout et, en pensant à ce qui les attendait, Jana n'avait pas réussi à fermer l'œil de la nuit.

Elle quitta la gare de Saragosse, laissant sa façade jaune aux arcs suspendus à un mètre et demi du sol, surmontés de fenêtres comme des œils-de-bœuf à travers lesquelles elle s'était sentie surveillée la fois précédente. Elle traversa l'Ebre par l'antique pont de pierre et contempla la basilique del Pilar qui paraissait flotter comme une citadelle légendaire. Elle tourna au coin de la rue Alphonse-Ier et passa devant le marché, la Lonja. Quand elle était enfant, son plafond voûté et ses colonnades lui avaient paru prodigieux.

Arrivée chez elle, elle sonna à la porte. En la voyant, Dagmar et sa fille, toutes deux en forme, souriantes, l'embrassèrent avec une véritable euphorie. Elle les invita à l'accompagner tout de suite et leur expliqua, en chemin, qu'elle les laisserait seules sur la place du Pilar, parce que c'était ce qu'elle avait convenu avec son contact et qu'elle ne voulait surtout pas qu'il se sente trahi en voyant une autre personne avec elles.

En chemin, elle s'arrêta devant le panneau indiquant General Espoz y Mina et fit ensuite quelques pas en regardant le sol. Sur ces pavés, ses parents étaient tombés morts sous les bombardements. Il était possible que sept ans après il subsiste quelques particules, que tout ce qu'ils avaient été ne se soit pas volatilisé, que leurs ultimes traces microscopiques se trouvent encore sur ces pavés. Cette pensée la surprit. Comme si rendre à la nature ce que ses parents furent les dotait d'une permanence.

Jana déposa les Hongroises devant la basilique, s'éloigna, puis revint par la rue Bayeu pour assister discrètement à la rencontre. Elle vit alors s'approcher de la statue de Goya un homme qui semblait étranger. Elle aurait pu s'avancer, dissimulée dans la foule, mais préféra demeurer cachée sous un porche.

L'homme se dirigea vers Dagmar d'un pas décidé. Il était maigre, très grand, blond, le visage bronzé. Il portait un costume neuf bien qu'un peu grand pour lui, un journal plié sous le bras gauche. Un mouchoir jaune dépassait de la poche extérieure de son veston.

Dagmar regardait autour d'elle d'un air inquiet. Soudain, Sieglinde lui lâcha la main et s'élança dans la foule. Dagmar, stupéfaite, figée sur place, criait « *lánya, lánya* » pour rappeler sa fille. Des passants accoururent et, quand enfin la foule s'écarta, elle put voir Sieglinde dans les bras de l'homme. Il ne s'agissait pas d'un envoyé du consulat britannique, ni d'un compatriote de Müller, mais de Sándor en personne. Dagmar se précipita vers lui sans pouvoir retenir ses larmes de joie.

Jana n'avait osé imaginer cette scène au cas où des complications seraient survenues au dernier moment. À cent cinquante mètres de là, elle avait perdu ses parents, mais aujourd'hui la petite Sieglinde y retrouvait son père. Jana était fière d'avoir pu organiser ces retrouvailles miraculeuses. Seule dans sa cachette, elle avait l'impression d'être à la tête d'un régiment qui aurait semé de nombreuses graines pour que la paix refleurisse… ou du moins des moments comme celui-ci.

Elle ne pouvait repartir sans leur faire ses adieux. En la voyant, Dagmar courut à sa rencontre, un sourire radieux illuminant son visage baigné de larmes.

« Je ne t'oublierai jamais, je te le promets », lui dit-elle.

Elle se tourna vers Sándor et lui expliqua le rôle qu'avait joué Jana. Sieglinde, fière de son castillan parfait, traduisit la réponse de son père :

« Il dit qu'un jour nous te rendrons tout ce que tu as fait pour nous.

— Explique-lui que je n'y suis pour rien, que j'ai été aidée par Esteve Durandarte et le photographe qu'il connaît. »

Puis elle se baissa, retira le camée que Dagmar lui avait donné et le noua autour du cou de l'enfant.

Après ces adieux émouvants, elle repartit vers la gare, prête à retrouver Canfranc, à poursuivre sa mission pour que d'autres recouvrent la liberté. Mais pas l'homme auquel elle voulait justement dérober quelques heures de sa si précieuse liberté.

62

Le festin

Alors que le train entrait en gare de Canfranc, Jana aperçut Esteve sur le quai depuis son compartiment, ainsi qu'elle l'avait espéré, sans trop oser y croire. Elle devait passer deux jours à Saragosse, mais avait décidé de rentrer le jour même, parce qu'une nuit dans l'appartement de ses parents lui aurait paru une éternité. Elle avait eu raison.

Quand elle descendit, Esteve ne put lire sur son visage si tout s'était bien passé, car à la joie de retrouver Sándor se mêlait la peine d'avoir perdu Montlum. Elle lui dit avec discrétion qu'elle l'attendrait le lendemain à l'entrée du sentier des Mélancoliques, là où démarrait la piste menant au col des Voleurs, pour aller vers Sallent de Gállego qu'elle ne connaissait pas et qu'elle avait envie de découvrir.

« Bien sûr, ce sera un plaisir de te servir de guide », répondit-il.

Tous deux savaient que ces paroles avaient d'autres implications.

« Nous rentrerons de nuit. »

Esteve ne comprit pas ce qu'elle sous-entendait. Avait-elle fixé un rendez-vous à un contact ou bien souhaitait-elle qu'il l'aide à passer en France ? Cette femme n'avait de cesse de le décontenancer.

Samedi 4 septembre

Au petit matin, Jana retrouva Esteve à l'endroit fixé la veille. Il l'aida à monter sur son cheval, son panier de pique-nique au bras.

« Tu m'invites à déjeuner ?

— Bien sûr ! Après tout ce que tu as fait, c'est ma façon de te remercier. »

En chemin, ils parlèrent de tout ce qui s'était passé ces derniers mois et de ce qu'il leur restait encore à faire. Quand ils arrivèrent aux Baños, ils s'arrêtèrent. Esteve glissa les mains autour de sa taille pour l'aider à descendre et la maintint en l'air plus longtemps que nécessaire, comme pour mieux l'admirer ou lui montrer sa force. Ils se dirigèrent vers un ruisseau et s'installèrent sur l'herbe. Jana n'arrivait pas à se sortir de la tête qu'Esteve comptait repartir dans quelques semaines. Comme si ces mêmes idées noires le tourmentaient également, il se leva brusquement et commença à se déshabiller.

« N'aie pas peur, je veux juste me baigner », lui dit-il avec un regard malicieux.

Il retira ses bottes, puis sa chemise, d'un geste lent, et dévoila son torse puissant qu'elle eut immédiatement envie de caresser. Il détacha ses cheveux, ôta son pantalon et s'avança vers l'eau, ses cuisses comme deux colonnes. Jana ne pouvait continuer à le regarder, elle se cacha le visage dans les mains, mais écarta les doigts pour le voir. Il l'invita à le suivre. Jana lui répondit qu'elle n'avait pas de maillot.

« Le mien ne te plaît pas ? » se moqua-t-il.

Elle n'avait jamais vu nu Paulino, son mari. L'image de Gervasio sur les photos coquines lui revint à l'esprit. Ces corps n'avaient rien à voir avec celui d'Esteve, ils appartenaient à des espèces distinctes. Ce dernier plongea dans l'eau et secoua ses cheveux en émergeant. Jana profita d'une de ses nouvelles immersions pour retirer ses vêtements. En quelques secondes, elle se retrouva dans le ruisseau, soulagée d'avoir pu cacher sa nudité. Mais l'eau était si transparente... Esteve s'approcha d'elle, la prit par la taille, la souleva dans ses bras, sans un mot, les yeux rivés aux siens. Elle crut qu'il allait l'embrasser, mais il la reposa, lui prit la main et l'entraîna vers la rive. Il aurait voulu la prendre là, tout de suite, mais refréna son désir. Ce n'était pas correct, il ignorait quand il reviendrait et même s'il reviendrait.

Jana se rhabilla à toute vitesse, la mine attristée. Elle ne s'attendait pas à ce rejet. Comme il se taisait encore, elle ouvrit le panier et lui tendit la nappe qu'elle avait apportée. Ils mirent le couvert sans un mot. Elle sortit les calamars à la romaine, la tortilla, les salades, le fromage et le jambon. Des gestes quotidiens et pourtant étranges en raison du silence inhabituel d'Esteve. Il ouvrit la bouteille de vin qu'on avait expédiée à Laurent depuis le Portugal et ils entamèrent leur repas comme s'ils déjeunaient ensemble tous les jours.

Il se montra vorace, ce qui ne l'étonna pas, alors qu'elle-même avait du mal à avaler la moindre bouchée. Elle contempla le paysage autour d'elle.

« Et dire que nous avons tout ça ! » s'exclama-t-elle en balayant du regard non seulement les mets sur la nappe, mais aussi le paysage, pour poser enfin ses yeux sur Esteve, hésitante, suppliante. Bien sûr, elle connaissait ses raisons : il ne voulait s'unir à personne alors que son départ était imminent. Mais elle voulait qu'il le lui dise, qu'il atténue par ses paroles ce qu'elle ne pouvait que ressentir comme un affront.

Et effectivement Esteve lança qu'il partait combattre, qu'il en avait assez de se cacher dans les montagnes, avant de s'interrompre brusquement. Sans transition, comme s'il ne pouvait s'en empêcher, il lui dit que ce qu'il aimait le plus en elle, c'était sa bouche. Qu'il était envoûté, qu'une nuit il n'avait pu résister, qu'il était entré dans sa chambre, l'avait regardée dormir et l'avait embrassée. Jana l'écoutait, ravie, sans savoir quoi répondre. Esteve ne lui en laissa pas le temps, il se jeta sur elle, et l'allongea sur la nappe, renversant le vin. Là, entre les verres, les serviettes, les assiettes, il l'embrassa enfin. Elle se sentait ivre de bonheur. Elle avait rêvé tant de fois de ce moment. Elle enfouit son visage dans son cou, respira son odeur, sentit sa vigueur, sa force, son corps sur le sien comme un bouclier la protégeant du monde. Elle se cambra, s'offrant à lui, cédant à son désir, ce rêve devenu enfin réalité.

Samedi 11 septembre

Une semaine plus tard, en entrant dans le restaurant, Jana aperçut un homme très élégant d'une cinquantaine d'années, qui lui commanda un petit déjeuner en français. Il ne cessa de lui sourire pendant qu'elle le servait, mais il n'y avait aucune tentative de séduction, seulement de la complicité. Il portait un costume croisé avec un pantalon large de couleur claire, une cravate et un mouchoir assorti en soie verte, une chemise fermée par des boutons de manchette et une eau de toilette très sophistiquée.

« Dites-moi, *mademoiselle**, où se trouve la *poste**?

Elle lui indiqua la porte menant au bâtiment des voyageurs, mais, avant de partir, il sortit son stylo-plume et écrivit quelques mots sur une feuille de son calepin, qu'il posa sur la table.

« Merci beaucoup, j'espère que nous nous reverrons. Je dois rester un jour de plus », précisa-t-il en se levant.

Jana lui sourit tout en débarrassant. Tout dans cet homme évoquait Paris, son raffinement, son *savoir-faire**. Elle remarqua alors le papier qu'il avait laissé. Elle lut ces simples mots : « Je suis Étienne Guinart. »

Cette visite confirmait que son message était bien arrivé de l'autre côté de la frontière. La Résistance voulait connaître celle qui était désormais aux commandes du réseau et savoir si elle était digne de confiance.

Le lendemain, Guinart et elle se retrouvèrent près d'une serre abandonnée. Une courte entrevue au cours de laquelle cet homme attentif la traita d'égal à égale, comme une camarade. En partant, il posa une main sur son épaule d'un geste amical.

De leur ancien groupe, il ne restait plus que Didier. Esteve avait disparu. Elle savait que leur pique-nique avait été un adieu, toutefois elle jugeait son départ très précipité, même si elle était bien placée pour savoir qu'en temps de guerre tout pouvait basculer du jour au lendemain. Depuis, elle se demandait pourquoi il n'avait pas usé d'un de leurs nombreux moyens de communication pour entrer en contact avec elle. Elle n'éprouvait pas de colère, seulement une grande tristesse. Elle imaginait le pire, incapable de croire que ce silence puisse être volontaire.

La seule chose qui atténua sa sensation d'isolement durant ces jours sombres, ce furent les lettres d'Étienne Guinart, avec lequel elle s'était très bien entendue dès le début. Leurs échanges, malgré leur ton formel, furent son seul remède à la solitude pendant un temps. Les hivers à Canfranc étaient rudes, toute distraction était la bienvenue et ses lettres lui donnaient le courage de continuer. Peu à peu, une grande amitié naquit entre eux. Étienne s'intéressait vraiment à elle, lui posant des questions comme si, pour lui aussi, leur correspondance comptait.

Cette relation prit une place de plus en plus importante dans la vie de Jana. Après tout, elle était parfaitement inoffensive. Sans la guerre, cette relation si inégale n'aurait jamais existé. Comme dans un jeu, elle écrivait en français à Étienne Guinart qui lui répondait en castillan. Ils parlaient de tout, des voyages qu'ils aimeraient faire, de leurs plats préférés, ils se racontaient des anecdotes, des rêves. Tous les messages secrets se trouvaient entre les lignes, comme s'ils écrivaient et lisaient deux lettres à la fois. De cette manière, l'information continuait à circuler. Ce que Jana ignorait alors, c'était que ces lettres étaient parcourues par quelqu'un d'autre.

Guinart apprit ainsi qu'elle était plus qu'une simple serveuse, qu'elle disposait d'une petite fortune héritée à la mort de ses parents. Elle n'osa pas lui confier pour autant ce qu'elle ressentait depuis le départ d'Esteve. Cela ne lui paraissait pas opportun.

Elle ne rejetait pas l'idée d'aller un jour à Paris, comme le lui avait proposé Montlum, pour rendre visite à son nouvel ami. Elle imaginait Guinart dans des salons dorés où l'on dansait des valses entouré de dames élégantes. Il était encore séduisant et Jana se le représentait parfois jeune, alors qu'il se livrait à tous ces exploits qu'on lui avait racontés : il était arrivé en Grande-Bretagne en sous-marin, avait travaillé dans le corps d'élite, les OSS qui dépendaient directement de Churchill. Mais leur relation n'avait rien de passionnel, même s'il lui envoyait parfois de petits cadeaux. Avant, il n'était qu'un nom pour elle, mais avec le temps elle avait fini par le considérer comme un ami, ce qui la consolait de la perte de ses autres compagnons et surtout d'Esteve qui semblait s'être évaporé. Elle ne savait pas si ce silence était volontaire ou la conséquence d'un événement terrible. Elle chassait cette idée de son esprit, mais il était évident qu'un fait nouveau l'avait poussé à avancer son départ. Tous les matins, elle priait pour que tous soient vivants et qu'ils se retrouvent un jour, libres.

Alors, elle se replongea dans les livres, surtout les œuvres reçues avec les messages, les romans de Pérez Galdós ainsi que l'exotique *Panthères d'Alger* de Salgari. Mais rien ne l'emporta autant que l'histoire d'Edmond Dantès, avec cette usurpation d'identité menée à bien par le personnage de Dumas. Ce récit demeurait dans son esprit. D'autant que le héros partageait ses initiales avec un certain E. D…

CINQUIÈME PARTIE

Août-septembre 1944

63

La boîte agitée par le géant

Dimanche 20 août, quasiment un an plus tard

Laurent vola un tank allemand puis une Volkswagen. Il avait débarqué sur le territoire français la veille et voulait rejoindre au plus vite Paris. Ces derniers temps, il ne se montrait plus aussi courtois, aussi ne remboursait-il pas l'essence comme il l'avait fait en Andalousie. C'était sa dernière mission après les succès en Sicile. L'information qu'il transportait valait plus que son poids en or.

Il entra dans la capitale au moment précis où les résistants, unis à la division Leclerc, livraient bataille pour faire reculer l'ennemi. Militaires américains, anarchistes, républicains espagnols exilés se partageaient la tâche d'effacer l'infamie du régime de Vichy qui avait vendu sa liberté en signant l'armistice, et les avaient soumis et humiliés en les obligeant à devenir sujets du Reich. La fureur qui devait expulser les troupes d'Hitler sortit de la place Denfert-Rochereau où le QG de la Résistance était installé dans un souterrain. Le général Leclerc ordonna de marcher sur Paris en dépit des ordres de ses supérieurs américains. Et le destin de Laurent le propulsa là où allait s'écrire l'histoire. Il jeta toutes ses forces dans la bataille, creusa des fossés antichars, repoussa des arbres déracinés… Il apprit les explosions de joie qui accompagnaient le passage des divisions dans les banlieues, et la compétition sonore que se livraient les radios qui haranguaient le peuple. Celles qui transmettaient les annonces des Alliés disposaient de meilleurs haut-parleurs afin de dominer la campagne de désinformation de Radio-Paris. Les drapeaux bleu, blanc, rouge refirent leur apparition. On arrachait les écriteaux allemands, on les brûlait, tandis que dans le centre les tanks s'affrontaient.

Cinq jours plus tard, le 25 août, de Gaulle arrivait au ministère de la Guerre avant de se rendre à l'Hôtel de Ville pour y faire le discours qu'il rêvait de prononcer depuis des années. Il évoqua Paris outragé, brisé, martyrisé, mais enfin libéré. Le lendemain, le défilé de la victoire eut lieu sur les Champs-Élysées et, trois jours plus tard, Laurent fut convoqué pour un entretien avec le Général : la consécration. Mais Laurent choisit de repousser le rendez-vous car il avait quelque chose de plus important à faire : il devait aller chercher sa famille à la gare d'Austerlitz et avait décidé de lui consacrer tout son temps après ces longs mois de séparation. Il attendit patiemment que le train arrive à quai avant de se précipiter vers le wagon d'où il vit descendre une jeune fille très belle, Maude, suivie de Solange, de leur mère et du petit Auguste. Tous essayèrent de cacher leur émotion, mais le cadet ne put retenir ses larmes. Après avoir laissé les valises à la consigne, ils partirent se restaurer Au Pied de Cochon, face aux Halles, où ils fêtèrent leurs retrouvailles. La première question de Laurent ne put être que :

« Comment avez-vous laissé Canfranc ? Et Jana ? Et Montlum ? Comment vont-ils ? Ils savent quelque chose au sujet de Didier et Durandarte ? »

Arlette considéra qu'il n'était pas opportun d'assombrir ce moment avec les mauvaises nouvelles qu'elle avait reçues lors de son passage à Canfranc. Ils auraient bien le temps. Ils pouvaient dire désormais qu'ils avaient la vie devant eux. Elle sortit de son sac une carte, qui paraissait composée de fils tressés et amidonnés, et la tendit à son mari. Ce n'était pas la première fois que Laurent voyait cette adresse, mais il se tut, préférant vérifier d'abord.

« Vous savez comment je vois la guerre ? » Maude changea de sujet. « Comme si nous étions dans une boîte agitée soudain par un géant. Beaucoup ne peuvent supporter les coups qu'ils se donnent contre les parois, ils se blessent, meurent ; d'autres restent debout, d'autres encore se cachent dans les coins… Mais tous ont en commun la douleur.

— C'est ainsi, ma fille, répondit Laurent, nous avons de la chance, nous sommes sains et saufs, les Anglais nous ont secourus quand nous en avions le plus besoin et nous sommes toujours cinq. C'est ça le plus important. »

Solange répéta une de ses phrases habituelles,

celle à laquelle elle s'était accrochée depuis tout ce temps pour se rassurer :

« Tu sais quoi, papa ? Il n'y aura plus de guerres. C'est la dernière.

— Je veux un train électrique, papa. Tu me l'achèteras ? Comme celui du garçon de Saragosse », intervint Auguste, ce qui fit sourire tout le monde.

Ce jour-là sur tout le continent, beaucoup burent du champagne. Même Auguste prit une coupe qui ne lui fit aucun effet parce que sa joie ne pouvait être plus grande.

64

Une décision irrévocable

Jeudi 31 août

L'ancien chef de douane rencontra enfin le général de Gaulle, alors président du gouvernement provisoire de la République, dans ce bureau où avaient survécu quelques éléments fastueux, comme le lustre, ainsi que les chandeliers en cristal et les candélabres qui décoraient la cheminée. Devant les fenêtres, le vent gonflait d'épais rideaux couleur saumon retenus de chaque côté par un écu doré.

Ce fut René Massigli qui l'accueillit en plaisantant

sur le naturel têtu des Bretons. Massigli avait un visage fin, il portait des lunettes rondes et une petite moustache, et avait un caractère volontaire mais prudent. Son impression de Juste était bien différente de celle qu'il avait avant de le rencontrer à Alger.

Le général prit la parole :

« Juste, notre nation est aujourd'hui libre grâce à des hommes courageux comme vous. Vos immenses services méritent d'être récompensés. Nous serions honorés si vous acceptiez un poste de ministre. N'importe lequel, choisissez.

— Nous serions collègues », ajouta Massigli, qui faisait partie du gouvernement provisoire de la République française et s'apprêtait à devenir ambassadeur français à Londres.

Le même matin, Laurent avait déjà refusé une offre mirobolante du magnat du pétrole, Calouste Gulbenkian, qui voulait l'emmener au Moyen-Orient pour occuper un des postes les plus importants de son entreprise. En acceptant, Laurent serait devenu un homme riche. Mais il avait décliné l'offre, à la grande stupéfaction de l'Anglais d'origine arménienne qui avait compris qu'il avait affaire à un homme très particulier, ainsi qu'on le lui avait dit.

De Gaulle poursuivit :

« Je veux un gouvernement des meilleurs, comptant des hommes qui ont rendu sa fierté à la France, qui ont mis fin à cet opprobre, qui ont risqué leur vie, comme vous, qui n'ont pensé qu'à leur honneur.

Je veux des patriotes qui ne connaissent pas la lâcheté. Votre pays a besoin de vous. Aidez-nous à construire le gouvernement de la nouvelle France. »

Devant le silence de Juste qui lui paraissait incompréhensible, de Gaulle enchaîna sur un ton plus intime :

« Vous seriez le premier à refuser un ministère. Que se passe-t-il ? Vous préférez une ambassade ? Vous n'avez qu'à choisir. Je vous assure que la guerre aurait été autre sans vous. Vous savez, dit-il en s'adressant à Massigli, comment le haut commandement allié et la Résistance ont réussi à établir le contact pour la première fois ? Parce que Juste est parvenu à faire passer un émetteur caché à l'intérieur de deux valises au nez et à la barbe de la Gestapo. Ce fut un moment historique quand le signal parvint à Londres. Et toutes les campagnes de désinformation que nous avons fait courir sur le débarquement à Calais, la quantité de documents échangés… Je ne parle même pas de toutes les personnes qu'ils ont sauvées. Son réseau, qui était plus qu'une organisation d'espionnage, était prodigieux. D'ailleurs, j'aimerais connaître vos compagnons, faites-les venir à Paris, faites-moi l'honneur de me les présenter. Tout cela, il ne faut pas l'oublier. Ne me répondez pas tout de suite, prenez une semaine pour réfléchir.

— Mon général, dit enfin Laurent, je vous remercie infiniment, mais, avec tout le respect que je vous dois, j'ai d'autres projets. Je ne veux pas être ministre, ni ambassadeur, ni secrétaire d'État. Ne le prenez pas mal, je vous suis très reconnaissant, mais pendant tout ce temps, quand je pensais que chaque jour serait le dernier, un seul désir m'a permis de tenir et je voudrais l'accomplir, si vous le permettez.

— Je vous écoute.

— Je veux retourner à Canfranc. C'est tout. »

Laurent prononça cette phrase avec aplomb. Plus qu'un désir, c'était une certitude qui le guidait et une énergie qui le soutenait.

« Canfranc ? » répéta le général, incrédule.

Massigli chuchota au général ce qu'il lui avait déjà dit, que c'était l'homme le plus têtu qu'il lui ait été donné de rencontrer et que cela ne servait à rien d'essayer de le convaincre, s'il s'était mis cette idée en tête, il n'en démordrait pas.

« Oui, j'ai une dette envers ce village. Je vous demande de faire votre possible pour me réintégrer dans le service national des douanes.

— Je vois… Mais vous mesurez bien tout ce à quoi vous renoncez ?

— Parfaitement, et rien ne me rendrait plus heureux, dit Laurent en souriant pour la première fois depuis le début de leur rencontre.

— Très bien. Quand voulez-vous partir ?

— Le plus tôt possible. »

65
L'appel

Jana attendit Gröber à l'entrée du hall et le salua avec le mépris qu'elle lui témoignait depuis l'arrestation de Montlum. Ses soldats avaient tenté de fuir par le nord, mais il était resté, ruminant sa défaite. Il ne pensait qu'à sauver sa peau, à atterrir dans d'autres contrées où il pourrait écouter sa musique, déguster son champagne, tourner les pages de ses livres d'art avec délectation, assister à des expositions et se souvenir des atrocités qui leur avaient permis, à lui et à beaucoup d'autres, d'être les hommes les plus puissants du continent. Mais c'en était fini de ses rêves de gloire. Il ne songeait plus qu'à fuir en Amérique du Sud, où il se terrerait comme un rat.

Jana avait eu sa vengeance. Chaque fois que Gröber quittait Canfranc afin de s'entretenir, au plus haut niveau comme il aimait le dire, pour ses affaires, elle en profitait pour faire passer des Juifs. Wagner, après l'arrestation de Montlum, avait décidé de ne plus intervenir. Le capitaine voulait rester en Espagne à la fin de la guerre. Ils le protégeraient, il en était sûr, parce qu'il s'était fait beaucoup d'amis malgré ses origines et son poste.

En l'apercevant, Gröber, livide, l'appela « Freya ». Elle se demanda si, pour échapper à la débâcle si humiliante, il n'avait pas eu recours à des opiacés. Elle souhaitait qu'une crise d'épilepsie l'emporte une bonne fois pour toutes. Tout d'un coup, cela en fut trop et elle se laissa aller à la colère, se jeta sur lui, lui arracha d'abord l'aigle de métal sur sa casquette et puis sa cocarde et le cordon sur sa visière. Elle tenta de détacher ses galons et les boutons qu'elle jetait par terre, toujours accrochés à des bouts de tissu. Sans l'intervention de Carmen, elle lui aurait griffé le visage. Pendant ce temps, Gröber resta impassible, ne fit pas un geste pour se défendre, mais répéta comme un robot : « Freya, nous méritions un monde meilleur. »

Une nièce de Pilar, qui venait parfois aider au bar, prévint Jana qu'elle devait être à La Serena à deux heures, on allait l'appeler de Paris. Impatiente, Jana se changea et se rendit au village. En chemin, elle s'arrêta chez les parents de Valentina pour passer le temps.

« Tu as vu ces pauvres garçons ! C'est terrible ! C'est qu'on avait fini par les connaître, on les voyait dans la rue, ils allaient à l'auberge, au bal, je ne veux même pas penser à leurs mères, leurs sœurs, leurs femmes s'ils en avaient déjà, ils étaient si jeunes… Ce n'est pas normal, n'est-ce pas, Jana ? » lui dit Leonor.

Elle voulait parler des soldats allemands qui, en apprenant la libération de Paris, avaient voulu fuir et avaient sauté sur une bombe posée par la Résistance au milieu d'un tunnel, à quelques kilomètres de l'entrée en France. Des volontaires étaient allés chercher les corps avant le passage du train. Du moins ce qu'il en restait. Mais personne ne vint réclamer les restes. Jana approuva Leonor tout en pensant à Gröber au moment où elle l'avait vu descendre l'escalier ce jour-là. Il avait essayé de garder son aplomb, mais on ne voyait que sa frousse, il ne s'était même pas occupé des corps, comme s'ils n'avaient pas été ses soldats. Il voulait fuir au plus vite et dans le même train où tant de persécutés cherchèrent à fuir les camps de l'horreur, comme celui qu'il surveillait avant d'être envoyé à Canfranc.

« Tu sais ce qui me fait le plus de peine ? répondit Jana avec rage. Leurs supérieurs ne veulent rien savoir d'eux. Ils les ont abandonnés comme des chiens. Ils étaient certainement trop occupés à préparer leur fuite et à aller récupérer les lingots d'or, les tableaux, toutes les richesses volées aux malheureux qu'ils ont assassinés. Ça me dégoûte de les voir passer dans les trains, maintenant ce sont eux qui prennent l'express pour Madrid pour se rendre ensuite à Lisbonne. Ils devraient tous brûler en enfer. Il s'est passé des choses terribles ici, ce père de famille polonais qui est mort à la douane, terrassé par un infarctus quand on l'a séparé de sa femme et de leurs quatre enfants, il est mort sous leurs yeux…

— Il est enterré à côté de Voltor, dit Valentina.

— Et ce wagon entier de juifs qu'ils ont découvert parce qu'un bébé avait pleuré. Et nous on ne pouvait rien faire pour eux. Toutes ces choses horribles que nous avons vécues.

— Cela en a valu la peine, Jana », la consola Leonor.

Jana se demanda si c'était vrai. N'auraient-ils pas pu faire davantage ? Mais elle chassa ces pensées.

«Je dois aller faire des courses car on m'attend ensuite à La Serena où je dois recevoir un appel de Paris.

— Tiens ? Qui cela peut-il être ? demanda Leonor, curieuse.

— Je ne sais pas, mais je vous raconterai. Moi aussi, je suis très intriguée.

— Tu sais qui me manque ? Esteve ! reprit Leonor. Je ne sais pas ce que nous serions devenues sans lui. Nous avons eu tellement de chance de retrouver Valentina. Grâce à Dieu et grâce à lui. C'est bizarre, depuis octobre, personne ne l'a vu.»

Sa disparition, et c'est ce qui inquiétait le plus Jana, correspondait à certains faits qui avaient accéléré le dénouement de la guerre : les Alliés étaient arrivés à Naples, les bombardiers de la RAF mitraillaient l'Allemagne, les Américains détruisaient des aéroports aux mains du Reich. Le 8 octobre, l'Espagne abandonna la non-belligérance et proclama de nouveau sa neutralité stricte.

L'absence d'Esteve avait laissé un vide immense que Jana comblait comme elle le pouvait avec ses souvenirs du pique-nique qui ne s'effaceraient jamais. Quoi qu'il advienne.

À La Serena, rien ne semblait avoir changé : les vieux jouaient aux dominos ou au guiñote, les bûcherons buvaient leur eau-de-vie, le garde civil et ex-carabinier, Dorian Lander, prenait son café… Pourtant, la tension avait baissé depuis qu'il n'y avait plus d'Allemands ni de Suisses.

Jana alla voir Pilar dans sa cuisine.

« Tu ne sais pas qui a appelé ? la questionna-t-elle après l'avoir saluée.

— C'est Tricio qui a répondu. La standardiste a demandé à te joindre et a indiqué que, à deux heures, elle te passerait Paris.

— Ça m'inquiète.

— Ne t'en fais pas, ça ne peut pas être une mauvaise nouvelle. Allez, va voir Tricio, dis-lui de te préparer un café. »

À deux heures pile, le téléphone sonna. C'était encore le seul dans tout le village des Arañones. Jana croisa les doigts.

« *Oui, oui, elle est ici**, déclara Tricio. Jana, c'est pour toi. »

Elle se leva en tremblant. La standardiste française répéta son nom, puis annonça : « Je vous le passe. » Jana entendit alors une voix d'homme.

« Jana ! C'est moi, Laurent !

— Laurent… Laurent ! » s'écria Jana qui éclata en sanglots.

On perçut ses cris jusque dans la rue, des clients bondirent, s'approchèrent d'elle et l'encerclèrent. Les larmes coulaient sur les joues de Jana.

Cela faisait si longtemps qu'elle ne l'avait pas entendu et il s'était passé tant de choses horribles depuis son départ qu'elle ne put que répéter son prénom.

« Jana, je t'ai appelée dès que j'ai pu. J'ai vu hier le général de Gaulle, le président de la France en personne. Il voulait me faire ministre. »

Juste criait assez fort pour qu'elle l'entende avec clarté.

« Cela ne m'étonne pas. Félicitations.

— Non, non, j'ai refusé.

— Pourquoi ? » Jana n'en revenait pas.

« Parce que ce n'est pas pour moi, je n'aime pas avoir des chefs, ni vivre en ville, même si c'est Paris, je préfère la campagne et encore plus s'il y a des montagnes. Tu le sais.

— Et que vas-tu faire ? Où t'envoie-t-on ?

— À Canfranc, Jana, je rentre à Canfranc. Nous arriverons ce samedi.

— Je vous attendrai ! » cria Jana.

La communication fut interrompue. Jana se retourna vers les clients du bar qui avaient suivi la conversation et la regardaient, intrigués, et laissa éclater sa joie :

« Laurent revient ! Ils vont tous bien ! Ils rentrent samedi ! »

Tricio offrit une tournée. Elle s'assit, bouleversée. Elle n'avait jamais éprouvé un tel sentiment de félicité. Que tous partageaient à en juger par les mines réjouies qui l'entouraient. Cette réaction unanime prouvait à quel point l'homme qu'on avait surnommé le roi de Canfranc était apprécié de tous.

Si Esteve était entré à cet instant, elle lui aurait sauté au cou et l'aurait embrassé devant tout le monde. Elle lui aurait dit qu'elle voulait l'épouser.

En sortant, elle croisa deux institutrices françaises à qui elle annonça la bonne nouvelle. Leur réaction témoigna de la tendresse qu'elles avaient pour l'homme qui fut et serait de nouveau le chef de douane français, l'homme qu'on surnommait le roi de Canfranc parce qu'on le considérait comme son bienfaiteur. On comptait deux mille habitants dans le village et pas un seul ennemi de Laurent. Elle alla attendre Didier à la gare et lui promit qu'ils allaient organiser une réception plus belle que celle qui avait accueilli le roi ou le général Primo de Rivera. Il fallait préparer un buffet, engager un photographe, sortir les drapeaux, convoquer la fanfare, fleurir les balcons, commander des bouquets de fleurs et faire sonner les cloches. Elle allait appeler le docteur Mallén pour le prévenir.

« Les musiciens apprendront *La Marseillaise* et nous la chanterons tous. Ce qu'a accompli cet homme, ce qu'il nous a permis de mener à bien, c'est tellement extraordinaire. Ils sont ma famille, vous êtes ma famille ! »

Elle pensa alors à Montlum, elle aurait tant aimé qu'il soit là avec eux. Elle l'imagina interprétant ce morceau qu'il jouait en cachette parce que le compositeur était russe, la *Valse n° 2* de Chostakovitch. Ce musicien était en vie, il avait survécu au siège de Stalingrad. Pour Jana, l'absence de Montlum était une offense, comme si on lui avait arraché une partie d'elle-même.

66

Correspondance

Une fois dans sa chambre, Jana dressa la liste de tout ce que les gens lui avaient proposé pour le banquet qu'ils comptaient offrir aux Juste. Puis elle se coucha. Le lendemain, elle commençait son service à huit heures.

Lorsqu'elle descendit, Valentina était déjà là. Celle-ci lui annonça que Gröber était parti. La menace qu'il faisait peser sur Canfranc avait disparu avec lui, mais dans d'autres lieux elle continuait, parce qu'à Berlin les loups donnaient encore des coups de dents, les derniers, les plus terribles. Les nazis étaient touchés, mais pas encore morts.

« Il a tout emporté, ses livres, son violon… » ajouta Carmen qui l'aidait à préparer les tables.

Jana sentit un pincement. Ce devait être le violon de Montlum.

« Vous savez ce que j'ai vu un jour dans sa chambre ? dit-elle. Des yeux dans une boîte en cristal. C'était au moment où Voltor t'avait kidnappée, Valentina. Et j'ai failli en mourir parce que j'ai cru que c'étaient les tiens.

— Mais enfin, déclara Carmen, c'était sûrement un ex-voto. Tu n'y connais rien en religion, ma pauvre. »

Jana ne put réprimer un sourire en pensant au pauvre Paulino.

« Dans le sanctuaire de Lourdes, il y a une sainte Lucie, patronne des aveugles. Moi aussi, j'ai vu les yeux, parfois, je fouille dans les tiroirs, il faut voir ce qu'on trouve des fois… Ils étaient en cristal. Tu ne t'en es pas rendu compte ? »

Jana et Valentina éclatèrent de rire. En cherchant bien, il y a une explication à tout. Jana était quand même soulagée d'apprendre qu'ils étaient en cristal. Elle songea que Gröber avait fui parce qu'il aurait été humilié de croiser Laurent qui revenait en vainqueur. Le train de Gröber devait déjà être arrivé à Lisbonne où il retrouverait ses compatriotes, tels des rats quittant le navire.

Vendredi 1er septembre

Arlette et ses enfants à peine arrivés à Paris se préparaient à repartir pour Canfranc, à refaire les valises, les malles. Mais cela ne les gêna pas parce qu'ils étaient tous d'accord : c'était un cadeau du destin, retourner là-bas comme avant, comme s'ils ne s'étaient jamais séparés. Même Maude passerait quelques mois avec eux. Mais avant d'abandonner la capitale, Laurent avait un dernier rendez-vous. Sa femme lui avait remis, à son arrivée, une carte de visite dont il reconnut aussitôt le nom et l'adresse, boulevard Haussmann. Il n'arrivait pas à y croire. Ce n'était pas possible. Pourtant, ce matin, il avait envoyé un message prévenant son hôte qu'il se rendrait chez lui en compagnie de sa famille.

Ils sonnèrent à la porte d'un immeuble magnifique, situé entre la rue d'Anjou et la rue Pasquier. Un maître d'hôtel vint leur ouvrir. Une fois dans l'entrée, Auguste fila comme une flèche. Il avait entendu un hennissement. Le rez-de-chaussée était si vaste qu'il abritait une écurie où se trouvait un cheval qu'Auguste reconnut tout de suite. Il demanda à le monter en criant : « *Allez, Farsante, allez* !* » Des applaudissements jaillirent alors. Tous se retournèrent pour découvrir M. Guinart, le sourire aux lèvres, impeccablement habillé et coiffé, les yeux brillants de plaisir. Les présentations faites, il s'écria :

« Juste, nous avons gagné. Rien n'a été en vain !

— Ce n'est pas encore fini, Hitler ne s'est pas rendu.

— Nous pouvons au moins célébrer le fait que nous soyons vivants.

— Et que je retourne à Canfranc.

— Bien sûr. Je m'en réjouis. Mais laissez-moi vous présenter mon fils… »

Ils entendirent des pas approcher. En reconnaissant l'homme, habillé d'un costume trois-pièces parfaitement coupé, qui se présenta devant eux, Laurent écarquilla les yeux comme s'il venait de voir un fantôme. Ses filles murmurèrent :

« On dirait un acteur…

— Comme il est beau… »

Pendant ce temps, Guinart poursuivit :

« J'ai écrit à Jana pendant toute votre absence, j'ai appris à la connaître et… »

En voyant la mine ahurie de Laurent, il s'interrompit. Il y avait beaucoup de choses que ce dernier ignorait.

« Mais je vous raconterai tout en chemin. Nous aussi, nous prenons le train demain. Je vous retrouverai gare d'Austerlitz. »

Laurent hocha la tête, incapable de prononcer la moindre parole. Il finit par s'avancer vers le nouveau venu qui le regardait, un grand sourire aux lèvres.

« Esteve ! Ce n'est pas possible ! Tu t'es moqué de nous…

— Je n'avais pas le choix. Que serait un espion sans une bonne couverture ?

— Tu as si bien interprété ton rôle… Quand je te vois ici et que je repense à ton refuge… Je comprends tout maintenant, et pourtant je ne suis pas né de la dernière pluie, tes allées et venues, tes disparitions… Tu vas voir quand Jana va l'apprendre… Elle sera furieuse, elle déteste qu'on lui fasse des cachotteries. »

Il sortit de sa poche le papier qu'Esteve lui avait donné sur le pont.

« Tu vois, je l'ai gardé pendant tout ce temps. Tu me l'avais dit, quand ce cauchemar serait fini, nous nous retrouverions ici.

— Je n'ai rien oublié. Et cela valait la peine. »

67

Farsante

Samedi 2 septembre

Avec beaucoup de fracas, flanqué de cinq de ses subordonnés, le gouverneur s'avança sur le quai, mais personne ne lui prêta la moindre attention. Seul le maire lui serra la main parce qu'il n'avait pas d'autre choix, dans un geste peu convaincu. La majeure partie de ceux qui étaient présents avaient entendu tant de rumeurs au sujet de don Gervasio qu'ils se fichaient désormais de cette source inépuisable de ragots. Il avait perdu tout attrait, surtout depuis que son épouse l'avait abandonné, ce qu'il avait très mal pris, allant même jusqu'à dire, à la grande stupéfaction de ceux qui l'écoutaient, qu'il aurait préféré être veuf plutôt que de subir cet affront.

Les détails de l'appel téléphonique de Jana à La Serena se diffusèrent très rapidement et bientôt tout le monde sut que Juste allait revenir après avoir renoncé à devenir ministre. Il avait préféré Canfranc, voilà qui lui ressemblait, il n'avait pas d'autre ambition qu'une vie paisible avec sa famille et ses amis, un travail agréable et en bonne compagnie. Le fait qu'il ait rejeté une proposition du général de Gaulle en personne le transformait aux yeux de tous en un homme hors du commun, un des plus puissants de son temps. Ils étaient donc convaincus que ce qui allait bientôt arriver à don Gervasio – tout le monde était au courant –, c'était lui qui l'avait orchestré.

Mais ce n'était qu'une légende car Juste ne s'occupait que de ceux qui comptaient à ses yeux, il ne perdait pas son temps avec des gens qui n'en valaient pas la peine et ne leur accordait pas même une seconde d'attention. De plus, il était évident qu'en seulement deux jours, même lui n'aurait pas eu le temps de tirer suffisamment de ficelles pour que de Gaulle appelle Franco, le Caudillo en personne, puis celui-ci le ministre du gouvernement, pour donner l'ordre de démettre le gouverneur de Canfranc. Ce qui était certain pourtant, c'était que, si on enlevait le pouvoir à cet homme, on lui ôtait tout parce qu'il n'avait rien d'autre.

La réalité fut plus simple : doña Mimín, ne pouvant plus supporter davantage cet homme qui lui répugnait, s'était rendue à Madrid. Elle y avait retrouvé ses réunions avec les aimables dames qui s'occupaient avec tant de diligence du fonctionnement de l'hôpital des sœurs du Cotolengo. Dès que cela lui fut possible, elle prit la parole, alors que ce n'était pas à l'ordre du jour, pour leur apprendre quelque chose avant que la rumeur n'atteigne leurs oreilles. Et elle raconta tout, dans les moindres détails, parce qu'elle savait que c'était ainsi qu'elle pourrait les choquer. Elle s'amusa à ne rien omettre, convaincue que pour ces dames, dont la plupart avaient un certain âge, certains actes étaient impardonnables.

Elle leur décrivit les billets qu'il avait brûlés, ces billets qu'elle comptait donner aux pauvres, alors qu'en réalité l'argent appartenait à Gervasio qui l'avait encaissé de ceux qui voulaient traverser la frontière. Quand elle fut certaine d'avoir tout le monde de son côté, elle leur décrivit ce qu'il avait fait à la pauvre, innocente et pure Palmira devant ses amis. Ces dames connaissaient la domestique, qu'elles appréciaient puisqu'elle les aidait sans compter sa peine ni ses heures, qu'elle était discrète et serviable. Doña Mimín leur dit ensuite que son époux s'ingéniait à diffuser la rumeur qu'elles étaient amantes. Doux Jésus, s'écrièrent certaines, quelle honte ! Deux femmes ensemble, enfin, ce n'est pas possible ! Enfin, pour couronner le tout, elle se dirigea vers la belle-sœur du général Moscardo, la présidente de l'association, et lui demanda de considérer les faits crus qu'elle venait de rapporter, en lui rappelant qu'il n'était pas juste que cette terre noble, de gens travailleurs et honnêtes, soit gouvernée par un être aussi abominable. Puis elle se tut et observa l'impact provoqué par ses paroles sur l'assemblée.

La présidente lui répondit qu'elle regrettait le calvaire qu'elle avait subi et exprima très clairement ses intentions. Elle allait dire à son beau-frère que don Gervasio volait l'argent des fonds publics ; celui-ci transmettrait les faits au ministère du gouvernement. Alors, comme final du dernier acte, doña Mimín sortit son mouchoir fin, brodé de ses initiales, de son sac et essuya délicatement quelques larmes de crocodile. Puis elle leur annonça qu'elle déménageait et comptait vivre à Madrid où elle se mettrait à leur disposition.

Les nouvelles allaient vite entre Madrid et Canfranc et tout le monde fut au courant de ces échanges comme si ceux qui occupaient les quais français avaient été présents à cette réunion. Le renvoi d'un gouverneur était un fait inédit, il était nommé pour quatre ans, mais il devait bien y avoir une première fois pour tout. C'était une preuve de plus que le conclave de ces dames constituait un conseil des ministres parallèle où, étant donné le pouvoir qu'elles exerçaient sur leurs conjoints, furent décidées les affaires de la plus grande importance.

Voilà pourquoi ce 2 septembre au matin, alors que l'honorable Laurent Juste allait arriver, le gouverneur fut salué par tant de sourires. Il les prit comme des marques d'admiration, d'envie même, quand en réalité ils exprimaient le plaisir de savoir ce qui allait bientôt se passer. Et comme cela arrive parfois, le principal intéressé serait le dernier au courant. La nouvelle était arrivée au village comme y parvenaient toujours les messages les plus rapides : à bord de l'express.

68

Retour à Canfranc

Samedi 2 septembre

La majeure partie des deux mille habitants des Arañones, ainsi que le maire et le gouverneur, s'étaient réunis sur le quai français de la gare pour accueillir les Juste. La fanfare se mit à jouer avant même que le train ne surgisse du tunnel et les cloches sonnèrent tandis qu'une odeur de chocolat chaud se répandait dans la gare.

« Tu vas voir, Valentina, comme ils vont être surpris ! » s'exclama Jana, avec des étincelles dans les yeux.

Elle tourna ensuite la tête vers les montagnes. Elle ne savait toujours rien d'Esteve. Personne ne l'avait revu. Pourtant, elle sentait sa présence à ses côtés comme s'ils ne s'étaient jamais quittés.

Le drapeau français fut hissé à la place de celui avec la croix gammée. Un photographe âgé, venu de Jaca, installa son appareil sur un trépied en bois qui lui donnait l'air d'un insecte, mais avec les plis d'un accordéon et l'objectif d'un fusil.

Le maître graveur qui avait préparé tant de cachets pour les passeports et les sauf-conduits avait installé son chevalet dans le coin antérieur de l'édifice, le plus près de l'entrée du train ; il avait peint toute la scène, il ne lui restait plus, pour terminer son aquarelle, que la famille de Juste à la descente du wagon.

« Ils vont nous voir dès que le train sortira du tunnel, continua Jana, quelle émotion !

— Tu sais quoi, Jana ? Si Esteve ne vient pas aujourd'hui, il ne viendra jamais, c'est ce que disent mes parents. »

Jana se tut. C'était également son avis. Elle caressa la tête de sa jeune apprentie qui attendait patiemment, un bouquet de fleurs à la main.

On entendit alors siffler la locomotive tandis que Didier faisait entonner *La Marseillaise* et que les enfants sautaient de joie.

Le train entra en gare, majestueux. Les premiers voyageurs descendirent, un peu surpris, puis ce fut le tour d'Arlette et de ses enfants, bientôt suivis de Laurent. Il demeura sur le marchepied, très ému, lorsque Jana courut vers lui. Comme un père retrouvant sa fille, il la serra longtemps dans ses bras. Puis il lui dit d'une voix entrecoupée par l'émotion :

« Jana, viens, j'aimerais te présenter Étienne Guinart.

— Mais je le connais, nous nous sommes déjà rencontrés, et nous avons beaucoup correspondu ! cria Jana par-dessus la fanfare.

— Il est là. »

Laurent la fit avancer en lui tenant le coude vers l'avant-dernier wagon. Guinart descendit et, à son tour, embrassa la jeune femme.

« Ah, ma belle Jana ! Comme je me réjouis de te retrouver. Nous allons enfin pouvoir passer du temps ensemble. »

Derrière lui, encore dans le compartiment, Jana

aperçut alors un homme qui tendait une sacoche en cuir à un porteur. Il lui sourit.

Jana se raidit. Ce n'était pas possible. Il n'était ni dans les montagnes, ni à Toulouse, ni à Marseille… Et il était vivant ! Esteve sauta les marches et s'avança vers eux. Jana était à moins de cinq mètres de ses cheveux noirs, hirsutes, bouclés. Il portait le même costume d'acteur d'Hollywood qu'il avait à Paris quand il avait retrouvé Laurent et sa famille. Il la salua en ôtant son chapeau.

« Esteve… C'est bien toi ? »

Jana le regardait bouche bée.

« Mais oui. La fin de la guerre m'a tenu très occupé. Ils ont failli me tuer, Jana ! Je ne pouvais pas partir, ni t'appeler et encore moins venir. Voilà pourquoi j'ai demandé à mon père de t'écrire. J'espère que tu me pardonnes. »

Jana mit les mains devant sa bouche, les yeux écarquillés, et s'écria :

« Esteve, Étienne, bien sûr, c'est le même prénom ! »

Sans plus de cérémonie Esteve la prit dans ses bras, la souleva et l'embrassa devant tout le monde. Laurent, qui observait la scène d'un œil amusé, commenta : « Ne nous sommes-nous pas toujours demandé ce que cachait Durandarte ? Eh bien, voilà, il nous a caché qu'il était comte… »

Ils avaient tant de choses à se raconter. Parce qu'elle aussi lui devait des explications, Esteve ignorait tout de sa vie antérieure ; l'ancienne Jana était si différente de la femme dont il était tombé amoureux.

Laurent avait changé également. Il n'était plus le même qu'à son arrivée à Canfranc. Plus extraverti, il débordait de joie. Il avait dirigé une organisation qui, au nez et à la barbe de la Gestapo, avait fonctionné à la perfection, parce que ses membres étaient tous très différents les uns des autres et qu'aucun informateur n'avait pu faire le lien entre eux. Un musicien déguisé en boulanger, une femme de chambre de Saragosse, un cheminot, un comte parisien et un douanier breton.

La foule se pressait autour d'Esteve, tout le monde était heureux de le retrouver. Jana embrassa Arlette. Elle pouvait enfin cesser de regarder les montagnes comme elle l'avait fait toute la matinée pour lever les yeux plus haut, vers le ciel. Ils étaient libres. Leur vie commençait.

69

Épilogue

Dès que Laurent Juste reprit son poste, Jana lui remit une boîte remplie de courrier. Il s'agissait de lettres venues de tous les coins du monde, expédiées par les réfugiés juifs qu'il avait réussi à sauver et qui lui exprimaient une petite partie de toute la gratitude qu'ils ressentaient à son égard.

Jana, elle aussi, reçut une lettre qu'elle attendait depuis longtemps. Elle venait de Rome, du Saint-Siège, et confirmait l'annulation de son mariage pour motif de consanguinité. Esteve et elle pouvaient enfin rêver de leur avenir. Quant à son mari, il pourrait enfin devenir séminariste puis être ordonné prêtre. Il se pouvait même qu'on l'affecte à Canfranc.

Cependant, ils ne reçurent aucune nouvelle de Montlum. En remarquant son absence sur le quai, Laurent comprit ce qui s'était passé. Le regard de Jana le lui confirma. Cette nuit-là, il maudit de toutes ses forces les nazis, comme s'il ne l'avait pas assez fait pendant toutes ces années. On ne connaissait pas encore la magnitude de la barbarie exercée contre ceux qui n'eurent pas la chance d'atteindre Canfranc, la porte de la liberté, ou de fuir à temps par d'autres lieux du continent. Arlette mit sur le gramophone le disque de la *Valse n° 2* de Chostakovitch en hommage à l'absent et Jana pleura. Étienne et Esteve s'approchèrent d'elle en même temps pour lui remonter le moral. Le père de Durandarte lui dit en souriant :

« Alors, ça ne va pas être trop difficile de choisir entre nous deux, et je ne parle pas seulement de cette danse ?

— Je ne crois pas qu'il soit nécessaire de prendre cette décision parce que je suis sûre que je peux vous avoir tous les deux », lui répondit Jana de façon très courtoise, tandis qu'Étienne prenait sa main à elle et la glissait dans celle d'Esteve. Ce dernier en était sûr : tel aurait été aussi le souhait de son ami Montlum.

Au cours des mois suivants, le chef de douane français reçut beaucoup de lettres et de télégrammes dont le contenu était presque invariablement le même : ses amis et proches s'étonnaient qu'il ait refusé un poste de ministre. Que faisait-il à Canfranc, dans ce coin perdu, quand il pouvait être utile ailleurs ? Il répondait toujours la même chose « Je me suis engagé dans cette ville. C'est pour ça que j'ai décidé d'y revenir. »

70

Aujourd'hui

Juillet 2014

Une femme à la peau claire et aux yeux noirs ouvre les volets de bois de sa chambre d'hôtel et respire l'air régénérant des Pyrénées. Elle descend, avec sa fille, prendre son petit déjeuner. Elle a soixante-dix-huit ans. Elle parcourt des yeux la salle décorée de photos en noir et blanc montrant l'ancienne gare internationale de Canfranc, l'auberge La Serena. Sur les étagères, de vieux appareils photo, des lanternes ferroviaires, des équipements de montagnard du début du siècle.

Elle porte un pendentif autour du cou, un camée

avec ses deux profils qui se font face, entouré d'un cordon de perles minuscules, couronné par un papillon de soie noire. Ce bijou ne l'a jamais quittée. Il a voyagé avec elle et sa fille depuis New York jusqu'à Lisbonne puis l'Aragon. Elle sourit, heureuse. Elle est enfin revenue à Canfranc.

Elle découvre alors un cliché signé Robert Müller. Elle reconnaît, très émue, Dagmar Géllert et Jana Belerma. Au centre, une fillette tient dans les bras un chat qui cherche à s'échapper. Elle appelle sa fille pour le lui montrer, caresse les visages sur la photo, puis la capture avec son téléphone portable.

À midi, elles feront la visite guidée. La gare n'est plus qu'un animal assoupi, en hibernation. Elle montrera à sa fille la fenêtre de la chambre bissextile dissimulée derrière la bibliothèque du couloir. Elle lui parlera aussi de Saragosse, de l'extraordinaire émotion qu'elle avait ressentie sur la place du Pilar. Elle évoquera Montlum, qui lui avait offert le dessin de Chagall qu'elle contemple tous les matins avant de partir s'occuper de ses chevaux, dans le centre équestre de Frost Valley.

Cette femme âgée a voulu accomplir à soixante-dix-huit ans le rêve de sa vie : retracer en sens inverse le chemin parcouru en 1943. Budapest, Marseille, Pau, Canfranc, Madrid, Lisbonne, l'Amérique enfin. Elle montrera à sa fille le hangar à double fond où Didier et Esteve les avaient cachées et, quand elle franchira le seuil du hall, elle éprouvera la sensation la plus pleine, la plus entière que peut percevoir un être humain : celle de la liberté.

Cette femme à la peau claire et aux yeux noirs, qui accomplit enfin son souhait le plus cher depuis qu'elle a sept ans, s'appelle Sieglinde Géllert.

71

La réalité

Face à l'horreur nazie, la gare de Canfranc ouvrit une porte vers la Liberté, non seulement aux centaines, certains disent milliers, de fugitifs qui la franchirent, mais encore à toute l'Europe, car les événements qui s'y produisirent furent décisifs pour sa libération. Il s'agissait bien d'une enclave vitale à tous points de vue puisque dans ses convois se trouvaient les denrées destinées à l'Europe en guerre, fournies par la péninsule Ibérique, appelée alors le garde-manger du continent.

S'il est avéré que l'on chanta *La Marseillaise* quand les troupes alliées entrèrent dans Paris, j'ai pris des libertés avec d'autres épisodes plus romanesques. Ainsi, l'institution Au Pied de Cochon, à Paris, n'ouvrit ses portes qu'en 1948. Et il n'y a jamais eu de gouverneur de la province de Huesca s'appelant Gervasio Casanarbore et possédant les caractéristiques du mari de doña Mimín.

Je me souviens comme si c'était hier de ma

première visite à Canfranc. J'avais déjà vu des centaines de photos, pourtant le lieu m'impressionna énormément. J'ai eu la chance de tomber sur une guide, Silvia, qui m'a raconté les péripéties qui s'y étaient déroulées de manière très vivante, avec beaucoup d'enthousiasme. Elle nous a parlé de l'occupation allemande, du réseau d'espionnage, du rôle de l'auberge Marraco, appelée dans mon roman La Serena, qui ressemblait au Rick's Café du film *Casablanca*. Je me suis tout de suite dit qu'entre ces murs il y avait non pas un, mais plusieurs romans.

Le personnage de Laurent Juste m'a été inspiré par Albert Le Lay, chef de douane français, qui, comme beaucoup de ses compatriotes, refusa de reconnaître le gouvernement de Vichy et lutta pour la victoire alliée. Sa mission humanitaire consista à sauver des centaines de personnes promises à une mort certaine et atroce : la « Solution finale ». Il les sauva de la même manière qu'Oskar Schindler, qui se servit de son usine à Cracovie, ou Ángel Sanz Briz, le diplomate espagnol, originaire de Saragosse, depuis l'ambassade de Budapest, aidé par Giorgio Perlasca. Ces hommes ont été honorés par le gouvernement israélien du titre de « Juste parmi les Nations » pour leur altruisme et leur courage qui permirent de sauver des citoyens juifs.

Albert Le Lay reçut la médaille de la Résistance, la croix de guerre, la médaille de la Liberté américaine et bien d'autres décorations qu'il n'arbora jamais, rangées dans un tiroir. Quand on lui rappelait ses prouesses, il se contentait de répondre qu'il n'avait fait que son devoir. Il mourut en 1988 à Saint-Jean-de-Luz.

Marc Chagall fut aidé par le journaliste américain Varian Fry plusieurs années avant la période dont je traite.

Joséphine Baker reçut la croix de guerre, la médaille de la Résistance et la Légion d'honneur. Elle fut la première Américaine à avoir les honneurs militaires lors de ses funérailles célébrées en France en 1975.

Max Ernst épousa en 1942 Peggy Guggenheim, sa troisième épouse. Elle cacha ses toiles dans une grange de Grenoble, le musée du Louvre les ayant refusées en raison de leur caractère trop moderne.

Le groupe d'Alma Mahler réussit à s'échapper en Amérique et elle mourut à New York à quatre-vingt-cinq ans.

Le maréchal Pétain fut emprisonné en novembre 1945 au fort du Portalet, à moins de trente kilomètres de Canfranc.

Je me suis beaucoup appuyée sur les livres du journaliste du *Heraldo de Aragón*, Ramón J. Campo : *Canfranc et l'or des Nazis* (Éditions Atlantica, 2011) ; *Canfranc, nid d'espions* (Éditions Atlantica, 2011), ainsi que sur *La penúltima frontera : fugitivos del nazismo en España* de Rosa Sala Rose (Península, 2011). Le livre de Stephan Talty, *Agent Garbo*, m'a beaucoup aidée à comprendre l'espionnage à cette époque. Le récit de José Antonio Labordeta *Cuasimemorias* (La Esfera de los libros, 2002) est également essentiel. Il délivre un véritable hymne à l'Aragon. J'y ai puisé le personnage de Tadeusz, professeur de langues anciennes à Heidelberg qui avait été un ami du père de l'auteur, et se promenait avec lui en conversant en latin. Entre ce soldat nazi et ce militant de la gauche républicaine qui mourut en 1945, à l'âge de quarante-huit ans, entre ces deux êtres humains, qui parlaient de leur famille et de livres, s'était établie une véritable amitié. Son fils, José Antonio, se souvient qu'enfant il allait apporter de la nourriture aux prisonniers détenus à Jaca ou Huesca.

L'Hôtel International ferma en 1982, cinquante-quatre ans après son inauguration. Il survécut dix ans à l'interruption du trafic ferroviaire. La réouverture de cette ligne est prévue pour 2020, répondant ainsi au désir de ceux qui réclament cette renaissance.

Jana Belerma et Esteve Durandarte ne figurent dans aucun registre civil. Pourtant, il s'agit de deux noms que de nombreux lecteurs auront reconnus, tirés du *Don Quichotte* (II, 23). Dans cette œuvre majeure castillane comme dans mon roman, en dépit de l'abîme qui les sépare, se trouvent l'enchantement, la transformation, l'amour. On peut lire dans le récit de Cervantès :

« À ces mots, le misérable Durandart, jetant un cri, s'écria : « Ô mon cousin Montesinos, la dernière chose que je vous ai demandée, c'est, quand je serais mort et mon âme partie, de porter mon cœur à Belerme, en me le tirant de la poitrine, soit avec un poignard, soit avec une dague. »

Le lecteur attentif dispose ainsi d'une piste pour deviner que Durandarte et Jana Belerma finiraient ensemble, tout comme le nom de Guinart renvoie à celui du bandit Roque dans ce roman et permet de soupçonner le lien de parenté entre Esteve et Étienne.

72

Le souhait

On entend déjà le sifflement de la machine à la sortie du Somport. Cette fois, c'est vrai, elle revient enfin ! Le train qui l'avait précédée n'était pas arrivé jusqu'à Canfranc. Le 27 mars 1970, il était resté sur le pont de l'Estanguet. La locomotive et un wagon s'étaient incrustés dans sa partie métallique après que les freins avaient lâché plus haut. Depuis, aucun train n'est passé par ces rails.

Mais aujourd'hui il pénètre, majestueux, sur le quai français. Depuis les États-Unis et l'Amérique du Sud, depuis le monde entier, des rescapés viennent voir la gare. Certains ont pu accomplir avant de mourir leur souhait de montrer à leurs petits-enfants le lieu par lequel ils ont pu s'enfuir. Leurs rêves ont ramené leurs pas ici, à Canfranc.

L'espoir ne meurt jamais, même quand tout semble perdu.

REMERCIEMENTS

Canfranc. Je ne connais qu'une autre parole qui pour moi ait autant de signification : merci, et c'est pour cela que je veux les unir. Merci, Canfranc, pour tout ce que tu m'as donné. Pour être à l'origine de mon souhait de transformer en roman ces faits que tu gardais à l'intérieur de ta gare, bientôt de nouveau internationale, et merci aussi à toutes les circonstances et à toutes les personnes qui m'ont conduite jusqu'à cette gare.

En premier lieu, à Ramón J. Campo, le plus grand spécialiste de Canfranc. Ses recherches, sa gentillesse et son professionnalisme n'ont aucune limite. Ses articles et ses livres indispensables pour comprendre l'histoire contemporaine le prouvent. On lui doit la découverte, avec Jonathan Díaz, Français d'origine espagnole, natif d'Oloron, du trafic de l'or nazi et celui d'autres matières qui ont servi à renforcer les armes allemandes, et des services pas si secrets d'espionnage… Il y aurait assez de matière pour plusieurs romans.

J'adresse mes remerciements à Diego Ch. Colás Elvira, président de la plate-forme CREFCO. Depuis que je l'ai découvert dans la présentation du documentaire « Jeu d'espions » dans le Patio de l'Infante de Saragosse, je ne peux plus me passer de sa sensibilité, de ses poèmes, de tous ses textes littéraires. L'un d'eux clôt d'ailleurs ce livre.

Merci à Antonio Orga, un de mes photographes préférés découvert à Canfranc, terre de trésors, et qui m'a cédé les images des lieux où se déroule le roman.

Merci à ceux qui se sont chargés de traduire les phrases qui apparaissent en allemand, français, hongrois et anglais : Petra Dindinger, Andras Varga, Ana Venzal Cantavella et Gema Murillo. À Juan José Chinchilla Landa pour avoir calculé le prix et la valeur de certains objets entre 1943 et 1944.

Je remercie tous les membres des groupes de Facebook : Canfranero, Canfranc Estación, Los Arañones-Canfranc Estación et Por la reapertura de la línea Canfranc-Oloron, plus de trois mille cinq cents irréductibles qui n'abandonnent pas le combat et que l'on devine capables d'arrêter un train et surtout d'en mettre un en marche. Je n'ai aucun doute que nous verrons un jour un train sur le quai français à la sortie du tunnel du Somport. Vouloir, c'est pouvoir, et dans ce cas ce sont ceux qui y croient qui verront leur rêve se réaliser, j'en suis persuadée. Ce roman vous est dédié. J'espère qu'il contribuera à ce qu'on réinaugure ce trajet.

Ils m'ont apporté des renseignements, ils ont précisé des détails, ils ont commenté des photos et j'ai pu ajuster certains éléments centraux de ce roman grâce, entre autres, à Manuel Vieytes Borau. Je ne résiste pas au plaisir de raconter cette anecdote : quand j'ai demandé sur Facebook si le restaurant Universo situé au 11 avenue de Los Arañones à Canfranc était ouvert en 1943 parce que je voulais qu'une scène s'y déroule, Manuel me répondit dans la seconde. Il m'expliqua que la terrasse n'existait pas encore, que l'emplacement fut utilisé pour des fêtes du peuple, notamment celle célébrée le 18 juillet qui est la fête de Canfranc, ainsi que la date de l'inauguration de la gare en 1928. L'établissement lui-même ouvrit ses portes en 1941, il s'appelait alors Yola et il avait de bonnes raisons de le connaître : les premiers propriétaires, artisans d'un des temples de la cuisine des Pyrénées, étaient ses parents. Je fus tellement émue que je ne pus contenir mes larmes.

À Víctor Fairén Le Lay, professeur agrégé de physique générale, et petit-fils bien réel des protagonistes de cette histoire : son grand-père maternel fut Albert Le Lay, notre Laurent Juste, et, du côté paternel, celui qui apparaît dans le livre comme directeur de l'hôpital de l'université de Saragosse. Le trouver a été un cadeau du hasard. Une des expériences les plus émouvantes parmi les nombreuses qui m'ont accompagnée durant l'écriture de ces pages fut de le découvrir, lire ses textes, écouter ses entretiens à la radio. Je me souviens avec une tendresse particulière, en raison de sa signification, de l'un d'eux dans l'émission « Sefarad ». Je n'arrivais pas à croire qu'une personne pouvait réunir ces deux noms. Et mieux encore, dans *Dernier train pour Canfranc*, je raconte que la fille du chef de gare, Solange, resta à Canfranc quand ses parents fuirent avec son frère. Le lendemain, suivie de près par la Gestapo, elle sonna à la porte du docteur Mallén (c'est ainsi que j'ai appelé les Fairén), comme l'avaient fait ses parents la veille. Quand les gardes allemands la cherchèrent des heures plus tard, celui qui les reçut dit qu'elle était malade et très contagieuse et qu'il valait mieux qu'ils ne s'approchent pas. Cela produisit son effet. Des années plus tard, cette maison deviendrait la sienne puisqu'elle épousa le fils du médecin qui la sauva et devint la mère de Víctor Fairén Le Lay que je remercie ici. Dans le roman, si la suite devait être racontée, celui-ci s'appellerait Victor Mallén Juste.

Je tiens à remercier aussi, et surtout, ma famille, mes professeurs, mes étudiants, mes amis et ceux qui appartiennent à plusieurs de ces catégories à la fois. Les actions parlent plus fort que les mots.

Merci au mage Leopoldo Trillo-Figueroa, que j'appelle ici Montlum, et au superhéros qui court pieds nus, qui m'a assistée sur les sujets ferroviaires et qui ressemble à Durandarte, Emilio Sáez Soro. Merci à Cristina Pons Muñoz, actrice, auteure et compagne de lettres pour sa lecture attentive, ses commentaires, sa patience infinie. Elle sait tout ce que je lui dois et plus encore. Merci à Germán Carrillo pour sa patience et sa précision.

Toute mon affection et ma reconnaissance vont à ceux qui lisent, écrivent et incitent à écrire des histoires comme la mienne : Carmen Marín, la juge la plus équitable ; mes divers anges, et Raquel Gisbert et Purificación Plaza, éditrices passionnées. Vous tous, vous avez écrit ma vie. Merci.

2012-2015, alors que j'entends passer les trains.

GARE DE LOS ARAÑONES À CANFRANC

Aux irréductibles de Canfranc

Tu es, mon bien-aimé, le plus beau cétacé
échoué sur la plus belle plage de voies ferrées [...]

Avec des seaux de bonne volonté, je soigne tes blessures,
Je trouve les ressources qui te maintiennent en vie,
Je te prépare pour un nouveau départ
Dès que la marée se présentera à mon appel [...]

Mais le rivage est trop calme,
D'un calme maudit, odieux et méprisable ;
Maudite mer d'huile morte et silencieuse ;
Maudit clapotis résigné et inaudible [...]

Bientôt tu sentiras, mon aimé, l'envie de naviguer
Te secouer, réveiller ton esprit, lui faire oublier
[l'abandon et le silence.
Bientôt le sable qui te retient s'agitera
Et tu partiras, enfin libre, vers le grand large, plus fort que jamais.

Diego Ch. Colás Elvira, président de la CREFCO, coordinateur pour la réouverture de la voie ferrée Canfranc-Oloron.

PAPIER À BASE DE FIBRES CERTIFIÉES

Le Livre de Poche s'engage pour l'environnement en réduisant l'empreinte carbone de ses livres.
Celle de cet exemplaire est de :
500 g éq. CO_2
Rendez-vous sur
www.livredepoche-durable.fr

Composition réalisée par Soft Office

Achevé d'imprimer en octobre 2021 en Espagne par
Liberdúplex - 08791 Sant Llorenç d'Hortons
Dépôt légal 1re publication : novembre 2021
LIBRAIRIE GÉNÉRALE FRANÇAISE
21, rue du Montparnasse – 75298 Paris Cedex 06

88/9825/7